光尘
LUXOPUS

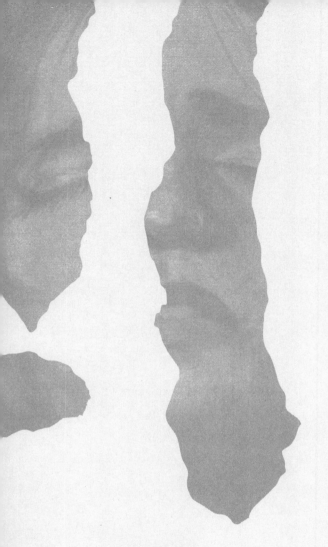

声音

VOCI

DACIA
MARAINI

[意大利] 达契亚·玛拉依尼 / 著

陈英　徐赓薪 / 译

北京联合出版公司
Beijing United Publishing Co.,Ltd.

爱丽丝拿起了手套和扇子……她说:"我的天哪,昨天一切都好好的,今天就发生了那么多奇怪的事。是不是昨天夜里发生了什么变化?想想看,今天早上我醒来时,我还是以前那个我吗?仔细想想,我好像记得之前我的感觉有点儿不一样……假如我不是同一个人,那我应该问自己:我是谁?"

　　　　　　　　　　——刘易斯·卡罗尔《爱丽丝梦游仙境》

《 **1** 》

　　出租车把我送到了圣塞西莉亚路，在栅栏门前停了下来。我又回家了，但为什么我会感觉心惊肉跳呢？我想，我回来了，但好像已经认不出那道栅栏门、那个庭院，以及那栋许多窗子都开着的大楼。我如鲠在喉，预感有糟糕的事情等着自己，在这个散发着熟悉气息的温和的清晨，到底是什么在等着我呢？又是什么东西侵扰着我的思绪，仿佛要将它搅乱并抹去？

　　我用目光寻找着门卫，通常在这个时候，斯特凡娜会在传达室内勤快地分拣着信件，但我既没看到她，也没看到她瘦小的丈夫乔瓦尼。我拖着行李箱走过院子，滑轮艰难地在卵石上滑动。我在院子里停了下来，看了一眼四周：花坛里的夹竹桃和天竺葵虽然蒙上了夏日的灰尘，但还都是老样子；小喷泉和之前一样，从长满苔藓的石头间流下，发出水龙头漏水般的声音；两棵高大的椴树上开满了花，生机勃勃，似乎并没有受到高温天气，以及我家周围那种阴郁气氛的影响。这两棵椴树矗立在温柔的夏风里，摇曳着枝头旺盛又芬芳的花朵。

　　朝向院子的那些窗子通常都是半开着的，但现在都关得紧紧的。楼梯间也很冷清，四处有一种诡异的寂静，电梯发出了一阵沉重的叹息，停在顶层——我住的那层。

我在包里摸钥匙，一股刺鼻的消毒水味迎面扑来。转过身，看到邻居的门虚掩着，我向前走了几步，用手指轻轻一推，门自己开了，很轻盈。我看到一条洒满阳光的过道，地毯上卷起的流苏，一双蓝色网球运动鞋整整齐齐地摆在门边。

我的目光又停在那双运动鞋上，在阳光照射下，那双鞋非常干净，让人很想穿上它，兴高采烈地出去散步，用脚尖跳跃，在球场上追着一颗在空中飞翔的网球跑。这双鞋为什么一动不动地躺在这里呢？为什么鞋带解开着，整齐地放置在敞开的大门前呢？这双鞋摆放得过于用心，让人联想到：主人在进屋之后，并不是很随意地脱掉鞋子，放在那里；鞋面上的鞋带也整整齐齐，在好奇的目光注视下，有一种刻意和决绝。

我听到有声音从那套公寓的深处传过来，很快看到了斯特凡娜的脸，还有她看起来有些痛苦的大眼睛。

"您还不知道吗？"

"知道什么？"

"她五天前死了，是被杀死的。"

"被杀了？"

"挨了二十刀，一阵乱捅……还没抓住凶手，真是太倒霉了！"

那声音很像个阴谋家，她目光向着高处扫去，露出眼白，让我想起德拉克洛瓦的一幅画：那是一种非常警惕的表情。好像她已经预感到灾难的降临，却找不到语言来描述。正如马尔科所说的，那是来自楼梯下小房间的光亮，"靠别人的生命滋养"。虽然如此，斯特凡娜·马里奥是个聪明又自知的女人。看着她那大而有力的手，我在想，她是不是用那双手给死者穿上了衣服。

"为什么要杀她呢？"

"没人知道，凶手好像什么都没拿……还好您没看到，简直像世界末日。人一批一批地来：警察、预审法官、法医、记者、摄影师，脏鞋子从楼梯上上下下……葬礼是前天举行的……我们已经把这里打扫干净了，现在还有几个警察在测量、取证……说是今天要把这里封起来。"

我意识到自己紧紧地握着家里的钥匙，那么用力，让我骨节生疼。

"斯特凡娜，您要进来坐坐吗？我给您煮杯咖啡？"

"不了，我得下去了，传达室没人。"

我听着她快速走下了楼梯，脚上的布鞋发出沉闷的扑通声。我打开房门，把行李箱拉了进去，空气中有股封闭的味道。我敞开百叶窗，弯下腰端详着几盆植物，它们布满灰尘、无精打采、有些发黄。它们并不缺水，斯特凡娜每天都来给它们浇水，那是我跟她说好的。但生活在空荡荡的封闭房子里，植物也很沮丧，它们不爱独处，在我的背后，它们悄声细语地倾诉着。

我坐在书桌前，眼前是一堆我不在时收到的信，拆开一封，发现一个字都看不进去：我翻来覆去地看着第一句话，看了一遍又一遍，最后只能作罢。思绪如同我曾在夏加尔的一幅画中看到的黄色驴子一样，好像想要飞离画框。关于那个被捅死的女邻居，我想，我都知道什么。其实我什么都不知道。那个被人杀死的女孩，我竟然连她姓甚名谁都不知道。

我曾经在电梯里遇到过她几次，我偷偷地打量她，如同在火车或是公交车上偷看面前的人，同时对自己那种失礼的好奇充满愧疚。但是，关心自己的邻居，是件无礼的事吗？

邻居身材高挑，举止优雅，头发是浅褐色的，留着波波头，她的鼻子小巧又精致，上唇有些翘。她的上牙有一点儿前突，每次笑起来小巧的牙齿便会露出来，像只小兔子。我想起第一次见到她时的样子，害羞又胆怯，好像心里藏着很多秘密。她的眼睛很大，眼珠是灰色的，额头很宽，皮肤白皙，上面有一些雀斑。我极少听到她的声音，她声音很低沉、节制，好像害怕暴露自己，或是害怕惹人厌烦，有时候也会忽然变得大胆活泼。

她像我一样，也一个人生活。门房斯特凡娜和她身材矮小的丈夫乔瓦尼·马里奥，在我们面前表现得就像是一对宽容的父母，事实上我们年龄相仿。

我的邻居为什么总是很晚才回来？有几次，在半梦半醒中，我听到她的门砰的一声关上了，然后听见反锁门的声音，钥匙在锁眼里转了好几圈，发出"咔嗒、咔嗒、咔嗒"的声响。清晨和夜晚，我总能听到百叶窗被粗暴地打开和关上的声音。

她为什么早上会静悄悄地、满脸疲惫地出门呢？为什么每次她不声不响地离开时，总是背着一个黄色的双肩包呢？

对于这栋楼里的人来说，我们俩都是"保护对象"，因为我们独自生活，工作很辛苦，而且常常要出差。我在电台工作，而她……我没再往下想，因为我并不知道其他事。

我又开始看手上的那封信，那是一张商务咨询师的账单。我又打开一封：一张是分期付款购买电脑的账单；另一张是电费账单，已经过了付款期限；还有一张是差几天就要过期的电话费账单。最后一封是"幸福信":"抄写这封信,并将它寄给十个朋友,你将在未来获得幸福,否则未来七年都会很倒霉。"就像是打破镜子会倒霉一样,我将信扔进了废纸篓。

我把目光投向电话,电话留言的红色指示灯很急促地闪烁着。我按下按钮,里面的磁带开始转动:"你好,米凯拉,我是迪林南齐,你还没从进修班回来吗?回来之后,就给我打个电话吧,再见。"

电话又响了一声,后面还有留言,一阵窸窣声过后,一个清脆而响亮的声音响起:"星期四,六月二十三日中午十二点二十分。"是一个陌生女人的声音,"亲爱的米凯拉·卡诺瓦,我是……"留言被一阵神秘的咔嗒声打断了。我觉得声音很像我的女邻居,可是她为什么要打电话给我呢?

又是一则留言,那个响亮而清脆的声音说:"星期五,六月二十四日早上八点三十……打扰了……我想和您说件事……"但这次留言又被一只不耐烦的手挂断了,听声音好像真的是我邻居。她是什么时候死的?斯特凡娜说是五天前,五天前正好是六月二十四日。

我继续听后面的留言,却再也没听到那犹犹豫豫、忽然中断的声音。我想,我必须知道这位邻居死亡的准确时间,我把磁带从机子里拿出来,放进一个袋子里。

《 **2** 》

　　天很热，我穿的外套太厚了。我打开水龙头接水，水缓缓地流出来。我看了一眼躺在地上的行李，仿佛在央求我把它打开，把里面的东西拿出来；刚刚喝完水的杯子，仿佛也等着我冲洗，让我把它和其他东西一起放在水槽上方的搁板上。今天早上，这些东西在不停地说话，好像有什么急事要告诉我一样。

　　肥皂也像在说话，它声音嘶哑，有些气喘，就像喉咙刚刚做过手术的人。家里的那些物件可真能聊！小时候，我反复读安徒生的一则童话，讲的是一到晚上，房子里的玩具就开始说话，所以我一直有种感觉：玩具也有思想。我读到一只匆忙的手靠近一颗鸡蛋，鸡蛋会晕倒，树木也会感到孤独，墙壁会在夜里"讲话"，我想的确是这样。难道万物真的有灵？

　　我光着脚站在关着的门前做什么呢？我的眼睛靠近了猫眼，目光巡视着空荡荡的楼道。我知道自己在找什么了：我想看到那双蓝色的网球鞋，它们很轻盈，整齐地被放在空荡荡的地板上。它们也在说话，它们在说什么呢？

　　"一般来说，在大城市生活的邻居之间互相不熟悉，你甚至不认识住在对面的人……这个社会是由一个个孤岛组成的，人们被一种虚伪的礼貌隔开，以至于每一个家庭都关闭在堡垒里面，只和自己家里的人交流……"我从哪里听到这席话的呢？一个社会学家侃侃而谈，是什么时候听到的呢？当然是在广播里听到的，可能是在一期我负责的节目里。那声音在我的记忆里回荡，辞藻华丽、自信，而且深思熟虑，很难抹去。我倒是很想忘记这些话，但我的耳朵像一只贪婪的动物——一头饥不择食的猪——会在混杂各种声音的垃圾里乱拱，会囫囵吞枣地咽下一些格言、常识、精辟的见解，以及引经据典的话，话筒里传出什么声音，我会照单全收，等待着消化系统做出选择，决定取舍。

我的邻居在这栋楼里住了多久呢？六个月、一年，或者更久？我从没问过她叫什么名字。她门上的小铜片上，还留着上一位房客的名字——圭多·费斯托尼教授，黑色的字，字体飞扬，写在金色的铜牌子上。这位教授又高又壮，留着平头，声如洪钟。

他妻子往返于米兰和这里，斯特凡娜说她是个"公司经理"。他们没有孩子，只有一个老母亲，不知道是教授的母亲，还是丈母娘。我偶尔会在楼道里看到她，看起来总是怒容满面，手上戴着很多戒指和手镯。

后来，费斯托尼教授获得去米兰工作的机会，他的家具和书在几天内就被搬空了。公寓空了几个月，偶尔有人来看房，我能听到墙壁另一边说话的声音。

我以为那套房子一直空着，直到有一天晚上我从电台回来，在电梯里遇到一个女人。她说："我去十二楼，您呢？""我也是。您去看那套空着的公寓吗？""我刚刚租了那套公寓。"

我正要说出我的名字，并表示如果有什么需要，她可以来敲我的门。这时，电梯轻轻地"叮——"的一声停住了，她急忙下了电梯。"再见！""再见！"我们打开各自的房门。

我去厨房时，听到她反锁门转动钥匙的声音，有点儿不耐烦，就好像在说："您真热情，谢谢，但我们最好保持距离。"咔嗒、咔嗒、咔嗒，钥匙在锁眼儿里转动。我心里想，这根将门固定在天花板和地板之间的铁销有多长呢？从那天起，我便很少再看到她了。我们的作息时间不一样。早上我八点出门去电台，她房间里还静悄悄的。当我回来吃午饭时，有几次我听到了音乐声。下午三点半，我出去时，隔壁又是一片寂静。有几个晚上，我在七点左右拖着疲惫的身体回到家时，碰到她正要出门。她浑身上下都香喷喷的，穿着白色紧身大衣，看起来像个少女，黑色贝雷帽松松垮垮地戴在柔软的头发上。

"我的邻居叫什么名字？"在院子里碰到斯特凡娜时，我马上问她。

她看着我，脸上带着一丝讽刺的微笑，像电台的那位社会学家，好像在想"如今的社会已经异化，将我们封闭在各自的家庭里，人们之间很难交流。我们面对这样的处境，竟然有一种莫名的满足……"

"安吉拉·巴里。"她漫不经心地回答我。

"她有工作吗？是做什么的？"

"好像是演员……但她家挺有钱的……她妈妈住在费耶索莱，特别有钱，不过没来参加葬礼……她爸爸在她很小的时候就去世了……"

"她没有其他亲戚了吗？"

"有个姐姐，不过很少来这儿。米凯拉女士，出事时，幸好您在外面，不然对您来说，这真是件恐怖的事。也许她喊叫了，但没人听到，真是个可怜的女人。想想看，您可能会在楼道里遇到杀手。"

"您听到她叫喊了吗？"

"没有，我住在地下室，怎么可能听得到……"

"凶手有没有拿走什么东西？"

"没有，什么都没有……有一沓钱放在厨房的饼干盒子里。她把钱塞在那里，皱皱巴巴的……我敢肯定，她自己都不知道家里有多少钱……两百万里拉① 现金，您知道吗？一分都没少。"

"这事是发生在白天还是晚上？"

"很晚了，听说大概是晚上十一点到半夜的样子。当然了，大门已经关了，我们没看到有人上楼。您的女邻居大概七点回来的，直到我关上大门，都没看到她下来……后来有人上去了，但会是谁呢？早上，乔瓦尼是上楼取垃圾袋时发现她的……门开着，她就躺在那里，已经被杀了。"

我在她平静安详的脸上寻找隐藏的东西：隐藏的思绪，没有说出口的话，或者她无意中见证了这场犯罪，不知不觉也被卷入其中？

我跟她讲电话留言的事，但她好像并不在意。她不相信那女人是安吉拉·巴里，还问："你们熟吗？""不熟。""那怎么可能！"我看着她穿过洒满阳光的院子渐渐远去，走向来送信的邮差。

---

① 意大利货币，流通时间为 1861 年至 2002 年，2002 年元月废止。——编者注

然而，按照我的记忆，女邻居的声音和电话录音上的声音一模一样。那是她死的那天的留言——是记下了录音时间的电话机告诉我的，这真是让人好奇。

　　我穿过院子，嗅到一股浓烈的椴树香味，布满铁线蕨的喷泉在安静地淌水。我用目光搜寻着我的"菲亚特500"；我忘记把它停在哪里了。幸好，它不同寻常的颜色让我远远就看到了它。有次朋友告诉我，那辆车子是"成熟的樱桃色"，我心里也这样想，然而车子的产品说明上写的是"紫红色"。

　　我找到我的车子了，它在一辆白色小卡车和一辆有着美式尾翼的豪华大轿车之间。我插入钥匙发动汽车，车子却没动；在闲置了那么多天之后，车子似乎很生气，不想出声。我尝试了好多次，不断加油，最后它吭哧了一阵子才启动。

《 **3** 》

到了电台，我在桌子上看到迪林南齐留给我的字条："欢迎回来，主任在等你。"

我本来想整理下文件，看看电脑里的东西有没有人动过，找一下我的记录，但那张字条让我手忙脚乱。

"迪林南齐说，您找我。"我说。

"啊，是呀，卡诺瓦小姐，欢迎您回来！您在马赛的进修课程怎么样？"

"挺好。"

主任比我们所有人都年轻，他个子很高，脸长得像漫画中的人物，穿着也很洒脱：粉色衬衫，有些磨损的皮衣，黄色的英式皮鞋——不用担心打理的问题。脸上总是带着狡黠却又讨人喜欢的笑容。

"我有一份很有挑战性的工作，想要交给您，不知道您愿不愿意？"

"什么工作？"

他很擅长激发别人的好奇心，他两眼放光地看着我。

"您请坐，卡诺瓦。"

我坐在他面前的椅子上，并没有太放松。我想知道，他说的这个工作是真的有意思，还是他故意这么说，其实只是个很无聊的差事。

　　"根据最新的市场调查，我们发现女性听众正在与日俱增。我得说，听广播的女性人数在疯狂增长，简直可以说是一种灾难性增长。我看，您不赞同我用'灾难性'这个词。卡诺瓦，我现在给您解释一下，我没有不尊重女性的意思，您了解我的。事实是，我们说哪里有女人，有家庭主妇，哪里就有情感、家庭、嫉妒和流言蜚语……总之女性听众越多，我们就越要降低格调，您明白我的意思吗？放低姿态，这就是我们要做的……所以不要讲政治，体育也不要讲了。您知道，我们要把体育节目提升到上档次的语言类节目有多辛苦……我们代表了意大利语的良心，我说的是，我们是少数人，我们为提升意大利语尽了自己的微薄之力。然而，女性听众是超越语言的，她们比语言更重要，她们现在喜欢听些危言耸听的事，这就是为什么我刚才提到'灾难'这个词。"

　　在桌子的对面，他那少年般漂亮的面孔对着我，我看到了他的聪明，还有无奈。

　　"女人想要听故事，您懂的，卡诺瓦。爱情故事自然放在第一位，然后才是死亡、苦难和恐惧的故事，她们一直都渴望听故事。"

　　"我们也可以大大方方地给听众讲故事啊，不用添油加醋。"我随口说了一句。

　　"不能。理由很简单，女性听众就是喜欢听有些邪乎的故事，热爱那些添油加醋的事。"

　　"我并不确定……把故事讲好了，完全不用添油加醋。"我说道，同时为自己的大胆感到震惊。以前的主任是不允许别人顶嘴的，否则他会板着脸，找机会报复你。这个主任不是这样，他很年轻、民主，会给你一切自由，但你还是要按照他的要求去做。

"我叫您来，是因为我清楚您对工作的热情，您的，您的……"我看他努力想寻找一个合适的词。如果他恭维我，不知道他想得到什么。可能是希望我免费工作，因为这通常都是他的目的：在下班时间做调查，在办公室加班，而且没有加班费。

"我们需要为女性工作，您知道该怎么做的……对了，我有没有跟您说过，您做的《休闲时光》节目非常受欢迎？我们接到了好几百个电话。"

"谢谢。"

我看着他修长白皙的手指，灵巧地把玩着手上的钢笔，它们也想吸引我的目光，用花言巧语诱惑我。"我们是蝴蝶，很轻盈地在空中飞舞。我们很聪明，您就听从建议吧，跟着我们前行，在广播这条前途未卜的路上冒一次险吧……"

"刚才来了个警察局的负责人，刑事案件组的，您有没有看到她？"

"谁？那个戴着牙套的女人吗？"

"对，就是她。她是阿黛尔·索菲亚警官。我请她过来就是为了确认一些数据。您知道吗，针对女性的犯罪案件，有百分之六十五的凶手都没有得到惩罚？这是一位女听众留给我们的线索，随后，一些女人疯狂地给我们打电话。这是个热点话题，激起了听众的兴趣。因此，我决定制作四十期节目，讲述这些针对女性的犯罪行为，尤其是那些没有破案的犯罪事件。卡诺瓦，我认为您是制作这档节目的最佳人选。"

他那蝴蝶般的手突然停住了，如同进入严肃而安静的等待，阿谀奉承总是很奏效，总是能打动人心，让你点头。

然而，根据通常的策略，我要争取时间。"请您让我考虑考虑。"我说，但我知道自己会接受这份工作。主任的手还放在写字台上，我的回答并没有让他满意，他很着急，不能等我"考虑考虑"。

他天蓝色的眼睛不安地盯着我，好像在说："你就是这个态度吗？真让我失望，亲爱的卡诺瓦，我不仅仅是想要征得你的同意，这是你的工作。我还要你投入感情，要你的热情，我要你把这些感情传递给女听众。电台正处于困境中，电台的未来、我们的未来都掌握在这些女听众的手里……"

"从马赛回来后，我发现……"我准备告诉他发生在邻居家的那起凶杀案，想告诉他这个调查和那件事情之间的奇怪巧合。

但他打断了我的话："可以想象，卡诺瓦，我可以想象……我明白您是一位非常优秀的专业人士……准备好开始做这件事了吗？"

我至少得问清楚，做这些调查他会付多少钱给我，但我担心，那双手的舞蹈会突然停下来，我在椅子上如坐针毡。我知道自己采用的拖延策略，他也心知肚明。再考虑考虑，我还是会同意他的提议，还不如现在说出来，让双方都高兴高兴。

"这次我们会给您加班费的，我保证。"他先发制人，很慷慨地说，"您会得到所需的时间和开支报销。您同意了吧？"

"我接受。"

我偷偷地想发生了什么事导致他如此痛快。过了几秒，那双手又开始绽放、飞舞。我得承认，那是一双令人惊艳的手，从没有哪一位电台主任有与之相似的手：修长白净，骨节细瘦，指肚柔美，没有汗毛，没有赘肉，没有任何不完美的地方。

"您拿着'纳格拉'录音机，拿那组小的便携的，您对新型号了解吗？那款索尼专业录音机您也拿走，BBC也在用同款。这都是刚从日本买来的，国内市场上没有这种嵌入式话筒。您今天就开始这项工作，明白了吗？"

我在等纳格拉录音机时才明白，他已经忘记了我还在这儿。可能刚才为了说服我，他把自己搞得很累，现在他眼前放着一张打印出来的文件。电话响起，他接起来，语气欢快，我向他点点头打了个招呼，就溜之大吉了。

⦅ 4 ⦆

我已经很久没在附近的街上逛了。通常，我都是看一眼"蓬齐亚尼"购物中心，就匆匆地去电台上班了，那栋建筑门脸上长满了攀缘植物。今天我走在家附近的街上，走过整条杰诺维斯街，拐弯走上阿尼西亚路，一直走到烟草店胡同。路上有很多汽车和公交车，大量排放的尾气让空气有点儿发紫，在鞋子下，柏油路柔软得如同橡胶。

在圣克里索格诺路，我在一家肉店的橱窗前停了下来，数了数里面的羊头。那些羊头被整整齐齐地挂在钩子上，像塑料制品一样散发着光泽，可怜的耳朵被剥掉了皮，牙齿上没有嘴唇，眼睛上也没有眼皮，羊头在钩子上摇晃，有时会撞在脏玻璃上。我之前从这里走过这么多次，为什么从来没有注意到呢？

屠夫在店里招呼我进去，我带着一种寒意进入肉店。他在高高的柜台后站着，正准备用锯子锯一只兔子的骨头和软骨。他抬起圆圆的脸对我微笑了一下，表示欢迎。

"很久没看见您了，我都担心您成素食主义者了。"

"我很少在家吃饭。"我解释道。一个看起来有关节炎、行动不便的女人趴在玻璃柜台上，等待着兔肉片。

"您是要猪排还是牛排？"

"给我来点儿牛排吧。"我有些犹豫地说。我仿佛听到有人在耳后窃窃私语，就好像是那些挂着的羊头发出一阵阵诡异的笑声，它们呜咽着、嘀咕着。这几天里，我听到的声音越来越多，都咄咄逼人，充满威胁意味，仿佛是安吉拉·巴里那件凶杀案留下的回音。

"您认识安吉拉·巴里吗？"我装作不经意地问。

屠夫手里拿着一只淌血的猪蹄站在那儿。那双手在切割、加工那些肉时是多么灵活、稳当啊！他惊讶地看着我，但还是热情地回复了我：

"我认识她，怎么会不认识呢，她经常来这儿给自己的狗买肉。"

"什么狗？我觉得她没养狗啊。"

"如果她没养狗，那怎么会隔三岔五地来这儿买绞好的肉呢？她一买就是四斤，而且她总是要那种好肉，质量最上乘的。"

"那您看到过她牵着狗吗？"

"没有，这倒是真的，但我想，她也许把它养在家里。我想，在圣塞西莉亚路二十二号，你们小区有个漂亮的院子……那些椴树，种满天竺葵的院子，狗可能待在那儿。"

"我就住在她对门，可我从没看见过她的狗。"

那男人看着我，脸上流露出讥讽的神情，好像在质问我，为什么对这些无关紧要的细节那么在意。她不是已经死了吗？还死得那么惨，整个城区的人在报纸上看到报道时，都有些后怕。

"您的牛排，六千里拉。"

他把包好的肉递给我，黄色的包装纸沾上了血渍。"再见。"

我走了出去，脑子里还想着安吉拉·巴里那条我没有见过的狗：我从没听到过狗叫，也从没在走廊里看到过狗的脚印；不，安吉拉·巴里肯定没有养狗，但她为什么会买好几斤绞好的肉呢？

我从一个卖报人身边经过，停住了脚，又走回去，既然我已经在这里了，为什么不问问他呢？

"安吉拉·巴里经常来这里买报纸吗？"

"谁？圣塞西莉亚路二十二号被杀的那个女人吗？是的，她偶尔会来，不是每天都来。我觉得她不看报纸，只是偶尔买几本杂志。她总是十分友善，面带微笑……您怎么看这件事？是她的前夫把她给杀了吗？"

"您还记得她最后一次来是什么时候吗？"

"这我怎么记得！来这里买报的人太多了……我印象中星期天早上她来过，之后就再没见过她了。"

我向前走去，来到城区的市场。那是一栋水泥框架的建筑，是个有着顶棚的院子，里面有一些水果和蔬菜摊，还有一眼喷泉，向脏兮兮、落满菜叶的水池喷水。

我问那个卖菜的健硕老妇人是否还记得安吉拉·巴里。

"怎么不记得，那个漂亮女孩总是穿着一身白衣服……蓝色运动鞋……怎么会不记得呢，她真是太好看了……但她怎么会被杀死呢？红颜薄命，总是被人嫉妒，不是吗？孩子，您要点儿嫩豆角吗？这豆角煮着吃，像黄油一样软。"

"她常常来这里吗？"

"谁？那个穿着蓝色运动鞋的女孩吗？不常来，偶尔来，看心情。有一次，我记得她买了一斤香菜，还是我从别的摊位借来给她的呢。我也没那么多，但她要用那么多香菜做什么呢？我就想是不是药用呢？不，因为您知道，香菜是用来打胎的……我记得自己小时候有人用过，现在已经没人会用了……"

她张嘴大笑，露出自己残缺发黑的牙齿。卖菜的马里乌齐亚太太，尽管已经七十岁了，但她很健硕，也很有活力，拉着水果箱，用围裙擦着苹果，她一边等着客人，一边很麻利地择着豆角。但顾客正在一年年地减少，如今家庭主妇更喜欢去超市，那儿卖的蔬菜都用保鲜膜包着，价格还便宜一点儿。超市的蔬菜长得一模一样，都像是充了气一样。

我带着一包豆角和一些桃子从市场出来。我又开始转悠，沿着阿尼西亚路走了一段，走上萨鲁米路，在蓬齐亚尼广场转了一圈，又走上波提切利路，最后到了绿树成荫的台伯河畔。为什么我要在这里转悠，而不是去电台开始做那个新的节目呢？我脑子里一直想着安吉拉·巴里：如果电话留言里的声音真是她的，那就意味着她有话要跟我说。我不停地想，她到底想跟我说什么呢？

我想象着她穿着浅色的裤子、天蓝色的鞋子从家里出来的样子，我想知道她到底会去哪儿。我看着她走过圣塞西莉亚路的院子，走过那悄无声息流淌着水、布满青苔的喷泉。我看着她在一棵椴树下驻足了一小会儿，或许她被花香迷住了，又决定继续前行。

她轻盈而漫不经心的脚步让我很不安：安吉拉·巴里不知不觉进入了我的思绪，在那里静静地等待着。尽管我并不知道，她到底希望我为她做些什么。

《《 **5** 》》

在恶性事件报道的那一栏，标题都是赫然醒目的黑色字体。圣塞西莉亚路上的谋杀案发生后的第一天，报纸就开始报道了，就像其他恶性犯罪事件一样：一位年轻的女性——安吉拉·巴里被人用刀捅死，是她的情人把她杀死的吗？这位"情人"叫朱利奥·卡尔里尼，他住在热那亚，但每个星期都会来找她一次。

我努力地回想，我是否在楼道里或在电梯里见到过他，但脑子里一片空白。如果他真的每个星期都来，那么我应该会碰到他，但我总是看到她独自一人。

第二天，没人再谈论"情人"朱利奥·卡尔里尼了，如许多专栏作家所言，他已经拿出"不在场的确凿证据"。但大家开始谈论安吉拉的姐姐卢多维卡·巴里和她的男人马里奥·托雷斯。马里奥是个很暴躁的人，曾因为斗殴滋事被逮捕过。为什么这两人没有马上发现安吉拉被杀了呢？为什么马里奥·托雷斯在安吉拉被谋杀之后，马上就卖掉了他的车呢？有人观察到，这两人并没有杀害安吉拉的动机。马里奥是个汽车销售商，他很有钱，卢多维卡比他更有钱，这两人已经在一起幸福地生活好几年了。但他们的不在场证明可信吗？一名《晚邮报》的记者称：案发当晚，他们在电影院看了场电影，但并没有保留电影票根。

日子一天天地过去，报纸开始批判警方办事不力：他们在做什么？为什么没有调查到底？凶手残忍地杀害了一个姑娘，怎么可能没有留下一丁点儿痕迹？

安吉拉·巴里的照片日复一日地出现在报纸上，她活着时默默无闻，现在变得众所周知。她温柔甜美的笑容，那依然青涩的身体，她的紧身裤、柔软的衬衫、波波头，还有天蓝色的运动鞋，都让她看起来那么无辜。她生前拍过电影，扮演了一些小角色，为了出名，不知道经历了多少委屈和痛苦。她现在死了，却出名了，但已经没用了。

那桩谋杀案发生一个星期后，记者就深入调查了她的生活，肆无忌惮地践踏她的隐私。在没有固定工作的情况下，她是怎么生活的？为什么她的作息如此奇怪？她是不是真的参演过色情电影？事实上，没人能说出是哪部电影，但有人说看到过她，是不是一个和她同名同姓的人？有人暗示她可能卖淫。但斯特凡娜·马里奥的一场精彩的采访，让这些闲话都站不住脚：安吉拉独自一人生活，从不接待任何男性，除了偶尔会见卡尔里尼先生，仅此而已。

在《信使报》上，我看到一则对朱利奥·卡尔里尼的采访，案发当天他正在热那亚，有四位证人可以为他做证，这篇采访很详细。

"您是安吉拉·巴里的男朋友吗？"

"不是，好吧，算是吧……我们偶尔见面，但我跟她之间并不是正式的关系。"

"您最后一次见她是什么时候？"

"她死的前几天，在佛罗伦萨她母亲住的地方。我到她那儿一起吃了午饭，然后我就去了酒店，她在自己母亲那里睡。第二天我们一起去了车站，她搭上了去罗马的火车，我坐上了去热那亚的车。"

"您还记得你们是哪天坐的车吗？"

"星期天，是的，我想是星期天。"

但是，如果安吉拉在星期天到小区报刊亭买了报纸，她怎么能和卡尔里尼一起在佛罗伦萨呢？

"您记得安吉拉·巴里有什么仇人吗？"

"据我所知，没有。"

"她有没有跟您说过，她害怕什么人，或者曾被谁威胁过？"

"没有，她是个安静平和的人。"

"您能描述一下安吉拉·巴里的性格吗？"

"她是一个骨子里很害羞的人，有时会突然表现得很活泼，让人意想不到，让人惊异。"

报纸上有一张黑白照片，上面有个瘦高男人：他面孔凹陷，额头上有两道很深的皱纹，小而聚光的眼睛，嘴唇很薄，在他精致的鼻孔周围有一种让人不安、暧昧的东西。

一连好几天，犯罪专栏都在讨论圣塞西莉亚路那桩罪案，对案件提出了各种各样的猜想：凶手是她的情人，不，是她的前夫，但他在美国居住多年了，也许是一个疯子、狂躁症患者把她给杀害了……

事实被重建起来：六月二十五日早上，门卫乔瓦尼·马里奥到圣塞西莉亚路那栋建筑的顶层，像往常一样去取垃圾袋。他发现安吉拉·巴里家的门半掩着，里面的灯开着。他摁门铃、敲门、叫她，都没有人回应，于是进去看了一眼。在起居室，他发现了仰卧在那里的安吉拉·巴里，她没有穿衣服，身上有刀痕。令人震惊的是，地板上竟只有少量血迹。"那女孩'看起来就像是睡着了一样'。"门卫说。

他叫来警察，通过前几轮调查，警察发现：安吉拉·巴里于六月二十四日晚上十点到十二点间，死于刀伤引起的大量出血。

尽管那天早上就已经通知了安吉拉的姐姐卢多维卡·巴里，但她直到晚上才现身。她在男朋友马里奥·托雷斯的陪同下抵达，她拒绝进入安吉拉家，并且要求尽快把现场清理干净才进去。她没有流下一滴眼泪，看起来更像是烦躁，而不是悲伤。

照片里的卢多维卡·巴里穿着白色裤子、粉色丝质衬衫，一件皮大衣松松垮垮地搭在身上，看起来十分优雅。

慢慢地，日子一天天地过去，其实并没有过去很多天，报纸上的新闻变得越来越不切实际、越来越夸张。警察找不出凶手，每一个专栏作家都认为自己有义务做出猜测。在大众的想象里，安吉拉·巴里变成了一桩神秘谋杀案的受害者，她被杀是因为她是一个间谍、女毒贩、秘密组织里的人，或者恰恰相反，她是便衣警察，诸如此类。

各家报纸都用了同一张照片，是在露台拍的，她靠着一个装有天竺葵的花瓶，穿着衬衫，露出纤细的脖子。她的太阳镜在鼻梁上微微滑落，唇边带着可爱又天真的笑容。那是报纸唯一拥有的安吉拉的照片，那张照片出现在报纸上后，一些全国性的报纸也拿来用，几乎每隔一天都会出现一次。后来，一名摄影师在他的存档里找到安吉拉·巴里的"摆拍"，那是她为电影拍的写真。摄影师把这些照片卖给一些小报，随即被大量印刷传播。

那是些充满诱惑的照片：惹火的姿势，穿着暴露，虽然如此，但是看起来一点儿也不色情、下流。相反，人们发现，尽管那些专栏记者把安吉拉·巴里描述成"渴望成名，不择手段"的女孩之一，但在她摆拍的照片里，仍然保留着一种纯真和得体的气质，看起来有点儿笨拙，很容易激起人们的喜爱和同情之心。有一个充满恶意的人评价道：或许这正是她"作为一个艳星"失败的原因。

《 *6* 》

我忽然惊醒了，感觉房间里有人。我摁了一下电灯开关，灯亮了，阴影消失了，一个人也没有，我仿佛听到了木地板上的脚步声。

对于这场犯罪事件，我已经泥足深陷，事情已经过去，为什么不就这样算了呢？我的思绪很迷乱，仿佛被乌云笼罩，之前从来没有过这种感觉。电话留言里被打断的声音也像乌云一样，飘浮在我的脑子里。除此之外，我接受的工作使我接触到了其他被残杀的女人，还有被压制的声音。也许，接受制作这样一档节目，调查对女性的犯罪，当时太欠考虑了，我应该一口拒绝。

我关上灯，翻身侧躺着，我很困，但很难再进入梦乡。我听到父亲的声音，他深夜回来在我的床前弯下腰说："米凯拉，你怎么还睁着眼睛？"那时候，在他回家前，我无法入睡。我总是想象着他处于危险之中，在大声呼救，如果我睡着了怎么帮他呢？我等待着锁眼里发出的咔嗒声，走廊里响起的脚步声。我知道，他带进门的还有一阵风，是好闻的樱桃味。也许，他的脖子上还戴着那条我很喜欢的白色丝质围巾，也许他会在厨房里，一边煮咖啡，一边听新闻。

他很老的时候，看起来还是那么年轻，以至于他去世时，我很难相信这件事。我到现在也很难相信这件事情。虽然有时候我很想杀死他，因为他无数次背叛我母亲，根本就不管她的感受。我也痛恨他的自私，这种自私有时让他很精致，有时让他很庸俗。

他整个人都灰扑扑的，之前他的眼睛是蓝色的，和脖子上柔和的色泽非常配，但现在他整个人都是灰色的，黯淡无光，这种没有任何意义的颜色，让我觉得他像个陌生人，甚至是敌人。我从来没有想到过，他死后会变成那种颜色，就好像身上涂了一层水泥。那是一种很统一的灰色，里面有一些小小的气泡，就是水泥加入水之后的样子，一种无法补救、让人压抑的颜色。

也许，我可以让他醒过来，用我的气息，活生生的气息。我想，我把嘴唇放到他的嘴上，想让他复活。我希望他能从我身上获得"活力"①，他经常用这个词，我很喜欢。他说："没有活力。"这让我想到一只飞翔的乌鸦的翅膀。我想"活力"飞扬，让他的肺里充满氧气，让他的面颊红润，让他的脖子柔软，恢复成之前的琥珀色，想让他的眼神明亮，带有笑意。

可是，他还是灰蒙蒙的，像扑满了灰尘，我灼热的呼吸进入他的身体，成了一阵冷风。我很害怕，害怕那种黯淡的色调会传染到我身上，让我也变得灰扑扑的，没有任何色彩。我很清楚，他的冰冷和黯淡已经超过了我的热度，还有我的"活力"。

但我又想到，让我忽然惊醒的那个人并不是他：父亲绝不会

---

① 原文为法语。——译者注

像个陌生人一样，悄悄地来，看着我睡觉。他一定会叫我的名字，并表示他来了，他会拿把椅子，弄出很大动静。他会坐在我面前，和我开玩笑说："告诉我，谁欺负你了，让你变成这个样子，我去打他。"

"我只是变老了，爸爸。"

"别说傻话了，你从小就这么可爱，谁让你眼睛周围长出了皱纹？"

"我不再是十五岁了，爸爸。"

"你还是爸爸的小女孩！要不要我亲你一下，跟你说晚安？"

"不，爸爸，记住你已经死了，你的手是摸不到我的。"

不，那肯定不是我父亲。也许是安吉拉·巴里，她脚步静悄悄的，徘徊在那道将死人与活人分隔开的界线上？我怀疑那个冤魂就是她，在这个闷热的七月，她像一位端坐的女王，出现在我的想象中。

我尝试着将报纸上出现的那些照片，还有我在楼道里遇到她的样子拼接起来。我觉得自己很了解她，事实上我对她一无所知。她被残杀了，忽然，我觉得这件事情深深地冒犯了我。

我想，明天我要打电话给卢多维卡·巴里，我会去找她，问问她妹妹的事情。我得做点儿什么，袖手旁观只会使我心神不安。有了这样一个计划，我睡了过去，睡得很安宁。

我梦见自己处于一片黑色的水中，但感觉没那么沉重。我睁开眼睛，看到远处的海岸有灯光，非常美丽，是拱形的。我知道，我得游过去，一直游到半圆形的灯光那里；我缓慢地游动着，用鼻子呼吸，因为我的嘴巴被细小的浪花轻拍着。水是温暖的，它的黑暗并没有让我害怕；我带着一种幸福感在前行，即使那道灯光并没有因为我的前行而靠近，这种感觉也令人安心。那灯光像遥不可及的明星一样，这些星星的倒影在水里闪耀。游泳是这游戏的一部分，我知道后面会发生一些事情，向我揭示这个游戏的奥秘。

《 7 》

　　早上空气清爽，黎明时分，出人预料地下了一场雨。我穿上雨衣，匆匆地喝了杯卡布奇诺，便下了楼。我想问斯特凡娜一些事，但传达室没有人。我穿过湿漉漉的院子，绕了一大圈经过那些椴树，我喜欢闻树干周围弥漫的香味。

　　我在路上徘徊，一边寻找着我那辆樱桃色的"菲亚特500"，一边想着把它停在哪儿了。我忽然看到一句话，醒目地写在对面的墙壁上：不要多管闲事！那是一行用喷枪赫然写在浅色墙壁上的字。

　　我停住脚步，打了个寒战。如果认为这句话是写给我看的，那就未免太荒唐了，那面墙上总是有人乱写乱画。那句话昨天还没有，今天忽然出现在那里，咄咄逼人，我怎么能没有一种触目惊心的感觉呢？

　　那行字展现出写这句话的那个人很坚定，充满了挑衅。它并不是通常的那种潦草、充满语法错误的话：那些字母写得很标准，可能是涂鸦喷枪能达到的最高水平吧。但也许不是，也许是我错了，那并不是用喷枪写的，而是用毛笔蘸了油漆写的。

　　我终于找到了车，它夹在一辆"奔驰"和一辆"阿尔法·罗密欧"之间，中间没有留一点儿空隙能让我把车子开出来。我试着慢慢地移动车子，碰到了两边车子的保险杠。

"您在干什么？想蹭到我的奔驰吗？"玻璃窗的另一侧响起恼怒的声音。我停下操作方向盘的手转过头去看，有一个头顶方格帽子的男人正好奇地看着我。

"您能不能挪一下您的奔驰，前面是空的；我这边空隙太小了，卡在里面，跟罐头里的沙丁鱼似的。"

那男人满脸不屑地看了一眼我的小汽车。他没有挪动自己的奔驰，而是在侧道的尽头，叉开腿站在我的车子旁边，就像是在说："看你还会不会碰到我的车子！"

我重新发动了车，尽量往前开，避免碰到他的宝贝保险杠。"真是笨手笨脚的，跟其他女人一样！"我听到他压低声音说。他双臂交叉站在一边，用谴责的眼神盯着我。

下车和他吵一架？这只会浪费我的时间。终于把车子从那个地方开出来了，我的手臂生疼，后背也湿透了。"干得漂亮！恭喜您！"那男人讥讽道。他得意扬扬地看着我，感觉给我上了一课。

到电台的时候，我已经迟到了几分钟。我进去看到的第一个人是迪林南齐，他说："啊，你来了啊，我在等你呢……操作台那边没人，我正在放音乐，等一下听众就会打电话来，你赶紧去顶一下。"

我坐在操作台前时，包还没有取下来。我看到迪林南齐弯着腰在灰暗的桌子上写报道。三年前他的头发还都在，现在头顶那块已经全部秃了，反射着天花板上的日光灯。他身上发生了什么事情？他牙龈出血，走起路来一瘸一拐的，像是脚有问题。

我接通了听众来电，之后让他们相互交流，我一会儿调高了音乐的声音，一会儿又调低。这时，负责操作台的马里奥·卡尔佐尼不慌不忙地进来了，手里还拿着一个冰激凌。他看到我手忙脚乱地操作手柄和开关，摇了摇头。

　　"米凯拉，你看你笨手笨脚的，你看！你开的是回音器。"他说完后张嘴笑了，嘴里全是绿色的冰激凌。

　　"你赶紧来吧，别指手画脚的，我还有事呢。"

　　"你让我吃完冰激凌，好吧？你继续播一会儿吧，反正听众也觉察不到。"

　　他吃完冰激凌，洗干净黏糊糊的手，终于把我从操作台解放出来。

　　迪林南齐朝我走过来，手里拿着一堆需要报道的东西。

　　"你真的要做针对女性犯罪的节目了？明天你要是去我家，我给你一包有用的东西。"

　　"谢谢，你可以帮我放起来，或者你带到我办公室来，这不一样吗？"

　　"不一样。我想让你看看我的新家。我买了一幅巴拉^①一九一二年的作品，很棒。"

　　"到底是什么嘛？"

　　"一小幅画，一幅很美的画，你不想看看吗？"

　　"你的新家在哪里？"

　　"在梅露拉纳路，来吗？"

---

① 意大利未来主义画家。——译者注

"我没有时间啊，迪林南齐。我有很多事要做。"

我看着他脸色阴沉地回到小桌子前，也许他被女朋友甩了，现在又一个人了。当他露出那个表情时，我很想给他一个拥抱：他就像个生气的小孩。

我在桌子上发现了一堆新文件。在针对女性犯罪的调查上，好像所有人都想帮我一把：年轻女演员塔玛拉·威尔第——她时不时地来电台读文学作品，给我带来一些剪报。主任的秘书洛伦扎，在我的桌子上放了一本关于性犯罪的英文书籍。

我浏览着那些剪报，看到一个头被砍掉的女孩，她的头没有找到；还看到两个姐妹溺死在奈米湖里，她们被发现时抱在一起，太阳穴里有两颗子弹，不知道凶手是谁。

还有一个妓女被分尸的案件，以及一个小女孩放学后失踪，最后在一个水沟里被发现，已经失血而亡。这些案子，没有一桩是找到凶手的。

我拿着文件夹开始对这些案子进行分类，在上面贴标签。我捏着第一个标签时还在发抖，到最后一个标签时，就已经平静下来，动作快起来了。我一直感觉到一阵强烈的恶心：我为什么要调查这些令人恐怖的事？这些犯罪案件没什么吸引人的地方，那些备受残害的身体没有什么令人激动的地方，只有深深的、可怕的痛苦。

但是，"斯芬克司"的面孔浮现在饱受摧残的尸体间，勾起人解开谜底的欲望，让人整理思绪，提出假设。我们的心理反应让我们去一探究竟，找到解释。我们站在迷宫里，手里拿着一个线头，但并不知道朝哪个方向走。那双杀死一个女人、让她沉默的手到底属于谁？为什么那只手没有在画面里？它就像那停下来的心脏一样，慢慢地失去知觉了吗？

好了，所有卡片都各就各位了。我想，我也会适应这些可怕的事件。怎么能在不失去感受能力的前提下，去习惯那些恐怖呢？我嘴里有种苦涩的味道，我感觉自己做不到。但是，这些堆积在我面前的照片，给了我肯定的回答。我必须找到答案。从排斥到接受，这种自然而然的转变让我很不安，但不像我想象中的那么糟糕。

我拿起电话听筒，拨通阿黛尔·索菲亚警官的电话，她很客气地接了我的电话，声音很平静。

"我是意大利在线电台的，想来找您聊聊。"

"您的主任库苏马诺跟我说起过您。您是米凯拉·卡诺瓦吧？欢迎您来。但今天不行，今天我有事，您明天来行吗？"

我拨通了卢多维卡·巴里的电话，一个紧张、警惕的声音接听了我的电话。"我是意大利在线电台的米凯拉·卡诺瓦，我可以去找您聊聊吗？"

"要是来打听我妹妹安吉拉的，那就算了。"

"事实上，我住在圣塞西莉亚路二十二号。您妹妹安吉拉之前就住在我对门，所以我认识她……"

"天哪！您就是对门的米凯拉！安吉拉跟我说过您。欢迎您来，马上来都可以！"

((*8*))

在报纸上的照片里，卢多维卡·巴里看起来很娇小，肤色黝黑，实际上，她是个高挑的女人，脖子很长，纤细的手臂，浅色的头发，步履轻盈，脸上的线条很硬朗。

她先我一步走进起居室，脚步轻盈地踩在中国风格的地毯上，那些地毯很随意地摆放在白色的地砖上。镀金的门把手，水滴形的吊灯，一块底色是乳白色、印有蓝紫色花朵的漂亮棉布盖在长沙发上。

"给您来杯饮料？"

她细瘦而光洁的手臂伸向玻璃茶几，拿起一个瓶子，拔开瓶塞，倒了些淡红色的液体在高脚杯里，笑着递给我。我注意到她有一口假牙，虽然她肯定还不到四十岁。那是一口完美的牙齿，像瓷器一般闪亮，但太过完美了，所以不可能是真的。

"我可以问您一个问题吗？"她一边喝饮料，一边问我。

看来，她要马上调换角色：不是我采访她，倒像是她采访我。

"您有没有见过一个小个子男人出入我妹妹的房子？他总是穿着一身黑衣服和高跟短靴。"

"好像没有，我想想。"但我的记忆没有任何反应，每次我忽然想记起什么，我的记忆总是又聋又哑。

"您想想看。"

"我真没见过，我脑子一点儿印象也没有。我总是看到您妹妹独来独往，我跟她作息时间不一样，也是一个原因。我很少见到她，仅此而已。"

"她总是笨手笨脚的，可怜的安吉拉。"

我从哪里听到过这个词？啊，是的，今天早上我把车子倒出来时，奔驰车的主人嘴里吐出来这么一句。所以安吉拉像我一样"笨手笨脚"的：笨拙、不机灵、慢吞吞、不灵活，或者总是心不在焉？

"您应该注意到了，她很脆弱、混乱，没什么组织能力。她从小到大一直都那样，可怜的安吉拉，她上学总是迟到，一直在努力学习，却总是学不好。她总是被老师赶出教室，经常留级，有时候也不是她的错，总之，她的生活一团糟。"

"那您呢？"

"我恰恰相反。我不怎么学习，不过分数一直都不错，他们总选我当班长……我在同学里有点儿影响力，每年都考第一名……但是，安吉拉并不因为这一点排斥我。我从来没见过比她还没上进心的人……她太温柔了，有多温柔，就有多没主见……您等等，我给您看她小时候的照片。"

她消失在走廊里，但很快便回来了，手里拿着一套照片，她把照片散放在我旁边的沙发上。

"这是我们在费耶索莱时拍的，每个夏天我们都要去找外公、外婆，要在那里待一个月。现在，我妈妈住在那栋别墅里……这是我。那时候，我瘦得像根杆儿。不是说我现在胖了，只是说那时我瘦得太可怜了。这是安吉拉，您看到她的头发了吗？她一直都更美，更容易被……我也不知道为什么要和您说这些。其实，我压根儿就不认识您，但我记得安吉拉多次跟我说起您，她欣赏您。她说：'我想做她的工作。'她总是在电台听到您的声音，她觉得您的声音'清脆悦耳'。她就是这样说的……我……请您原谅，我从来不听广播……也许是因为我的偏见，我不知道，我从来不太在意安吉拉的话。"

我很惊讶，杯子不小心从手里滑落，饮料洒在珍贵的中国地毯上。我弯腰去捡，并向她道歉。她很体谅地笑了一下，跑到厨房去拿了一块湿抹布。我从没想过邻居会注意到我，并跟她姐姐说起。从没想过她会收听我的节目，她会想做我的工作，尤其让我没有想到的是，她觉得我的声音"清脆悦耳"。但为什么她从来都没有和我说？为什么每次我们碰见时，她总是狠狠地关上家门，把我一个人留在楼梯间，好像如临大敌呢？

"这是我们在火山那里拍的。"卢多维卡扔掉脏抹布，把另外一张照片放到我的手上说，"您去过这里吗？"

"没去过。"

"爸爸放假时常常带我们去那儿。我们会租一栋有很多拱门的别墅，那房子面朝大海，我都还记得。这张照片上看不到别墅，但可以看到深色的熔岩，那座岛上的熔岩全是黑色的。最让人惊奇的是从那些青灰色、玻璃似的土地里，竟然会长出绿色植物，颜色很娇嫩。"

卢多维卡·巴里的身子向前探着，想做出一副讨人喜欢的样子。她柔软的头发遮住了半边脸。她妹妹留短发，而她留着一头长卷发，沿着脸颊垂下来，搭在脖子上。有几缕头发轻轻地垂下来，触到她光洁的手臂上，丰满的胸部在她纤瘦的身体上显得很突兀。

"这张照片是我们在罗马的博尔盖塞别墅公园骑自行车时拍的，我爸爸已经过世了，妈妈刚改嫁。我们俩看起来都不是很开心，是吧？事实上，我们不喜欢继父……是的，确实就像那些童话里讲的一样：继父和继母都让人讨厌……尽管继父是个温柔又体贴的男人……他坚持对我们严格要求……就像个真正的严父……至于安吉拉，我想她也害怕他，尽管继父很偏爱她。他会给我们买很多很多礼物……圣诞节的时候，他会这么做：妈妈刚起床，还睡眼惺忪，继父格劳克就会把她带进我们的房间。进来之后，打开百叶窗，我们能看到巨大的圣诞树，树上挂满了各种各样的包裹。那是他用纸一个一个地包起来的，他总能知道我们想要什么。"

"这位继父还活着吗？"

"当然。他活得好好的，他抛弃了妈妈，和一个比他小三十岁的女孩在一起了。"

"这是什么时候的事？"

"几年前，我不太记得了，也不太愿意去想这件事。从那时候开始，妈妈手上就开始长湿疹，得了可怕的头疼病。她犯病时没法起来，就把自己关在家里，关上百叶窗，一束光线都能让她大喊大叫。安吉拉去找她，拉着她的手，一坐就是几个小时。她那双可怜的手长满了水疱和伤口，她用手套掩盖着……我不太愿意去见我妈妈，因为我们俩爱吵架。她依然是个非常漂亮的女人，应该再找个丈夫，而不是把自己关在家里，独自承受痛苦……为了避免吵架，我很早就离开了家。我十八岁就结了婚，那时还太天真，像个小孩……"

"您丈夫叫马里奥·托雷斯？"

"不，他是后来才出现的。我离开了自己的丈夫，因为我一点儿也不爱他，结婚一年后，我才意识到这一点，我们太不同了。可以这么说，马里奥·托雷斯是我的男朋友，事实上，并没有一个称呼可以用来指代一个你爱的、你和他同居但不会结婚的人。同居者？太官方了。情人？听起来偷偷摸摸的，像是我妈看的那些老派言情小说一样。同伴？满满的政治味道……"

"为什么您不愿意结婚？"

在卢多维卡面前，似乎聊什么话题都可以，所以我提了这样一个不是很得体的问题。她把我拉入她的生活，我觉得她还想说，继续聊她的生活。她似乎一点儿也没有注意到我开着录音机，我尽量没怎么去碰那台录音机，不想让她不自在。

"婚姻会毁掉一切。"她坚定地回答，"我已经尝试过一次，这就够了。我觉得我不会再结婚。拥有一个有魅力的男朋友，跟他做爱，一起旅行，一起去电影院，但之后各回各家，您不认为这样更好吗？"

"您不是说你们一起生活的吗？"

"有时候会在一起，我们想在一起时，就会聚一下，但我们都有自己的家。米凯拉，您有男朋友吗？"

"有。"

"他叫什么？"

"马尔科。"

"他是做什么工作的？"

"为一家报纸工作，这会儿他在安哥拉，我很少见他。"

"这样更好。"

她修长苍白的手在照片里翻找着，拿出一些放在一边，另一些放在我膝盖上。她的情绪似乎激动起来，颧骨忽然有些泛红。

"我给您讲讲我妹妹的性格。爸爸死后，我们继承了四套公寓，两套归我，两套归她。安吉拉二十岁时，把其中一套房子送人了，送给谁了，我也不知道。有时候，我觉得她就是个疯子。她说房子会束缚她。看吧，在这张照片里，安吉拉在威尼斯，她站在鸽子中间，这张照片相当普通，不过我想那是她生命里最开心的时候。那时，安吉拉刚和一个她爱的人结婚。她想跟他一起去美国，后来一切都毁了，那男人独自去了美国。"

"为什么？"

"谁知道呢？也许是安吉拉的错。男人会不顾一切地爱上她，但都离开了她。或许是他们害怕她，也许是害怕她的秘密。"

"什么秘密？"

"我不知道。每个人都感觉安吉拉有秘密。她让人觉得她心里藏着些可怕的秘密……也许全都是假象，我不知道，但这就是她给人的印象。"

我看到她蜷缩在沙发上，好像很冷。头发散在脸上，这让她看起来心事重重。

"不幸的是，安吉拉怀上了那个男人的孩子。他离开之后，我们都劝她打掉那个孩子。她不愿意，她体重不断地往下降，掉到四十公斤，还酗酒，我们强迫她去打掉那个孩子，那都是为了她好。医生也说，那孩子生出来也是个畸形儿。"

这时她平息下来，不再那么激动。这个女人真是神奇，我想，她真的太多变了：一会儿小小的，很黯淡、很丑；一会儿人又高又大、轻盈而漂亮。

"手术时打了麻药，做得很好。"我知道她在说妹妹流产的事。"她没受一点儿痛。打掉孩子后，她并没有转好，反而恶化了，我们劝她去找心理咨询师。一个月的治疗后，医生说她的情况太严重了，让她住院，然后她又在精神病院待了一年。为了付医药费，她把另一套房子也卖了。您现在明白我妹妹是个什么样的人了吧？一个好姑娘，但是很无能，不会安排自己的生活，简直是个疯子。"

"谁会杀死她呢？"我问她，同时扶了一下麦克风，它差点儿掉到地板上。

"如果知道是谁干的，我就会安心一点儿。我妹妹最后一段时间变得神秘兮兮，就好像她害怕我们，不想透露她和谁来往、和谁约会，以及她的生活怎样。她对自己的生活很在意，什么都不肯告诉我们，即使是那些无关紧要的事。"

"她工作吗？她靠什么生活？"

"她工作，时断时续。有时她会参演一部电影，演个小角色，演完后会休息几个月，直到花光所有的钱，然后重新找工作。"

"她自己没有钱吗？"

"父亲留给她的所有钱，都被她挥霍一空了。母亲偶尔给她点儿钱，但并不是固定地给她。安吉拉个性骄傲，从不主动跟我母亲要钱。有几次她没钱了，到了每天吃土豆的地步。我建议她来我这儿，我可以做饭给她吃，也会给她钱花，但她从没来过……我想，她不太喜欢朱利奥，即便朱利奥对她十分着迷。她倒是很愿意去费耶索莱，找我们的妈妈，她很喜欢那个自己从小玩耍的花园，她躺在椴树下的草坪上望着天，一待就是好几个小时。她说，椴树的味道会让她联想到天堂。"

因此，安吉拉·巴里很喜欢椴树，她选择来圣塞西莉亚路居住，是不是因为院子里那两棵巨大的椴树呢？夏天的晚上，有时候椴树清新又浓郁的香气会飘上来，一直到我们住的那层。

"她是个很脆弱的女孩子，我跟您说，她脑子有些问题。有段时间，她总是呕吐，不知道是为什么。她做了所有检查，却什么也没发现，那都是脑子的问题。"

我感觉卢多维卡强烈地想说服我，甚至有些太过坚持。她希望我知道什么，或者不希望我知道什么？她这样毫无顾忌地对我说了她家里的事，但是，当她对我展示那个小世界混乱、分崩离析的状况时，她希望我按照她的方式解读，如果我有自己的想法和判断，这会让她不安。

"现在太晚了，我得走了……您想留一张照片吗？"

"谢谢！"我说。我的手伸向两姐妹的合影，照片里，两个姐妹走在路上，卢多维卡比安吉拉要高一点儿，阳光洒在头发上，一丝骄傲的笑容出现在唇边。安吉拉很温柔，比姐姐卢多维卡更柔软，脸上带着一种屈服、退让的表情，有一丝绝望的神情。我仔细地看着照片，认出了她脚上那双蓝色网球鞋，这是我在门后看到的那双吗？那双鞋被整齐地摆放在空房子的门口，让人印象深刻。

《 9 》

　　坐电梯上楼时我遇到一个男人，但电梯门刚才不是关着的吗？那个男人靠墙站着，好像在等我。我现在出去还来得及，但在犹豫不决时，电梯门关上了，开始上升。我惴惴不安地看着他：那是个小个子男人，很年轻，但面目很沧桑。他穿着黑色大衣，脚上穿着一双带跟短靴。

　　我想起卢多维卡说的话："你有没有见过一个小个子男人，他总是穿着一身黑衣服、一双加州风的高跟短靴，在我妹妹家里进进出出？"他是谁？他要去哪儿？安吉拉·巴里的公寓已经上了锁，警察也贴了封条。我感到很不安，不由自主地用眼睛打量着他，他是不是来找我的呢？他是不是杀害安吉拉的凶手？安吉拉的姐姐是不是也怀疑他？对于一个凶手来说，这样招摇过市未免太过愚蠢了吧？我想不能这样妄下定论，我微笑着，想让自己放下心来。

　　每到达一层时，按钮上的灯都会亮起，但电梯没有要停下来的意思。我再次感觉到惊慌，有点儿口干舌燥。也许，最好的方法是跟他讲话，打破僵局。

　　"我去顶层，您呢？"

"我也是。"他生硬地说。我注意到他有威尼托口音。他看起来像一直不能毕业的大学生：他是装扮成混混儿的学生，还是装扮成学生的混混儿？

电梯继续上升，我站在警报器一旁，心想，只要他一动，我就按那个按钮。但他一动不动。他看着我，脸上有些迷糊，虽然闭着嘴，但脸上流露出一丝微笑。或许他知道我害怕了，他在取笑我。我也试着表现得从容自在一些，观察他那小小的有些紧张的双手：那会是一双持刀杀人者的手吗？他小拇指上戴着一枚银色戒指，上面镶着颗虎眼石。那戒指和双手都使我想起在郊区长大的男孩子，他们的生活中充满了暴力和艰辛；他聪明的眼睛和有点儿绅士派头的衣服，又让人想到有钱人家里被宠坏的男孩。

终于，电梯在轻轻地晃动了一下后停下来。电梯门缓慢地打开了，我故作镇静地走了出去，朝我家方向走去，尽管内心已是狂风骤雨。我用余光看他，他并没有要从电梯里出来的意思。他还站在那儿，站在敞开的电梯门前，看着我把玩着手上的钥匙。我是开门，还是不开？他会不会紧跟着我，闯进门来？我能不能在他冲过来之前，及时把门关上？

但他似乎一点儿都不在意我。这时，他点燃了一支烟，把熄了火的火柴扔在地上，就好像在挑衅我。

我转动钥匙，迅速进了门，之后听到电梯关门的声音。那个男人和他的加州短靴、皮大衣、虎眼戒指一起消失了，我松了一口气。

进家后，我把门闩好，开始准备晚餐。今晚有客人要来，而我还什么都没做好，就快要到八点半了。我准备做黄油柠檬皮面，味道很香，简单好做。第二道菜是蜜瓜火腿，还有今天早上去电台的路上匆忙买来的奶酪。

当我往锅里加水，用礤子礤柠檬皮，打开黄油包装时，那个穿着一身黑衣服的男人狡猾的脸不断地浮现在我脑海里：他上了楼，却什么也没有做，他到底在想什么？这是一种威胁吗？一种告诫？还是仅仅想上来窥视一下，甚至是个愚蠢的游戏？

我得给卢多维卡·巴里打个电话，是她跟我提到过这个穿着加州短靴的男人。我是不是该打电话给她？我手上粘着黏糊糊的黄油，走到电话跟前，拨了她的号码。她很快就接了，我听见了她的笑声。

"是您啊，卡诺瓦，我们刚刚正在说您呢。"

"我想告诉您，今天晚上我在电梯里看到那个穿着黑大衣和短靴的家伙了……"

"他现在就在我面前。"她开心地说。

"您跟他很熟吗？"

"一点儿也不熟，只是之前安吉拉跟我说过。不过现在认识他了，他是过来找我的，一个很热情的人。"

"他为什么来这儿，却没有下电梯？他既然在您那儿，麻烦您问问他。"

我听到他们在窃窃私语，还发出笑声。卢多维卡清脆的声音又回到了听筒里："他是个很有趣的人。他说只是想见见您，认识认识您，他就是出于这个目的，才在电梯里等您的。"

"他为什么要见我？这跟我有什么关系？见到我之后，为什么什么也没说？"

"他说，他没什么要说的。"

"他为什么想见我？"

又是一阵低语和窃笑的声音，最后卢多维卡亲切的声音再次响起："他说，他想见见安吉拉经常见的人，包括我。"

"您问问他对安吉拉凶杀案怎么看。"

"他不知道。"回答简洁干脆，"再见，米凯拉。"

她就这样结束了对话。我还呆呆地站在那儿，不知道该做些什么，就好像参加了一场我无法理解的奇怪游戏。

这时响起了敲门的声音，客人来了，而我连桌子也没有摆好，葡萄酒也没有冰好，面包也还没切。

(((10)))

我眼前是一道很阔气的大门，上面有赤陶装饰。门右边有一个金属门禁呼叫器，上面探出镀金的按钮，可以呼叫里面的人。我找阿黛尔·索菲亚，却找到索菲亚和吉拉尔登格两个姓氏，另外一个会不会是她丈夫的姓氏呢？我拨通了电话。一个虚弱的声音接了电话："六楼。"

电梯是那种老式的透明电梯，木质框架，四面都是玻璃，让乘客看起来如同笼子里的鸽子。电梯里有一盏灯，散发出一种淡黄色的光，电梯一层层地往上走，每上一层都发出金属摩擦的声音。

给我开门的是个中年女人，很瘦，黑头发，脸上带着热情的微笑。我觉得她好像不是我在电台见过的那个女人。

"我找阿黛尔·索菲亚。"我说，"我和她约好了。"

"好的，她就在那边，您请……我是玛尔塔·吉拉尔登格，和索菲亚一起工作。"

她领着我穿过一条铺着红色地毯的走廊。一扇门静静地开了，阿黛尔·索菲亚出来迎接我，她手里拿着厨房用的抹布。

"不好意思，我刚在烤东西……您请进，随便坐。"

我坐在一把木椅子上，椅子上雕刻着蒂罗尔风格的图案，阿尔卑斯山上的星星和心形图案。整个起居室是阿尔卑斯风格，房间里是实木家具，墙上挂着鹿角，还有一个白绿相间的漂亮壁炉。

阿黛尔·索菲亚很快来到客厅，我看到她脱下了身上宽大的奶油色围裙。她指了指一张粗羊毛毯子盖着的矮沙发，问我："您不喜欢坐沙发吗？"

"不，我在这儿坐着挺好的。"

她坐在我面前，脸上露出友好的微笑。她大概有四十岁，我想。她十分健壮，肌肉发达，举手投足间都透露着温柔的女性气质，她的眼睛又大又亮，看起来很果断。

"您是想要那些数据吧？您的主任已经跟我讲过了。要想获得准确的数据并不简单……再说，我们没有按照性别划分这些数据：这些案子都被归为刑事犯罪。我会给您一些文件，但外国的资料要比意大利的多，都是美国人的数据，他们特别热衷于根据性别对犯罪进行分类……恰恰是在美国，人们发现，导致女人死于暴力的原因都来自家庭：丈夫杀了妻子，儿子杀了母亲。百分之四十的犯罪发生在家庭内部，百分之七十二的受害人是女性，我刚刚才看到的……您知道，最令人觉得奇怪的是什么吗？白人要比黑人多，这是数据告诉我们的。您知道，数据总是容易引起争议，也常常受到操控。"

"您对安吉拉·巴里的案子有了解吗？"

"我在报纸上看了点儿报道。我一个同事——利帕里警官在负责这事。还有伯尼法官，他是这个案子的预审法官。您为什么对这个案子特别关注呢？"

"安吉拉·巴里就住在我对面，我们住在圣塞西莉亚路二十二号的同一栋楼里。"

"那您了解她吗？"

"不了解，她在那儿住的时间不长，大概不到一年吧。我只看到过她几次，还是在电梯里。"

"您有怀疑对象吗？"

"没有，什么都没有。"

"好吧，那……"我想她打算站起来。她想让我离开吗？

"您要不要尝一下我刚做好的培根肉丸，再来点儿雷诺产的葡萄酒？"

"不了，谢谢，我得回电台了。"

"培根肉丸是我的拿手菜，您真的不尝一个？"

事实上，那时正好是吃午饭的时候，三点前其实我都不用去电台的。我接受了邀请，我本来也饿了，她看起来很开心。

她走在我前面，带我进了餐厅，那是和厨房连在一起的。我看到在桌子旁边放着三把椅子：一把是阿黛尔·索菲亚的，一把是给玛尔塔·吉拉尔登格的，还有一把是给我的。其实她早就预料到我会留下来吃午饭。

我们坐了下来，阿黛尔把培根肉丸盛在我们的盘子里，闻起来真的很香。玛尔塔从烤箱里拿出一盘菠菜馅饼，散发着融化的黄油和奶酪的香味。

我仿佛已经认识她们很多年了：她们一边笑，一边吃饭，从瓶子里倒酒，自然又热情。阿黛尔很像某个人，但我一时想不起来是谁了。我把一个肉丸从中间切开，脑海里浮现了一个人：毕加索画笔下的格特鲁德·斯坦因。阿黛尔具有那种强大女性的力量，和斯坦因一样的深褐色眼睛，同样浓密的头发在后颈很随意地绑在一起，一样的大嘴、线条硬朗的嘴唇。只有一点不同：女警官戴着牙套，这让她庄严的气质混合着一丝幼稚，有些神秘莫测。

"如果在凶案发生的那几天没有马上找到杀人凶手，接下来也会很难找到。"她嘴里一边嚼着东西，一边对我说。

"据您所知，我们国家有多少类似于这样没破的案子？"

"没有具体的统计，就像我跟您说的，就算有这方面的统计，警察局也不会四处传播。这也可以理解，因为信任危机已经很严重了。"

"我听说是百分之四十。"

阿黛尔·索菲亚笑了，我应该推测出，实际情况其实更多？尽管我已经表示我吃饱了，她又在我的盘子里放了一个培根肉丸。"还要不要菠菜馅饼？"

"相对于其他刑事案件，很多针对女性的犯罪，凶手都逍遥法外，是真的吗？"

"是的。"

"为什么？我可以把我们的交谈录下来吗？"我说着，把一台小小的索尼录音机，还有一个非常灵敏的麦克风放在了桌上。

她没说可以，也没有说不可以，但语调稍微调整了一下，从对话体变成解说体。

"因为这些犯罪常常发生在家庭内部。"她耐心地解释说，"家庭内部是个雷区。很难了解家庭成员之间的深层关系，很容易迷失在里面。这时候情况会一团糟，家庭成员会相互指控，从司法角度来讲，事情会变得很复杂。"

她站起来，去拿了一张纸，放在我的盘子旁边。

"你看一下，这些是四周发生的案子，只有两起抓住了凶手，其他两起还没有头绪。"

伴随着一个很优雅的手势，她叹了一口气，像被扎破的气球在吐气。我注意到她的小拇指上戴着一枚镶嵌着虎眼石的戒指。我吃惊地看着她，我是在哪里看到过几乎一模一样的戒指的呢？是的，几天前在电梯里，那个穿着加州短靴的男人，也戴着同样一枚戒指。

阿黛尔·索菲亚看到我盯着戒指，轻柔地转动了一下戒指："这枚戒指是一个朋友送的，可惜他已经过世了。"她突然悲痛而严肃地说道。

"最近，我在一个男人的小拇指上见到过一枚一样的。"我对她说了自己曾在电梯里碰到那个男人，还有卢多维卡跟我说的话，但她好像并没有很在意。

"我们会核实的。"她漫不经心地说。

我看着她放在我面前的那张纸，那是一份名单，后面带着一些简短的注释：

"辛西娅欧，七岁，死亡时脑部碎裂，在蒂泊蒂娜路被发现，有性暴力痕迹。凶手未知。

"玛利亚，四十五岁，尸体在位于阿巴罗区的家中被发现，死于窒息。凶手未知。

"雷娜达，二十二岁，尸体在博尔盖塞别墅公园被发现，被刀刺死。凶手未知。

"乔瓦娜，十六岁，在奥斯蒂亚被清洁工发现，头部有枪伤。凶手未知。"

我没法继续吃饭了，阿黛尔·索菲亚同情地看着我。

"您不必太震惊，如果无法面对这些事情，那您还怎么进行针对女性犯罪行为的调查呢？"

我挖了一勺菠菜馅饼送到嘴边，但嘴唇还是紧闭着，不肯张开。

"对犯罪避而远之，并不能阻止犯罪的发生。"她明智地说，"要知道，在罗马这样的城市，几乎每天都会有一起犯罪案件。如果我们可以做些什么，那很好；有时候破不了案，那也没办法。要知道，我们生活在一座充满暴力的城市，尤其是对那些没有钱财的人……"

这番话将我从混沌中惊醒："钱财？"我有多久没有听到这个词了，我的高中语文老师用的就是这个词。我当时就在想，自己是否也能找到时机和勇气去运用这个词。现在，在饭桌上，对着一盘菠菜馅饼，这位与斯坦因长得很像的女警官，和我谈论着那些逍遥法外的罪犯时，自然而然地说出"钱财"这个词，就好像那是她的日常用语。

"有没有人在很多年后自首的？"

"极少。有时候，是牢房里的邻居，或者是同伙决定揭发他们，这种情况也会出现，但很少……我觉得，您对于这些事的反应太强烈了，您为什么不做点儿别的呢？"

"我也这样想。"我很真诚地说。我感觉吃下去的肉丸卡在胃里，不上不下，非常难受。

我看到她在笑我，但没有恶意，就好像在嘲笑一个笨拙到把自己绊倒的人。

"如果您愿意，我可以帮您。"她严肃地说，"在调查这些恶性案件之前，您得想好了，您决定后告诉我。"

这次，她做了一个很匆忙的动作，示意我离去，即便很礼貌，但连咖啡也没请我喝。"十五分钟后，他们会在办公室等我，要迟到了。"她说，"您喜欢培根肉丸吗？那是我在博尔扎诺居住时的记忆。喝完您杯子里的酒吧，这对您有好处。"

她站着，快速地收拾着饭桌。我喝下了带气泡的白葡萄酒，终于感觉胃里的东西开始消化。

《《 11 》》

晚上，我独自在操作间：调音员得了肺炎；接替他的人打电话说自己来不了了，因为妻子阵痛，快要生了。主任非常生气，骂了一通这些"什么都不想做的懒汉"，但他还是很小心，没有直接骂他们。他知道技术人员稀缺，聘请他们花费很高，并且很难找到可替代的人，但记者满大街都是，晚上的操作室常常没人。

夜间的广播节目"与听众的非正式对话"的名字出现在每周的节目表上。听众打电话来，巴尔迪教授舒舒服服地坐在自己家里，就可以和他们交流。我们倾听打电话的那些人焦虑的声音，做出评论和回复。只有很少的一些人很愉快，更多人打电话来，是因为他们很绝望，想摆脱孤独与焦虑，轻松聊天的时候很少。

"我老婆离开我了，我睡不着觉。"一位声音沙哑的听众说。

"您还没告诉我们，怎么称呼您。"

"乔瓦尼，我叫乔瓦尼……我喝烈酒，洗热水澡，试过在屋子里上蹿下跳，试过健身，但一点儿用也没有，根本毫无睡意……"

"您妻子为什么离开了呢？"

"我不知道，这就是问题所在。我不知道，有天晚上，她出门后就再也没有回来。后来，她让自己的堂姐跟我说，她要自己的睡衣。不是画，不是衣服，您听好，也不是她仅有的几件首饰，她只是要自己的睡衣，就像在跟我说：我不会再跟你一起睡觉了。"

"亲爱的乔瓦尼……"我听见巴尔迪教授回应的声音……很快，他的声音变得嘶哑而沉闷，发生了什么？我试着调高音量控制杆，却听到一阵噼里啪啦的声音。我又一次暗地里咒骂"意大利在线电台"的设备是从意大利国家广播电视台买来的二手货，老出问题。

"她一声不吭地走了，她应该给我解释一下，不是吗？我让她堂姐问她为什么走，您知道她怎么回复我的吗？她说让我把她的睡衣给她，然后再谈。您觉得她会回来吗？"

"您是否想过您妻子离开的真正原因呢？"我成功地让巴尔迪的声音听起来更清晰，但没能把金属质感的背景音去掉。

"没有任何缘故，教授，我跟您说过了，我妻子走了，现在她只想要自己的睡衣。"

我试着调高巴尔迪的音量，调低那位听众的声音，但我感觉教授要开始咳嗽了，于是调高了背景音乐，想要盖住麦克风里的咳嗽声。我试着让那位听众继续讲，但那位听众像头驴子一样倔，一直在说睡衣的事，其他什么也说不出来。

这时，巴尔迪教授在咳嗽了两声之后，终于通过听筒传出平静的讲话声："亲爱的乔瓦尼，您得扪心自问，想想在这件事上，是不是您也有一部分责任……"

我关掉了所有音乐，尽可能地使教授的声音听起来清楚些，没有太考虑听众的声音。我用两根手指控制着混音器，试图不让他们的声音失衡。

"我想知道，巴尔迪教授，您从精神专家的角度看，还有卡诺瓦女士，我知道您作为记者，一直在和这个世界上的罪恶打交道。在你们看来，是不是所有的婚姻注定都要走向厌倦、瓦解和毁灭……为什么在我身边，只能看到婚姻的废墟……直到昨天，我都在想：幸好我的婚姻还在，但我妻子让她堂姐给我带话，说她想要回自己的睡衣，您知道这意味着什么吗？……"

"您说了，乔瓦尼先生，您已经说了……是我听错了吗？您说的是'我的婚姻'。"

"是的，巴尔迪教授，我说了'我的婚姻'，您为什么这么问呢？"

"这就是问题所在，亲爱的乔瓦尼，就是因为这个原因，您妻子才离开了。如果您说'我们的婚姻'，事情就不一样了，但'我的婚姻'就意味着，您脑子里想的是：我的妻子、我的家、我的快乐、我的未来、我的睡眠等。这就是为什么您的婚姻和您妻子的婚姻没有达成一致的原因。这句话表现出您对自己妻子的话很不在意，亲爱的乔瓦尼，您还在吗？我听不到您的声音了。"他接着对我说，"那蠢货应该是断线了，切到下一个。"

连线并没有完全被切断，但愿乔瓦尼并没有听见。我切断和刚才听众的连线，开始放背景音乐，我问巴尔迪教授是要马上接听下一位听众的电话，还是要歇一会儿。我听到他在剧烈地打喷嚏，一个小孩子的声音忽然冒出来："注意身体！"可是，那个小孩儿的声音是从哪里冒出来的？我不记得巴尔迪教授有孩子，应该是一位偷偷地插进来的听众。我听到教授又开始咳嗽，于是调低了所有话筒音，把音乐的声音放大。

现在我想，这种猛烈的干咳大抵一直伴随着他。为了避免咳嗽声在麦克风里过于突兀，调音员想出一些绝招。巴尔迪教授看起来不像一个幸福的人，尽管他总是为抵御不幸出谋划策。我从没见过他本人，只听得出电话里他的声音——被音响设备扩大和挤压的声音。谁知道他是高是矮，是黑发还是金发。我对他一无所知，但我觉得自己很了解他，因为他的声音暴露了他。在电话线另一端，他仿佛一览无余：一个平静的男人，很绅士，可以说有些慵懒，是那种不慌不忙的智慧；他分析能力很强，因为慵懒的缘故显得有些玩世不恭。但他在听众间有一定的权威，有很多人给他打电话。他的秘诀是将严厉的挑衅和母亲般的宽容混合在一起。我最喜欢他的一点，就是他会时不时地发出一种无法抑制、突如其来的大笑，就像忽然觉得很高兴的小孩子一样。这和他一贯流畅、智慧的声音很不协调，他总是一本正经地传授经验，提供秘诀，通过交流做出诊断。

"我叫加布里埃拉。"电话那端是一个响亮的声音。

"您多大了？亲爱的加布里埃拉。"

他管所有人都叫"亲爱的"，这让我很受不了。曾经有一次，我把自己的想法告诉了他，但他并不在意。

"亲爱的教授，我的问题就是我太爱吃醋了，疑心太重了，这毁了我的生活。"

她应该很年轻，声音有些刺耳，但充满活力。

"您记得皮兰德娄笔下那个人物吗？他把石膏抹在妻子鞋底，就为了不让她出门。我就是这样的，充满了怀疑，只是我不能阻止丈夫出门。但我会控制他，好几次我都跟踪他上街，监视他。他回家的时候，我会把手伸到他的口袋里，在他的钱包里搜来搜去。有次我找出一个避孕套。您知道，我们不会用——"

"您这是强迫症，亲爱的罗桑娜。"

"加布里埃拉，教授，我叫加布里埃拉。"

"啊，是的，加布里埃拉，抱歉……吃醋是脆弱的表现……您害怕失去对男人的控制，因为这种控制是让您感到有力的唯一东西，失去控制就失去了力量。但总把一切都对准一个人，就如同只追求单一文化的民族……注定会招致灾难……因为这个民族的市场也会单一，只有一个市场，只要销售出一点儿问题，就会闹饥荒……"

他从哪里找到的那些类比？我心里一边想着，一边笑他的那些大胆比喻。不知道可怜的加布里埃拉现在是什么表情。

"不要再管您丈夫的钱包了，您得多做点儿自己喜欢的事，参加一些和他无关的活动，放过他吧，您得想点儿别的。"

"神父也是这样对我说的。"

一阵沉默，巴尔迪教授并不喜欢把自己和神父放在一起。

"您知道，吃醋对于爱人也是一种刺激，那就像在对他说：背叛我！有时候他们也不是特意去出轨的，只是为了满足您专横的控制欲……这一点，我想神父没有告诉您……"

"巴尔迪教授，我要怎样才能做到想别的事情呢？我脑子里只有这些。"

我听到教授毫无顾忌地打起哈欠，我调低话筒音，插了一嘴，说接下来会播报新闻。教授好像松了一口气，他不知道该如何继续和那位爱吃醋的年轻女孩儿讲话，他对于她讲述的事毫无兴趣。

我把比莉·哈乐黛的爵士音乐放了出来，这违背了主任的意思，他说这个星期只允许放最流行的几首歌，但晚上这个时候，我希望他没有听到。

"您记住：收听这个电台的人越来越多，这是因为我们只放获得巨大成功、最新潮的音乐。"他不止一次对我说。

比莉·哈乐黛的唱片是我从家里拿来的。电台有很多乱七八糟的音乐，但缺乏经典音乐。这会儿，主任可能正在和他的新情人共进晚餐。虽然有时候夜里两点，我会看到他带着一个金发女郎进演播厅，他那漂亮的犹如蝴蝶一般的手指，像扇子一般张开着，时刻准备着引诱和训斥。

整个白天，我都在看那些被残害的身体，比莉·哈乐黛虽然身体也饱受折磨，但她那柔软而深沉的声音，能将我脑子里积累的恐惧清扫一空。

这时，我的目光被迪林南齐的脑袋吸引过去了，他的秃顶在日光灯下熠熠生辉。他向我示意自己已经准备好播报新闻。我慢慢地调低音乐，并没有切断它，我舍不得一下切断比莉·哈乐黛甜美又沧桑的声音。当计时器进入第三分钟时，我给了迪林南齐一个信号，告诉他可以播新闻了。

他的声音柔和又坚定，尽管有点儿做作，但十分细腻。如果只听他的声音，我会觉得他是这个世界上最有魅力的男人，实际上看到他的样子，真让人伤心：过于苍白的脸，没有血色的手，肿胀的脚踝没有穿袜子，仿佛在穿鞋前被沸水烫过一样。

我心不在焉地听着播报，直到听到一则新闻："安吉拉·巴里案。昨日，警方在热那亚调查了受害者的男朋友——朱利奥·卡尔里尼。他的不在场证据似乎没有几日前那样充分。这个男人在不同的人面前撒谎，他隐瞒了和另一个热那亚女人的关系。"

新闻只提供了这些信息。这是什么新闻？非常混乱，疑点重重。我得去看看安莎社都写了些什么。晚上这个时候，我们要比白天自在一些，绝大部分听众都睡觉了，或者即使有人在听，也都心不在焉。我想象着迪林南齐正坐在桌子前，写着新闻稿子，脑子里想着其他东西，而且困得要死，觉得非常无聊。

我很想和这位朱利奥·卡尔里尼谈谈，不知道能不能找到他。这时我插入节目快要结束的音乐，切断了迪林南齐的麦克风，放了另一段音乐——玛利亚·蒙蒂的歌曲，这也是主任不认可的歌手。同时，我拨通了巴尔迪教授的电话，他咳嗽着接了我的电话。他有些不耐烦，他一定很困，而且在想：为了那点儿钱，还不如放弃这份工作。事实上，他在意的并不是这份收入，而是电台带给他的知名度，这让他很受用。尽管我们是一家私人电台，但他那五十万听众总会在夜里收听他的节目，因此他变得很出名，也为他的工作室吸引了客人，创造了职业权威。

电话响起，我接起电话，接入混音器，确定巴尔迪教授能听到。

"您好，这里是意大利在线电台，您是哪位？"

"我是萨布丽娜，我想和巴尔迪教授讲话。"

"巴尔迪教授在这儿，萨布丽娜，您的问题是什么呢？"

一阵剧烈的咳嗽，他的声音嘶哑。我要怎么做才能让教授的声音变得清楚，同时又能保持他的音色呢？在进修课上，要是他们多教一点儿技术上的东西，而不是全讲理论就好了……

"您好，抱歉，教授，我想给您说一件关于安吉拉·巴里的事，就是电台新闻刚谈到的那个被杀的女孩……"

"请讲，亲爱的萨布丽娜……"他听起来有点儿厌烦，他对巴里案一点儿都不感兴趣，也毫不掩饰自己的哈欠。但是，我的耳朵打起了精神。

"您请说，萨布丽娜。"教授又温和地重复了一遍。

"我认识那个女人，一年前，我在朋友家里见过她……好吧，我跟你们说实话吧，我是个妓女。"

巴尔迪教授什么也没说，也许已经睡着了。我加入了对话中，试图让她再说点儿什么。

"关于安吉拉·巴里，您想告诉我们什么呢？为什么会给我们打电话呢？"我心想，别吓到她，别让她紧张，让她讲下去，别问些没用的问题，试着让她保持在线，然后再问她电话号码。

"我觉得她也卖身。"

"您很确定，或者这只是您的猜测？"

"我猜的，但这并不难猜到。我男朋友——其实我男人在负责她，如果不是为了赚钱，这个男人是不会照顾任何女人的。"

"您也是个爱吃醋的女人！"在调音台的刺刺啦啦声之后，巴尔迪教授的声音突然传了过来。我向上拨动操作杆，提高他的声音，有些不情愿地做着我的本职工作。又是一阵嗡嗡的咳嗽声，然后是梆的一声，好像在弹舌头。

"亲爱的萨布丽娜，吃醋是对别人的生活不合理的控制……"现在他毁了一切，吃醋和卖淫的事有什么关系？我决定放段音乐进去，我接了电话，私下询问她家的电话。

"为什么？"她吃惊地问。

"因为我想和您聊聊，我是安吉拉的朋友，想问您一些事情。"

"好吧。"她对我说，尽管有些抗拒，小声嘟囔着，"五五八，一一六三，您什么时候给我打电话？"

"明天，可以吗？"

"喂，喂？"我听到教授有些厌烦的声音，从音浪中传出来，他还在坚持，"音量调低一点儿，卡诺瓦，我什么也听不见。"他抵抗着。我刚接通他，他就理直气壮地说："亲爱的萨布丽娜，如果您还在听的话，我得告诉您，我曾经和亲爱的玛丽艾拉，不，是和加布里埃拉说过的话：忌妒和爱无关，但它让原本确定的事实陷于争议中。"

大家都知道，巴尔迪教授了解忌妒的机制，他一直在反思这个问题。这时候，他的声音听起来没有那么懒洋洋了，还带有一种激情，简直不太像他，我带着崇敬听着他的话。

又打进来一个电话，我把混音器和话筒连接起来，把声道切换到教授那儿。突然我感到一阵疲惫，我触摸在那些按钮上的手指有些麻木。我看了一眼时间，快要一点了。一点半夜班要结束，我准备好音乐，直到早上六点半为止，即便我不在这里，音乐也会一直放下去。

我穿上操作台下的鞋子，刚才因为热，把鞋子脱了。我把从家里带来的唱片又放进斜挎包，再向听众和巴尔迪教授道过晚安之后，准备关掉灯光。迪林南齐应该已经回家了。我看着他空荡荡的桌子，桌上有一张字条，他用红色记号笔写着："再见，米凯拉，明天见。"

《 12 》

"你们有没有见到一个穿一身黑衣服、一双加州短靴的小个子男人经过这儿？"

斯特凡娜看着我，勉强地抬起沉重的眼皮和浓密的睫毛，她的白眼球在颤动的阴影下发光。

"你见到过吗？"她转头问自己丈夫。他想了想，然后摇摇头。我知道，乔瓦尼这个人粗心大意，从不记得都有谁从这儿经过。乔瓦尼的妈妈也在那里，她是从遥远的卡拉布里亚过来的。她狐疑地看着我，皮肤上布满雀斑，两只眼睛距离很近，眯成一条缝，一张弯成弓形的嘴让人想到鱼嘴。

斯特凡娜曾经告诉过我，她婆婆是卖肉的。她来罗马看儿子时，总是要背几大袋肉，接下来的好几天，楼梯间都能闻到浓烈的烤肉、清炖肉，还有余丸子的味儿。

她的目光斜着越过我的头顶，说："我见过他。"

"但是，妈，你一直都不在这儿，怎么会见过他？"

乔瓦尼是上过大学的，他为这位从乡下来、总是穿着带血迹的衣服出去的母亲感到羞耻，她习惯把四分之一只牛肉扛在肩上，挂在店里。

"我见过他。"她仍然坚称，我想了解更多信息，就走到她跟前。我俯身闻到她身上有比萨饼的味儿，从满是颈纹的脖子里散发出来。

"您是这次来看自己儿子时看到的，还是之前几次？"

"那谁知道呢？但我见过他。"

"一个小个子男人，面色苍白，总是穿着黑衣服的？"

"我不记得了。"

"妈妈，如果您不记得了，您怎么说自己见过他呢？"

"他是长得高还是矮？"

"不高，很矮。"

"妈妈，您弄错了……我怎么从来没见过这个男人。"

"乔瓦尼，一个月以前，您不是也问过我认不认识那位到我家的太太？您问了我三次，但那是我母亲。"

"这栋楼有九十套公寓，每天进进出出的人那么多，住的人一直都在换，我怎么能记得住呢？"

"您母亲很少来这儿，我觉得她观察得更仔细。"

"妈妈，您见过那个家伙吗？见过还是没有？"

"我见过他。"

"这次还是上次？"

"上次。"

"上次是什么时候？"

"那谁知道。"

"我记得。"斯特凡娜笑着说，她很开心能帮到我，"上一次，我想想……那是五月，是的，五月末。现在是七月，也就是两个月以前。"

"这个人做了什么？"

"他对您说了什么，妈妈？"乔瓦尼问，随后他解释说，"有几次，妈妈来了，我让她坐在门房这里。我出去办事，斯特凡娜在下面看孩子。"

"他什么也没跟我说。"

"那他做了什么？"

"他进电梯了。"

"他去哪里，你问了吗？"

"我怎么知道？也许他就住在这里？"

"他是不是戴着一枚银戒指，戒指上有虎眼？"我问。

"没有，什么动物也没有。"

她只能想起这么多了。斯特凡娜和乔瓦尼想尽办法询问其他细节，但那女人拒绝回答。

斯特凡娜从柜子里拿出一块坚硬的点心，是用无花果和粘有蜂蜜的杏仁碎做成的："这是我婆婆带来的，您尝尝。"我尝了一小块，太甜了，但为了让她高兴，我还是吃了。这时，乔瓦尼在紫色水晶杯里给我倒了一些松香葡萄酒。

"她是个很好的女孩儿。"

"安吉拉·巴里？"

"是的，安吉拉·巴里。您知道吗？她每次旅行回来，总会给贝伦加里奥带礼物。"谁是贝伦加里奥？我想了一下，记起那是他们儿子的名字，可怜的孩子，这个名字是为了纪念他父亲的毕业论文。

斯特凡娜也曾在雷焦市上过大学。在那里他们认识、相爱，有了儿子。后来乔瓦尼一直都找不到工作，加上她怀孕了，只能来罗马发展。在罗马，他们能找到的唯一工作就是圣塞西莉亚路这个小区的门房，这里有九十套公寓需要管理，有三个楼梯需要打扫，还有个院子需要保持整洁。正如他们所说，他们在等待一个"更好的职位"。

　　"她都给贝伦加里奥带了些什么礼物？"

　　"嗯，一只蓝色的毛绒小猫、染了色的匹诺曹小木偶、一盒彩笔。有次，她还从瑞典带回来一个旋转时会发出声音的小陀螺。您想看看吗？贝伦加里奥现在已经不玩这个了，它应该被放在装圣诞物品的匣子里了。"

　　过了一会儿，她回来了，手里握着一个红黄相间的菱形金属陀螺。她把它放在桌子上转了一下，陀螺转动时，发出一连串轻快的声音，犹如克莱门蒂的小奏鸣曲。

　　"你要是想要，可以拿走。"她很客气地说，"贝伦加里奥现在已经迷上踢球了。"

　　"谢谢。"我说，"安吉拉·巴里经常下楼来你们这儿吗？"

　　"当然啦，她会来喝咖啡。她说，斯特凡娜煮的咖啡是全世界最好喝的。她坐在现在我妈妈坐的位子上，一边喝咖啡，一边哼歌。"

　　"哼歌？"

　　"对，她喜欢唱歌。"

　　"什么类型的歌？"

　　"比如《我遥远的爱人》，您知道这首歌吗？或者是《夜晚，爱情慢慢黯淡》，您记得这首吗？"

"都是情歌吗？"

"我想是的。"

"然后呢？"

"她会站起来，看着那边镜子里的自己，说：'斯特凡娜，我穿这条裙子怎么样？'我对她说：'很好看，安吉拉女士，您很美。'的确是这样，她一直都很美，看起来像个电影明星。但是她好像不觉得，内心一直都充满恐惧和疑问，她觉得自己很丑，没人爱她。"

"她跟您说的？"

"是的，她说：'斯特凡娜，我的脚踝这么粗，可怎么办呢？'但她的脚踝一点儿也不粗啊。或者是：'斯特凡娜，我额头上的皱纹怎么办呢？我看起来很老，是吗？'我说：'根本就看不出来。'可是她更忧虑了……"

突然，全家人的注意力被电视荧幕上的女孩儿吸引过去，那女孩儿穿着红色三角裤，胸罩上挂着绿色的绒球，她正在黑板上写着一首名歌的一句歌词。"女士们、先生们，谁能猜对这句话，就能赢得三百万，三百万里拉！"她一边说着"百万"，一边晃动着身子，胸罩上悬挂的绒球也随着身体愉快地晃动。

很快全家人手忙脚乱，想要找出缺失的那部分歌词。"我知道这很蠢。"斯特凡娜很抱歉地对我说，"但那三百万里拉对我们太有用了！"

《 13 》

　　我很累，从电台回来时，连吃饭的力气都没有。几天前，我买了很多吃的，把家里的冰箱塞得满满当当。现在所有东西都放在那儿，还没拆封：一小捆芦笋，用蓝色皮筋捆得紧紧的；四个放在泡沫塑料盘上的番茄，上面覆盖着保鲜膜，看上去已经不太新鲜了；几个鸡蛋，放在透明塑料包装里；还有一大盒开了封的牛奶。我也开始在超市买东西，有的超市甚至星期天也营业。

　　我拿了一盒牛奶，闻了闻，一股苦味。我想把它倒入一个杯子里，却倒不出来，牛奶已经变成一块凝乳了。幸运的是，还没有发臭，我一点点地把它挤到洗碗池里。

　　我一点儿也不想做饭，决定给自己泡杯茶，喝茶会不会让我没法入睡？椴花安神茶或许会好些。我去烧水，仿佛听到电话响，走过去看时，却发现搞错了——是旁边公寓里的电话响了，但是谁会往一个死人家里打电话呢？

　　我已经四天没收到马尔科从安哥拉打来的电话了。以前无论他在哪里，每天都会打给我。我也没有收到他的电话留言，只听到阿黛尔·索菲亚的留言，她说自己为我的节目找到了其他材料。还有我妈妈的留言，她一如既往地担心我过于疲劳。自从父亲死于心脏骤停后，她便很关注我，她觉得父亲是死于劳累过度，而我正在步他的后尘。

但是，马尔科为什么不打电话过来呢？我像在电视台那样，习惯性地拿了一张纸，写了起来：一、他到了一个没有电话的地方。但总会有公共电话，或者一家邮局，他可以发一封电报给我，就像他之前那样。二、他发生了意外事故，正在医院里，若是这样，他也应该让别人打电话通知我。三、他遇到了别的女人，不想告诉我。按照惯例，他应该在任何情况下都告诉我的。四、他只是单纯不想给我打电话，要是这样，为什么上次他出现时，表现得那么温柔体贴，不停地对我说"我爱你"呢？这是一个亟待解开的谜团，一个新的谜团吗？

我可以打电给萨布丽娜，她上次打电话给电台，说了安吉拉·巴里的事。作为妓女，她不是很晚才睡觉吗？现在刚刚十一点半，也许她还在工作。但她会不会已经睡了？或者，她并不是一个人睡？也许，她正和自己提到的那个"保护"安吉拉·巴里的男人在一起。

我意识到自己在电话旁打转，试图寻找借口打给某个人，或是倾听某个声音。我渴望听到声音，不论是轻盈的，还是沉重的；也不论是阴沉的，还是明亮的。我爱人们的声音，因为声音里包含太多东西。我会在爱上一个人之前，先爱上他的声音。也许正是如此，我才在电台工作。或者正是因为我在电台工作，我才那么在意别人的声音，痴迷于人们的声音。

为什么马尔科不把自己在安哥拉的号码留给我？我问他要了很多次，他都没有告诉我，找了一个又一个借口。这是为什么呢？好像在这段时间，这个世界在通过谜语来考验我的智商。

这时，我的床似乎正在说着些什么，它声音很低，瓮声瓮气，我觉得它在说"把你的骨头给我"，不过我不是很确定。还有火上的小锅也开始讲话，它是在哼唱，像斯特凡娜说的，安吉拉·巴里在她家哼唱。这两个声音，加上在我面前桌子上旋转的陀螺：那种有节奏的哨声，好像要催眠你。

在夜晚这个时候，所有东西都变得放肆：它们闲聊、唱歌、朗读。我是在哪里看到"朗读"这个词呢？是在玛蒂尔德·塞拉奥的一篇短篇小说里看到的，我在《午夜故事》这个节目里，播了这部小说的广播剧。玛蒂尔德·塞拉奥谈到一位贫困的母亲，整日都在"朗读"，意思是她在给一些贫穷的女孩子教课。

我想，"言语"意味着发出声音，说闲话，"她的言语"……我很喜欢玛蒂尔德·塞拉奥的叙述方式。我心里想着，在电台播音时也要这样说，又觉得自己有些太卖弄辞令了，不禁笑了起来。电台的语言，要么无礼和暴力，要么绕来绕去，把一句话说成四句话，掂量来，琢磨去，总会说明每个词的历史源头和用法。

我正思考着"朗读"时，一个影子靠近我的床边。我睁不开眼睛。依然是父亲吗？我没张嘴，只在心里说道："爸爸，这个时间了，你在这里做什么？"他没有回答，我不再确定那是他，要是我能睁开眼睛就好了。

醒来时，我喉咙很干，内心惴惴不安。从安吉拉·巴里家中传来一些动静，我从床上起来，脚踩在床前的小毯子上时，意识到自己没脱衣服就睡了。

我靠近门口，把眼睛放在猫眼上，但楼道里空荡荡的，什么也没有，邻居的门上贴着封条，那张纸条正好贴在门缝上，这让我很安心。

我回到卧室，但还是能听到动静：那一串串的咚咚声，如同被关起来的鸟儿在撞击着玻璃和墙壁。我想，我要告诉斯特凡娜，也许是一只蝙蝠或是燕子，从没关好的窗户里飞进去了。我意识到这种假设不成立，因为公寓已经被封条封住了，并且没有其他入口，不可能有鸟儿飞进去。

我突然想起来，在我小时候，一位和蔼的修女告诉我，逝去的人的灵魂会像鸽子一样，拍打着翅膀飞向天空。在半睡半醒中，我听到艾斯特里娜修女的声音："那是安吉拉·巴里不安的灵魂，可怜的女孩儿。她找不到窗子出去，飞到耶稣等待着她的地方，不知道会多么痛苦啊……你去放了那个可怜的孩子，如果不去，那在耶稣面前就是罪人，快去，跑着去！"

我勉强从床上爬起来，睡眼惺忪。我走到露台上，不假思索跨过了那道将我们两间公寓分隔开的玻璃，强行打开窗户，进入黑暗的房间。我没有发现任何鸽子，只有一双天蓝色网球鞋，白色鞋带整齐地穿在鞋面上。

我想，谜团就这样解开了：并不是可怜的安吉拉·巴里的灵魂在撞击着墙壁，而是那双网球鞋，沿着墙和门，寻找着出口，如同在跳踢踏舞。

电话响起，我忽然被惊醒。我依旧穿着衣服在睡觉，对着露台的百叶窗开着，被风吹着，发出有节奏的声音。

"米凯拉，是你吗？你在做什么？我等你半个小时了！我一个人在操作台这儿，马里奥没来，主任现在火气很大。"迪林南齐悦耳的声音忽然把我带到新的一天，让人疲惫的一天。现在几点了？已经九点了，我还在这儿睡觉，梦里梦到自己起床了。

"我马上到。"我说，但迪林南齐已经挂断了。

我起床穿上鞋，洗了把脸便出门了。

《《 14 》》

"我们十点半在蒂泊蒂娜火车站见。"

"上午？"

"不，晚上。可以吗？"

"好的。"

这就是我和萨布丽娜在电话里的约定。但为什么会定在蒂泊蒂娜火车站呢？我想，她可能是在那儿附近工作。

"在车站哪里见？"我又问了一句。

"您在车站二等座候车厅等我，我去那里找您。"

我开着车，经过玛格丽特女王路、加莱诺广场、摩尔加尼路、萨莱诺广场、卡塔尼亚路，还有普罗温切广场。我稍微绕了一点儿路，因为我想经过维拉诺公墓，我父亲埋在那里。已经许久没有去探望他了，今天我也一样没时间，已经是晚上了，公墓已经关门了。

我上一次去看他还是冬天，白昼很短。五点钟，天色已经暗淡下来，我看到每个墓穴前点燃的红色蜡烛。"这些红灯真漂亮。"我脑袋里突然冒出这样的想法，隔着一道薄薄的墙壁，窥视里面正在腐烂的躯体，这难道不是一种变态的做法吗？只是为了一个不着边际的猜想：有一天审判的号角声响起时，死者从坟墓里站起来，愉快地走向天堂的花园。

像印度人那样火化不是更好吗？死者裹在洁白的布匹里，放在担架上，由亲戚的双臂抬着。一堆散发着香味的木头，一阵疾火，枝条的爆裂声，烟火盘旋着冲向天空。一刻钟以后，一切都结束了。两只虔诚的手将灰烬收起来，再撒入恒河。

父亲过世时，我曾经建议将他火化，但全家人都反对。"你想把他放到炉子里烧掉，就像达豪集中营的犹太人一样？"吉娜阿姨生气地说，"教会说，尸体要完整保存到审判那天。"我跟她说，人的心跳停止之后，尸体会很快腐烂，这也没有用。

这时我到了车站广场。我想给我的樱桃色"菲亚特500"找个位置，在天桥下面，很快停好了车子。那是因为这个时候外面已经没什么人了。要怎样才能认出萨布丽娜？我一点儿头绪也没有，我甚至都没有问她会穿什么颜色的衣服。

按照她说的，我朝着二等座的候车厅走去。我坐了下来。有三个游客正在等去往米兰的夜间火车。我坐在一个角落里，一个肥胖的女乞丐正在睡觉，她脑袋靠着墙壁，脏兮兮的光脚伸出来，搭在一个纸盒子上。

当我走近时，女乞丐勉强抬起眼皮，两只狡黠的眼睛紧紧地盯着我，好像在审视。她粗壮、满是污垢的手臂从袖子里伸出来，衣服好像是马戏团的服装，上面布满了亮晶晶的反光片。

过了一会儿，来了个比她还脏的乞丐。他手里拎着满满一瓶酒。"垃圾箱里找来的，你看！"他说着，踢了一下纸盒。他露出一种胜利和喜悦的表情，我忍不住对他微笑。他喝了两口酒，用袖子擦了擦瓶口，递给我，让我喝。我回绝了他，我说"我不喝，谢谢"。他生气了，将酒倒在我的鞋子上。

我有一种被监视的感觉。我看了看四周，然而除了两个乞丐外，还有三个昏昏欲睡、在等十一点半的火车的游客，我没看到其他人。

连火车站工作人员的影子都看不到。售票窗的玻璃后有一个身穿制服、满头银发的男人在数钱。已经过了十点半，可我还是没看到萨布丽娜，我该怎么办呢？当我正准备站起来时，我看到一个矮小而健壮的女人，身上穿着一件草绿色的短裙，径直朝我走来。应该是她了。她朝我笑了一下，然后说："您是米凯拉·卡诺瓦吗？"

那个男乞丐摇摇晃晃地站起来，想让这位刚进来的女人喝酒，但她用严厉的目光瞪了他一眼，仿佛认识他，并警告他不要造次。

"您跟我来。"她对我说，沿着人行道径直向前走。萨布丽娜踩着红色的高跟鞋，走得很快，有些踉跄。她的头发很亮，微微泛红，每走一步，身上的短裙都会在膝盖上跳动一下。

我们走过站台，沿着铁轨一直向前走。在黑暗中，我们跨过堆在一起的木条、散落在鹅卵石上的铁轨，还有一些水泥轨枕。

如果有人看到我，一定会说我疯了，然而我并不害怕。我跟在她身后，犹如身处昨夜的梦里，走在从来没有见过的阴暗之处，还有梦中的记忆里。

我看到她突然停在一间赭石色的小屋前。在一片水泥平地上，在铁丝搭建的大藤架下，有几把塑料椅子，还有一张小桌子，小桌子上有一盏暗淡的灯，灯上布满了苍蝇和蚊子。

"这是我的个人酒吧。"萨布丽娜对我说。她坐下来，用手撩起绿色的裙摆，露出肌肉发达、黝黑的大腿。她看到我有些迟疑地站在那里，看着布满灰尘的红色塑料椅子，她迅速地用裙边将它擦干净，从灌木丛里拿出一瓶啤酒和两个杯子。她将杯子倒满酒，递给我一杯酒。

"干杯！"她说着，喝下两大口冒着泡沫的温热啤酒。

温暖的夜晚，大藤架下弥漫着葡萄叶的味道，她似乎已经准备好了，我还在等什么呢？

我看着她：她很矮小，黑色的头发，五官很小但很和谐，看起来很沧桑。在她疲惫的笑容里，有一种矫揉造作的东西，但也让人觉得坦率又大方。她少女时代应该很美，而现在看起来好像大病初愈：一张天真、多变的脸，灵活的身体，好像习惯于抵抗各种侵犯。

"您为什么想了解安吉拉？"她问我，跷起二郎腿，红色高跟凉鞋在脚上晃荡。

"因为她是我邻居，我认识她。"

"我没跟警方说什么，也不会说的。"

"我不是警方的人。"

"我知道，看您的样子就知道了，您是电台的人。"她笑着说，"我认识您，还认识您的男朋友。"她喉咙里发出一阵咯咯的笑声，很幼稚。

"我男朋友？"我震惊地问，但我马上明白，她在开玩笑，"您说过，您的男人对安吉拉很感兴趣。"我对她也是用尊称。

"是这样，没错。"

"这个男人叫什么？"

"您不应该问我名字。"她做了一个霸道的手势，像是黑帮的手势，但看起来过于装腔作势，一点儿也不让人害怕。

"您说过她卖淫。"

"是真的，她不像我一样，在大街上揽客。她都是跟人去豪华宾馆，那些人付给她很多钱。"

"是您的男人给她招揽客人吗？"

"我不知道。或许吧。他如果知道我跟您说了这些，他会杀了我的。"

"那您为什么同意见我？"

"我恨那个安吉拉，我巴不得她死。但当她真的死了，我很难过。看她那个样子，简直就像个孩子，没办法伤害她。有一段时间，我们瞒着南多私底下通电话……"她害怕得停顿了一下，一只手捂住嘴，"看吧，我已经说了他的名字，您能忘掉吗？就当我没说。"

"南多威胁她了？"

"没有，南多很爱她。总是按照她说的做——五星级酒店？好的，我给你找。房间里要有花？好的，我摆花，很多很多花……南多把我从街上赚来的钱全给她花了，您明白了吗？"

"会不会是他杀的？"

"南多？"她笑了起来，如同夜晚月色下的一只青蛙，喉咙里发出沙哑的咕噜声，"南多是个绅士，不会弄脏自己的手。"

"但他靠别人卖淫生活。"

"不是的，女士。他这个人活在梦里，您不了解他，他是个很奇怪的人……他对钱丝毫不感兴趣，一边挣，一边挥霍……"

"为什么您不让我认识一下他呢？"

"他特别谨慎，不会让像您这样的菜鸟缠住的。"

"我不想缠住他，只是想和他聊聊。"

"他不是那种爱说话的人，他有什么事都不会和我说，只会跟安吉拉讲，讲起来没完没了。"

"南多住在哪里？或许我可以去找他。"

"我又不是间谍……他总是到处转，他在米尔维奥桥那边有个相好，但那女人像我一样，也是个可怜人。"

"萨布丽娜，您介意我把您说的话录音，在电台播出吗？"说着我拿起小小的索尼录音机，开始调整话筒。

"您喜欢萨布丽娜这个名字吗？这是他给我取的，我的真名是另一个，但不能告诉您。人们能从电台听到我的声音吗？"

"我正在做一期节目，关于安吉拉·巴里，还有其他像她一样被杀死的女人。因为您认识她，您可以跟我讲讲安吉拉吗？"

"您想知道什么？我已经跟您说过了，她只是个小女孩儿……性格很倔强……一下要这样，一下又要那样。她喜欢把男人迷得团团转……他们越是疯狂，她就越是高兴……所有人都为她倾倒，因为她很可爱。她并不漂亮，南多也这么说：'她很蠢，动作僵硬，但我喜欢……'她知道怎么对付男人，但就是不会赚钱，这方面她就是个傻瓜，对生意一窍不通。"

"那她为什么要卖淫？"

"为什么？为了挣钱呗。所有人都想摸你，把手放在你身上，亲吻你，在你耳边说些甜言蜜语，让你怀孕……该伸手就要伸手，要你想要的东西，你也在工作，不是吗？……他们应该付钱。"

"那个朱利奥·卡尔里尼，您认识吗？"

"据我所知，他常常拿钱，不是给钱。这个人爱穿好的，总是穿着蓝色套装，还有一双三十万里拉的英式皮鞋，但他哪里有钱买这些奢侈品……"

"安吉拉不爱他吗？跟您聊过他没有？"

"我不知道，她没跟我说过。"

"她都和您说过谁？"

"说过南多。"

"她爱南多吗？"

"我不知道，我跟您说过她很奇怪，根本不知道她在想些什么……但她常常跟南多聊，对他总是很温柔。"

"她说南多什么？"

"很帅。她就是这么说的。"

我惊讶地看着她。她看到我很惊讶，就笑了。我假如闭上眼睛，仿佛身在乔治利亚的乡村，只有在那里，我才听到过像蜜瓜一样大的青蛙这样咯咯地叫。

"安吉拉是否跟您说过，她害怕南多？"

"安吉拉害怕所有人、所有事，她总是会逃走，但她跟人在一起时，不管是谁，她都相信。不过，她真有个很有钱的母亲吗？"

"好像是。"

"奇怪了……我想，南多真的为她疯狂，但他并不会因此放弃我和另一个女人——玛利亚……相反，他最近又找了一个女人，第三个了，叫阿莱西亚，非常年轻，吸毒……他需要很多钱，因为他挥霍无度，我不认识比他还要慷慨的人。头一天也许他会生气，因为我晚上赚的钱太少，可是第二晚他又送了我一条项链。"

"用您自己挣的钱。"

"是啊，用我的钱。其他皮条客一分都不会给我们，不给他们保护的女人花一分钱，但他会给我们花钱。事实上，他常常是一无所有的，简直家徒四壁。"

"那您可以告诉他，我想找他谈谈吗？"

"我不知道，他是个疯子，我不知道他会有什么反应……我想，他可能会拒绝，而不是答应……不管怎么样，只要他同意，我就给您打电话。"

她站起来，将啤酒一饮而尽，走向明亮的站台，经过一列停在铁轨上的废弃火车。

"您等等，萨布丽娜。"我说着，沿着站台追上去，"安吉拉和您说到过其他男人吗？"

"没有。"

我明白，她并不想再回答我，我想，我是不是该给她点儿钱，但我并不想冒犯她。我看着她转过身来，用挑衅的眼神盯着我。

"我已经给了您很多信息，现在您得给我钱了。"

"好的，多少？"

"五十万里拉。"

"萨布丽娜，我并不是亿万富翁。我在一家私人电台工作，每个月赚两百万里拉，这就是全部。"

"好吧，我明白了，那您就不用给我了。像您这样的人，我是很唾弃的。"

"我身上带了二十万里拉，您要吗？"

"我要那干吗？只要我愿意，半个小时内就能挣到。"她狂妄地说，她也知道自己说的并不是真的。

"您真的一个月挣两百万？跟我那个在西门子当工人的表妹——孔切达一样。"萨布丽娜沮丧地说。她做了一个令人意想不到的动作：她解开衬衣，从胸罩里扯出一只又白又丰满的乳房。

"您从没见过这么鲜嫩漂亮的乳房吧？我四十岁了，但我的胸看起来就跟二十岁似的。您想借点儿钱吗？米凯拉·卡诺瓦，我很同情您。"

"很漂亮。"我说着，看着那个洁白的乳房，它暴露在夜色中，乳白色的乳房被一只黝黑的手握着，如同一轮明月。

"您想摸摸吗？"

"谢谢，萨布丽娜，但现在我得走了。"

"我的意思是说，像在博物馆那样，摸一摸……如果您愿意的话，我会教您一些赚钱的技巧。"

"您想教我卖淫？"

"为什么不能呢，我不是也教了您的邻居安吉拉·巴里吗？"

"你们晚上会带她到街上吗？"

"怎么会！我跟您说了，她不是站街的那种。但是南多跟我说过：你得像个热心的母亲一样，教她两三样本事。"

"他真的说'像个母亲那样'？"

"是的，像个母亲……您知道我想说什么吗？她比我小将近十岁，当我认识她时，我马上明白，她就像个女儿……她会乖乖地学习，教什么就学什么。她穿着白色的裙子、天蓝色的运动鞋，像是刚从修女学校出来。"

"她经常穿那双天蓝色的运动鞋吗？"

"是的，经常穿。她走得很快……个子高高的，并不像我这么矮小。没有高跟鞋的话，我就要擦着地面了，但她呢，像是要飞起来似的。"

"她有没有跟您说过一个穿着短靴、小拇指上戴着虎眼戒指的男人？"

"那就是南多。"

我惊异地看着她，有些难以置信。那个乔装成混混儿的学生就是他。那个跟着我坐电梯，坐到最顶层，一句话都没说，吸了一根烟，并将火柴扔在楼道里，独自下了楼的男人不是别人，正是南多。

萨布丽娜的一只手放在我肩膀上，说："再见，美女！"我看着她快步远去，跳着跨过一根根水泥枕木。有点儿发红的深色头发越来越远，最后变成一朵紫色的云，如同霓虹灯光下的光晕和夜晚的雾气。

《 15 》

迪林南齐从报纸上给我找到很多照片，我把这些收集起来并放好，上面全是被拷打、割喉、碎尸的女人。真是奇怪，他保存着这些用来做什么呢？八个月前的一则报道，他用红笔标记了三次，并画了很多惊叹号：一位母亲在家里杀掉自己的女儿，埋在自家的院子里。在一张被毁容的女人的照片下，迪林南齐用钢笔写道："女人也会杀人。"

我知道他想说什么。"人类也是有动物性的，有着犯罪基因。"正像他几天前对我说的，"只有通过禁忌、宗教戒律、巫术仪式、文明意识，人类才能控制这种天生的本能，无论男女都一样。"

正是为了回复类似于他提出的问题，我录下了奥莱莉·菲力的声音。她认为这与其说是天性，不如说是历史原因："谋杀是男人社会使命的一部分，并非属于女人的。"她笑着反驳说，"因为在男性的成长教育中，会训练他们谋杀：在世界上任何一个地方，男孩子到了一定年龄，都会被送到一个群体中去，训练杀人，或是被杀，不是吗？你想想那些或近或远的战争，都是国家的指令，让他们进行训练，为战争做好准备：开枪、刺杀、投掷炸弹、割喉、乱砍……幸运的是，女人在历史上有其他职能，也就是照顾、护理、喂养病人……总之，强奸和谋杀是男权意识形态的一部分，对敌人身体的征服和控制是很正常的。可惜的是，在某种程度上，女人被看作敌人，她们的自由会威胁到男人的地位，这也是不难发现的事实。"

"昨天法庭上审判了一个母亲，她强奸了三个孩子，最小的六岁，最大的也才十五岁。"迪林南齐坚持说。他并不喜欢这种长久以来性别差异的言论。

"那种事太少了，正是因为这个原因，所以上了所有报纸，掀起轩然大波……"

阿黛尔·索菲亚开着警车，给我送来一袋卡片。门房斯特凡娜看到她的车停在栅栏前时，吓了一跳："我想，他们是在这栋楼里找到凶手了吗？他们是来抓人的吗？"

"斯特凡娜，您有怀疑的对象吗？"

"我也像所有人一样，真的是一无所知，但有几次我想到了二楼的迪阿法尼工程师……拜托您，不要告诉任何人，乔瓦尼说，他在案发当晚十点钟左右回来，坐电梯上了二楼。他以前从来不会这样，这不是很奇怪吗？"

"为什么您没跟警方说呢？"

"我说了……他们问我所有居民那晚的活动，我就说了，但他们根本没有审讯过他……"

迪阿法尼工程师？我试着回忆他的脸、走路的样子。事实上，他身上有种阴暗的感觉，会让人联想到杀人犯给人的感觉，但这个证据充分吗？

我问斯特凡娜他是否独居。"和他妈妈住在一起。"她回答说。

我想起来了，早上我穿过院子去电台时，能感受到背后有两道目光，那是迪阿法尼太太的目光。她站在窗户边上一动不动，神情呆滞，看着进进出出的人。

我第一次感觉自己住的公寓有些阴森恐怖，就像一个蜂巢，里面混杂着杀人蜂，但还没有人识破。无论是白天还是夜晚，无论什么时候，这里都人来人往：怀里抱着小孩的女人，穿着蓝色牛仔裤、戴着深色眼镜的男孩子，穿运动服的男人，穿着优雅的男士，拿着购物袋的女士。他们去哪里，做什么，都在想什么，一切都无从知晓，也想象不到。在安吉拉死之前，我熟悉一些面孔，我跟他们打招呼，伴着椴树的香味走进楼梯，而现在，我走到庭院中央，转头看向每一扇或明或暗的窗户，心里充满了怀疑。

"狄安娜，三十六岁，身上有挨打、被捆绑的痕迹，嘴被堵住，被匕首刺死。一天晚上，她父亲回到位于帕尼斯佩尔纳路的家里，发现了她的尸体。母亲在她年幼时去世，她有两个在海外生活的兄弟。她和丈夫离婚几个月了，住在四楼的一间公寓里。没有偷盗和砸门的痕迹，衣橱里的衣服井然有序，包括两件用塑料袋裹起来的皮草。她前夫当天在米兰办事。她没有情人。没人看到有凶手进出。

"黛波拉，十九岁，独生女，遭强奸后被勒死在塔亚门托路的家中。黛波拉在卡西亚路上翻译学校，父母在外面上班。她穿着一件有米老鼠图案的T恤，门没有被撬开。没有人看到凶手是谁。

"莉迪亚，二十五岁，被殴打致死后，弃尸于奥勒加达一个网球场旁边。她父母年纪很大，已经离婚，她独居在特拉斯泰维莱区。二月十五日晚上，她前往'兄弟友好'医院找自己的父亲，从那天起便杳无音信。五天后，人们在玫瑰花丛后面找到了她的尸体。未发现有用证据。

"朱丽叶塔，三十二岁，被强奸、刺伤，死于枪击。她的尸体被军用棉被包裹着，在一辆偷来的汽车后备厢内被发现。她没有父亲，朱丽叶塔和母亲、弟弟一起居住在津巴莱利路的一间公寓里。她是奥比斯电器公司的职员。凶手未知。

"乔瓦娜，三十九岁，凶手用她的内衣堵住嘴巴，弃尸于乳制品中心，头部有伤，还有钝器重击的痕迹。调查很久后，才确认了尸体身份，因为装有个人证件的包不见踪迹。死者十二岁的儿子辨认出了她，他和奶奶一同生活。乔瓦娜在托尔·迪·奎恩托附近做妓女，未发现她的保护人。无线索。

"安娜·玛利亚，四十五岁，在杰米尼路的家中被刺死。她独居，在圣灵医院当护士。未发现撬门痕迹，在抽屉里发现她死前最后一个月的工资：一百二十万里拉。行凶者未知。"

我从一堆文件里抬起眼皮，感觉头晕目眩。我看到那些被杀害的女性一起涌向我的思绪深处，轻盈但带着血迹。她们全都光着脚、无声无息。怎么可能，事情会以这样仓促的方式结束。警察写一个汇报，装入档案，档案上贴一个注脚，标有出生和死亡日期。

城市的记忆并不会保存这些犯罪行为，也不会有任何记录、话语、任何"没有找到凶手的受害者"的墓碑，但我们能看到那些"不知名的士兵"的墓地。这些冤魂在继续来回行走，永不安宁，寻求着一丝关注。

她们中有一些，可能给凶手打开了大门，或许脸上还带着信任的笑容，因此那些门从没有被撬过。也许正如安吉拉·巴里那样，每晚都要转好几圈钥匙，把门反锁好。她们都是同意那些人进来的，也许为杀害她们的人打开门时，她们还很高兴。

面对这一群行走的、吸烟的、笑着的、等待的、喧闹着要求正义的女人，我要怎么做？我如何在意大利在线电台，在我的小工作室里招待她们？我想给她们每个人画一幅画像，重新赋予她们声音，找到一些认识她们的人，回忆她们的动作、愿望和计划，但我要从哪里开始呢？

我一个人，我的录音机陪着我，许多声音接踵而至，朝我压过来。这些被杀害的人发出巨大的喧闹声，我不知道该从谁开始。那些女性柔和的身体里，究竟有什么东西可以激起男性的愤怒和杀机？我要跟阿黛尔·索菲亚谈谈，我想或许她会给我解释一下性犯罪的机制，通过数字、重复、习惯、规律，才会被总结出来。

《 16 》

从栅栏门出来时，我看到面前的墙壁上赫然写着醒目的大字：妳小心点儿！那个"妳"字是对女性说的，这让我内心很不安。之前写在墙上的话已经被负责搞卫生的乔瓦尼·马里奥擦掉了，但那个写字的人像只勤快的蚂蚁，又在墙上留下一行字。

我在圣塞西莉亚路上寻找我的樱桃红小汽车，那些汽车远远地看上去都一样。现在市面上"菲亚特500"已经不是很常见了，更何况是樱桃红的……并非是我偏爱这颜色。那是我从《博尔特塞门》的一则广告里看到的，那是一份专为穷人办的报纸，可以在上面买卖一些便宜东西。那段时间我很穷，我的"黄蜂"摩托车被偷了，就买了这辆二手车。我一点儿也不后悔，我去任何地方都开着这辆车，虽然跑得很慢，但耗油也很少。

最终，在阿尼西亚路和达巴齐胡同的交叉处，我远远地看到那团樱桃红。它就停在一棵椴树下面，发动机盖子上布满了黏糊糊的黄色小花。停车时，我找到了这个城区唯一的一棵椴树，这样就可以闻到它的香味。

我发动汽车时，看到在背后的砖墙那里，有个穿着宝石蓝衣服的年迈女人，弯着腰，手里拿着一包东西。很快，有十几只猫就像听到号角一样，从不同地方跑了出来。有刚出生的猫，靠小爪子站起来都很费力，还有大猫、虎斑猫或是灰猫，胡子很长，爪子很结实，一副脏兮兮、乱糟糟的样子。它们全都很瘦，毛很脏，尾巴又粗又硬。当那个女人把纸包打开，摊在人行道上时，它们蜂拥而上，狼吞虎咽，发出沙哑、残暴的呜呜声。

女人靠着矮墙坐下来，像母亲般看着它们。偶尔她弯腰，轻轻地把蛮横无理的猫提远一些，让弱小的猫也能吃上一点儿东西。现在，那些猫都在我的车轮前，我没办法动了。我熄了火，从车上下来，坐在了那个喂猫人的旁边。

"它们饿了。"她说着，没有看我。

"您每天都会来这儿吗？"

"不是每天，能来的时候就会来。之前有段时间有个姑娘常来，我不来的时候，她会过来。猫咪都等着她。它们一看到她的白色外套、天蓝色的运动鞋，就会从四面八方冒出来。后来就没再见过她了。"

"那个姑娘叫什么？"

"不知道，偶尔我们会交流两句。'那只虎斑猫最近怎么样啊？''它咳嗽了。'我说。灰色的猫被车子轧了，白色那只生了八只小猫，那只黑色的被毒死了。"

"您知道她住哪儿吗？"

"在圣塞西莉亚路，我想是的，但不知道是几号。"

"她叫安吉拉·巴里，我告诉您，她已经死了。"

"她还那么年轻……死于事故？"

"被杀死的。"

"就跟街上的猫一样：要么被车轧死，要么就是被杀死。"

我看着她站起来，把地上的包装纸捡了起来，快速走向路的尽头。地上还留着一张沾有油污的纸，有几只猫还在抢上面的吃的。其他猫则躺在墙头上，在椵树的树荫下消食。有一只爬到我的汽车发动机盖上，动作好像在拉大提琴：它一只爪子笔直地伸向空中，头弯曲放在肚子上。

我抬眼看了一下表，已经迟到十二分钟了。我轻轻地赶走那位"大提琴家"，重新发动车子，尽量不轧到那些四肢还不是很灵活的小猫。

我看到迪林南齐独自一人在操作台前忙碌着，看起来很烦。调音员还没有到，而巴尔迪教授的早间广播节目已经开始。跟他解释安吉拉·巴里以前买好几斤肉，喂达巴齐胡同里流浪猫的事没用，他根本不会在意。"我还以为你撞在树上了。"他说，像在诅咒我一样。

我把他替换下来。在操作台前，在耳机里，我听到巴尔迪教授正在给人出主意。他绞尽脑汁，想提出一些充满善意的建议，热情的声音还带有些许清晨的含糊。这时候，马里奥·卡尔佐尼来了，他坐在操作台旁，点了一根烟放到唇间，丝毫不在意墙上印有"禁止吸烟"这几个大字。

听着巴尔迪教授缥缈的声音，我挑选着空当时段要放的碟片，把广告带放到一边，检查早间节目的放送时刻表。巴尔迪教授的节目还剩十分钟，然后就是一档著名厨师的节目，大概半个小时，今天早上轮到法国厨师迪比道特，预计他会给出一些关于新式烹饪的意见。接着就是新闻播报，由迪林南齐撰写并播报，然后是一位健身操专家的节目。电台总是会请来一些专家，给他们很少的钱，让他们通过电话回答问题。这是库苏马诺的策略，"投入少，收获大"，这就是他说的。全职员工不到十个人：三个技术员、一个秘书、两个记者。这就是全部人手。

中午有场关于法律问题的直播。梅利律师会来工作室，他是一个温和的人，染着黑色的头发，有时候，他的头发有点儿发紫。

他是我认识的最内向、笨拙的男人，我不知道他在法庭上会是什么样子。事实上，我并不觉得他很成功，他总是负责那些小得不能再小的案子：小型欺诈案、邻居间的争执、无法兑现的支票等。那些找他打官司的人都没什么钱，常常不付钱给他，但他细心温柔，从来不会为任何事失去自己原本的耐性和客气，顾客都很喜欢他，即便他并没有赢得官司。因为他们明白，他是个可靠的好人，很值得信任。

他手上戴着一枚戒指，所以他已经结婚了，但从没人在电台见过他妻子。有几次，我听到他提到远方的儿子，也许和母亲一起离开了。

梅利律师星期一和星期五来电台做法律咨询。他并不是一个愉快的人，很笨拙、羞怯，但他抬起灰色的眼睛看着你，眼里的惊喜和真诚的关注让我心情很好。如果我跟他聊安吉拉·巴里会怎样？

但今天他匆匆忙忙的，我看他不停地看表。讲话时，他好几次语无伦次，以至于马里奥·卡尔佐尼露出同情的笑容。尽管他总是耐心又仔细，把工作做得很好，但很多人认为他是个"可怜人"。梅利律师深受听众的爱戴，因为他总将他们的案子放在心上，不遗余力地思考，对我们主任来说，这就足够了。我想，电台不会付给他很多钱。

"米凯拉，主任叫你！"

我站起来，去敲上司的门，如汉赛尔和格雷特的童话里的那样，彩色的门就像是糖和巧克力做的，很有光泽。我敲门后进去，看到他坐在巨大的黑色玻璃写字台前，如蝴蝶般漂亮的手边，放着一个裸体女郎形状的文件垫。

"没有破案的犯罪事件，调查到哪一步啦？"

"我正在搜集资料。"

"您知道，三个星期后，这档节目就要播出了吧？"

"我知道，但我得继续忙其他节目，没有太多时间。"

"亲爱的卡诺瓦，一个好记者可以两者兼顾……我记得自己的父亲是站着写文章的，他吃着饭还经常被电话打断。我可以说，那些文章都写得非常棒。"

"在电台不像在报社。"

"一个受人尊敬的记者，会奋不顾身地去做一件事情，不论是在报社，还是在电台……您见到阿黛尔·索菲亚没？"

"见到了。"

"她给您材料了吗？"

"给了很多材料。"

"您做采访了吗？"

"做了一些……我想侧重报道安吉拉·巴里的案件，她大概一个月前被杀，迄今为止还没找到凶手。"

"这个巴里是干什么的？"

"一个做演员的女孩儿。不，是模特儿，好吧，也许是妓女，情况还不是很清楚……"

"好吧，好吧……但不要只是说这件案子，我们不做个人案件，那需要各种例子和数据。我需要准确的数据、最新的日期，为此我才让您和索菲亚警官联系。听众想要了解这类现象，对吧，卡诺瓦？我们不做含混不清的事，需要事实、日期、姓名和案例，明白了吗？"

"对，对，我正在努力。"

"要一些对了解事实的人的采访……心理学家、社会学家、医生、神父……就从巴尔迪教授开始，我们自己的专家……"

"最好还是不要让巴尔迪教授费心。"我说，警惕地看着自己面前的手，那双手苍白、轻盈又好看，在我眼前很不安地舞动。

"为什么不？您知道，我们给他的咨询节目付钱，采访他的话，可以一举两得。"

"巴尔迪教授日程表都是满的，我们不能还让他出现，这会变得很可笑。"我知道，在这个世界上，他最害怕的事就是变得可笑。他不担心被指控盗窃、贪污、徇私舞弊，甚至专横，但当他出洋相时，就会变得很愤怒。我看着他，心里盘算着这些。我明白，他宁可花钱，也不愿意变得可笑。

"好吧，我们请其他专家。"

"在这间工作室里，专家只会妨碍我们……也许听众更愿意听故事，而不是理论……"

"卡诺瓦，您可真难伺候，您想怎么做都可以，但我要告诉您，如果行不通，我就会停掉您的节目。"

我点头，我想是自己赢了，但只赢了一半。我只有一点儿时间进行深入研究，却有许多需要处理的材料。我得像往常那样想想办法，找到一个妙计，化被动为主动。

《《 17 》》

我向卢多维卡·巴里要来朱利奥·卡尔里尼热那亚的电话号码。电话打过去，回复我的是一个成熟、柔软、有些傲慢的声音。我问他是否可以见面，他说自己有很多事要处理，如果我坚持的话，他周二会去佛罗伦萨办事；如果我愿意，可以在佛罗伦萨火车站见面。

又一次约在火车站见面，这是什么毛病！我再也没收到萨布丽娜的消息，我等着她打给我。每次乘搭电梯上楼之前，我总会先窥探一下，希望能碰到南多。如今我已经不再害怕他了，但他也再没有出现过。

安吉拉·巴里的母亲住在费耶索莱，在佛罗伦萨附近，为什么我不能"一箭双雕"呢？就像主任说的。我要了安吉拉母亲的电话，依然是找卢多维卡·巴里要的，这次她显得不太高兴，好像不乐意我跟她母亲谈话。

她很不情愿地把电话号码给了我，还告诉我，最好不要去找她母亲。"她身体不好，独居让她变得没有耐心、脾气差，还有点儿神经兮兮的，可以说'谎话连篇'。"她这样说着，声音从容，还发出一阵阵尴尬的笑声。

我马上动身，拖着帆布行李箱，纳格拉录音机放在斜挎包里，还装了一些纸和笔，一件换洗衬衫，就这样踏上了去佛罗伦萨的旅程。主任给我一天时间进行外景采访，我很开心，有二十四小时不必在操作台前工作，不必负责巴尔迪教授，也不用管调音器。

　　走在街上，我有种被跟踪的感觉。我一边走向出租车，一边不停地回头看。最新写在对面墙上的话"算你倒霉！"也被乔瓦尼·马里奥用生石灰抹掉了。

　　"我看到迪阿法尼工程师手里拿着刷子。"斯特凡娜在我耳边喘着气，小声说道。但我没时间跟她讲话，我答应她回来再和她聊。

　　火车上的空调一点儿也不起作用，太热了，我没法看书，眼睛迟钝地盯着从车窗外疾驰而过的景色。麦田刚刚收割，漂亮的黄色麦茬让我想到凡·高的画。葡萄藤上开始结出一串串小巧的葡萄，桃子和梨在深色的树叶之间探出了头，这时候已经是盛夏。我无法忘记六七岁时，我和父亲一起旅行的经历。那时没有空调，车窗从高向低打开，玻璃两边是铁护栏。我们坐火车总是会迟到，也不知道为什么。为了赶上火车，最后一百米我们总是在疯跑，心突突地跳。我摔倒了，膝盖也擦破了皮，但父亲并没有因此放慢速度，他拉着我的一条胳膊继续跑。

　　我们上火车时，车已经开动了，火车站长生气地吹着哨，阻止我们上车，而我们冒着卷进车底的危险，爬上正在开动的列车。父亲着实喜欢这个危险举动，疯狂地奔跑，最后一刻用右手抓住列车门，用左手将我拉上去。

　　但事情不只是这些。他把对冒险的爱好，带到和女儿的游戏当中去，就像是猫和老鼠一般。"爸爸，你去哪里？"列车抵达中转站时，我问他。我知道，我们在那里只停留一分钟。"我去买杯喝的。""没时间的，爸爸，求你了，别去了。"但他还是耸耸肩，好像在说：我鄙视你这种胆小的女孩。他跑着下车，十分从容，我看着他大步流星地挤进车站里。我抓住车窗，心惊胆战地等待他再次出现，没等到他回来，火车就出发了，眼泪沿着我的面颊滑落，并非是我想哭，我只是吓坏了。可是几分钟之后，我又看到他从走廊走过来，神采奕奕、十分高兴，手里拿着一小瓶啤酒。"你害怕了？真傻！你应该对爸爸有信心……我总是能赶上，你知道吗，我会跑着赶上火车。"他笑起来，因为他成功地吓唬了我，又像一个杂技演员那样，消解了我的恐惧，那是一位年轻父亲得意的笑。

我的思绪会像一只要抓老鼠的猫一样，常常在洞口晃悠吗？

我很费力地打开自己带来的小说，那是帕特丽娅·海斯密斯写的。作为一位女作家，她的厌女症表现，以及对犯罪行为的熟悉使我很好奇。她好像在询问一个近乎残忍、充满讽刺的问题：谁在暗地里驱使着恶魔？我们心里的恶就像装在一个秘密口袋里吗？或者这是道德沦丧的结果？犯罪是不是一种疾病？我们是如何得病的呢？

《 *18* 》

见面地点定在候车厅，那儿既拥挤，又闷热。我要怎样才能认出他呢？事实证明，我的担心是多余的，因为我在长凳上一坐下来，就看到他在我对面——跷着二郎腿，但姿态很优雅，身着海蓝色西装——正看着报纸。

当我靠近时，他把目光从报纸上移开，抬起头，对我露出自信的笑容。他站起身来，像个军人一样笔直，对我行了个礼，还吻了我的手。

"我猜您是米凯拉·卡诺瓦……您是那位雕塑家的后人吗？"

"不是。"

"我记得小时候有一次，爷爷带我去看雕塑家卡诺瓦的作品——波利娜·博尔盖塞雕像……我以为那是糖做的，想把它吃掉。那时我还不知道，新古典主义的特色就是这种质感，让人无法直接感知雕塑的材料。这些作品表面上给人的感觉是对现实的狂热模仿，实际上营造了一种远离尘世的美感……"

"我和那位雕塑家一点儿关系也没有，我也觉得很遗憾。我们坐哪里？"

"去酒吧，您跟我来……我给您带路……我喜欢佛罗伦萨的火车站，因为所有东西全都在一层，就像一个又长又宽的广场，两端通往城里。这里没有楼梯、地下通道、隧道……这是一座有些德·基里科风格的火车站，您不觉得吗？我请您喝点儿什么，米凯拉？"

推开一扇厚厚的玻璃门，我们进了酒吧，坐在一张铺着红色桌布的铁质小桌子前。在坐下之前，朱利奥·卡尔里尼用一个优雅的动作，擦干净椅子上的面包渣。他坐在我面前，身子向前倾着，好像在说：你可以问我问题了。

"我可以把我们说的记录下来吗？"

"您请便。意大利在线电台是做什么节目的？我从来没听说过。"

"是个私人电台。您想知道我们有多少听众吗？这取决于节目，据我所知，听众最少的时候有一万人左右，最多时能达到二十万人。"

"您为什么要做关于安吉拉·巴里的节目呢？"

"不仅仅是关于她，是关于一系列刑事案件，这些犯罪都是针对女性的。这是主任分配给我的任务：四十期节目，受害者全是女性，凶手都没找到。"

"我很高兴你们能关注安吉拉的事，她应该受到关注，她是个好女孩，很聪明，也很敏感……我很欣赏她，即使我无法完全相信她……您知道，她性格有些怪异、偏激，从来都不会规划未来……她慷慨大方、热情，我想说的是，她很值得爱，非常讨人喜欢！但是，她又是个难相处的人，特别难相处，以至于我想和她保持距离，但做不到……她有一种能力，就是让你失控，把你卷入她那随性、不可思议的方式……

"安吉拉想和我结婚……很奇怪吧，她经历了一场不成熟、破碎的婚姻……居然多次向我提出结婚。但为什么是我呢？我问她……她没回答。我想娶她，因为我让她有安全感，我让她……谁知道我让她有什么样的感觉……我也想结婚，一直想结婚，但一直没找到一个完全合我心意的人，可以成为我孩子母亲的女人。"

我震惊地看着他毫无保留地袒露自己，说得很真诚，至少我感觉他很真诚。我鼓励他继续，但没这必要，他总能猜到我会问他的问题，他一直不紧不慢、滔滔不绝地在讲。

"安吉拉是个真诚的人，完全可以信任和依赖，但她就像夜晚一样，非常神秘、不安分。您可能会问：真相到底是什么呢？好吧，米凯拉·卡诺瓦，我想，真相并不存在……我们每个人都很复杂，有许多交织的真相……而安吉拉的内心，有着太阳般的骄傲和月亮般的羞涩……那些道学家提到的真相，不是完整的真相，很无聊，是狂热分子，或者帝国建设者的真相。"

这时服务员过来了，他弯下腰，对我的纳格拉录音机很好奇，公然站在那里听我们谈话。我看到朱利奥·卡尔里尼睁大眼睛，有些不高兴地看着那个男孩。"给我一杯'血腥玛丽'。"他用挑衅的语气说。他觉察到那男孩不知道"血腥玛丽"是什么，露出有些尴尬的神情。卡尔里尼享受着他的尴尬，他没有解释，也没有再说一遍，只是看着那个服务员，就像他是个没有听懂主人指令的小狗。"您喝点儿什么？"他转过头问我。

"一杯冷牛奶。"我说。我看到他做了一个鄙视的表情。也许自从母亲给他断奶之后，他就没有喝过奶了。

年轻的服务员走去问收银员什么是"血腥玛丽"。卡尔里尼笑了起来，我看见他的牙齿有些发黄磨损。也许，他要比看起来老一些。有时他看起来像是快五十岁了，有时又像是三十岁都不到。他的黑眼圈让人想到失眠的夜晚、大量的酒精，还有自我放逐带来的沉醉。

"我能问问您，上次您见到安吉拉·巴里时，她看起来怎样？"

"我们就是在佛罗伦萨见的面，在她死的前四天。我来车站接她，陪她去费耶索莱她妈妈那儿，我们仨一起吃了饭，我把她留在那儿，去和客户谈事情。八点的时候，我又回去接她，一起去餐厅吃晚饭，晚上十一点，我把她送回她妈妈家。她们让我住在她们家，但我拒绝了。我去了酒店，第二天又陪她去了火车站。"

"她状态怎么样？"

"很好，很愉快。脸色有点儿憔悴，经常晚上失眠……睡得很少。为了入睡，她会吃安眠药；为了保持清醒，她会吃兴奋剂。但那天她很安静，有点儿晕，我不知道是因为安眠药，还是因为酒精。她是个长期生活在虚幻当中的人……我们可以说，她不喜欢面对现实，总是试图抹去现实，或者想要主宰现实……怎么能责怪她呢？我也不喜欢现实，但我总能找到一些办法来逃避现实，可能不会那么绝望。"

"抱歉，我有个问题，您爱安吉拉·巴里吗？"

"我当然爱她，即便我不是那种特别能放得开的人，但我对她很痴迷。安吉拉很自我，很慷慨、善变，但好像没有能力为未来做出具体计划。她的生活总是飘忽不定、云里雾里……对我来说，婚姻首先就是要做规划：一起建立家庭、生孩子……您能想象，怎么和像安吉拉这样冒失的女孩儿生孩子？"

"冒失的女孩儿……您能跟我详细解释一下吗？"

"我不知道该怎么给您解释……首先，她很任性。比如说，某天开始减肥，她就只吃一个苹果；第二天，又吃一斤面条。她会想要一个东西，得到后又弃之如敝履。有时候，她让人难以忍受，常常抱怨，好像世界上的所有痛苦都集中在她身上；有时候她很可爱、安静，面带微笑、开朗。你永远都不知道，她下一刻会变成什么样子……但那种持续的刺激，对我而言是一种让人享受的痛苦……"

"您能给我解释一下，'让人享受的痛苦'是一种什么感觉吗？"

"我不知道听众能不能理解我说的话……我是一个充满矛盾的人，有很多事情我自己也不是很明确……您不要误会我，并不是说我态度暧昧，我没有什么要隐藏的……您明白吗，我讨厌平庸，痛苦是我的伴侣。无论如何，在我的大脑里，痛苦都有一席之地，我认为痛苦是高贵的情感……事实上，我总是不能用准确、复杂的语言，来反映我脑子的复杂性。我的思想超越了我的语言，我的语言跟随在思绪后面，气喘吁吁、举步维艰……"

他停了下来，仿佛在等着我反驳。这时候，年轻的服务员拿着一杯番茄汁和伏特加走了过来，有些笨拙地将杯子放在桌子上，在旁边放了一只装满烤花生的碗。

卡尔里尼指着我的录音机，像是在说：让它喘口气吧！它应该跟我一样累了。我按了停止键，他冲我感激地笑，一口喝完了"血腥玛丽"，又点了一杯。

他的每个动作都充满诱惑的味道，而我当然被他深深地吸引。

⟪ 19 ⟫

"我能问问您，案发当晚您在哪里？没有冒犯您的意思。"

"热那亚，我和几个朋友在餐厅。他们都可以给我做证，我也跟警方说过了。"

"您一个人生活吗？"

"是的，一个人。"

"安吉拉从来没去热那亚找过您吗？"

"没有，一般我们都找个中间的地方碰面，有时候在佛罗伦萨，或是在博洛尼亚。她喜欢走动，很高兴来这些地方找我。"

"您的工作具体是做什么的？"

"为公司买卖房屋。"

"您常常买卖罗马的房子吗？"

"当然，我们公司在意大利的所有城市都有业务。公司总部在热那亚，但我们会买卖博洛尼亚、那不勒斯、佛罗伦萨、巴里、罗马的房子……"

"您了解圣塞西莉亚路的房子吗？"

"当然，我在罗马时去过。"

"安吉拉有没有跟您说过，那栋楼里有人找她，或者跟踪她？"

"安吉拉很神秘，但像她的名字一样，她就像个天使，在她心里有一些区域，完全不为人知。另外，我也没有试着完全了解她，我讨厌那些好奇心很强的人。我曾经认为，她过着双重人生，但为什么要深入了解呢？要接受人们本来的样子，满足他们展示出来的一面，我自己也没法抵挡双重生活……您肯定知道，我还有个女人，我和她保持了十年的亲密关系。"

我不知道，他坦白这件事情是为了展示自己的坦率，还是像他所说的，在陈述一个自己都不相信的真相。

"我没结婚，没有，如果您在想这个问题……她是我的大学同学，在我还年轻时，我们关系很近。后来，她跟一个商人结婚了，但并不幸福。后来我们重逢了，我还是个单身汉，而她已婚，我们相爱、分手然后又重新相逢……她也叫安吉拉……很奇怪，不是吗？这就像是我的命运，注定要困在两个名字一样的女人之间，简直就是一种天意……"

他笑了，露出一口黑牙，他的眼睛是一种清澈、明亮的蓝色。这些东西集合在一起，让他看起来像个抗拒成长的男孩，总是不安分，想办法折腾。我知道安吉拉为什么会爱上他了。

"也许您会问，在第一个安吉拉跟丈夫离婚之后，我为什么不跟她结婚，事情的确是这样。正如我说过的，我还没找到一个让我想和她生儿育女的人……第一个安吉拉从没要我和她结婚，但她用了一种恶毒的办法，让我不能没有她。"

这时服务员又拿来一杯"血腥玛丽"，朱利奥·卡尔里尼几口就喝完了。我面前的牛奶还一点儿也没有动。我很费力地听着他的话，同时还要让话筒保持合适的距离，让它可以录到背景的声音，但不会掩盖说话人的声音。

"在两个安吉拉之间，我消耗着我的生命……"朱利奥·卡尔里尼继续说，一条腿在另一条腿上晃动着，"一个是我的白天，可以照顾我，治愈我；另一个则是我的夜晚，不断地给我带来痛苦、盲目的肉欲……安吉拉在夜晚的美，您无法想象……在白天，您可能觉得她淡而无味；在夜晚，她就像在天黑时开放的花朵……她白皙、精致的手臂，柔软的胸部和修长纤弱的脖颈……"

他双手抱头。是在哭吗？但他并没有哭，那只是一种悲伤的动作，他晒黑的双手按着疲惫的眼睛和皱起的额头，最后轻轻地放开。

"您觉得是谁杀了她？"

"我想象不到。"

"您没想过会是谁吗？一个猜想都没有吗？"

"我真的一点儿想法都没有……她走了，我的困境也化解了。我说这些都是实话。您相信我，我无法再拥抱她，您不知道这有多痛苦……这个凶手那么残忍、暴力，这都是为什么？"

"化解困境的意思是，安吉拉的死亡使您从一个无法解决的矛盾中解放出来了？"

"如果您的意思是安吉拉的死对我有利，那您就错了。即便我说了类似的话，通过暴力解决问题也不是我的性格，我更愿意她还活着，拥抱她，即便我要生活得很矛盾。"

他双目明亮，语气真诚。我并没发觉他又点了一杯"血腥玛丽"，可能只是动了动手指，他正大口大口地喝着，好像喝水一样。

"我得走了，很抱歉，十分钟后我得坐火车……很高兴认识您……"

　　他坚持要付钱，尽管我告诉他电台会报销。他轻轻地从钱包里拿出一张十万里拉的钞票递给服务员。他又亲吻了我的手，然后走到收银台那里。我看着他的海蓝色西装渐行渐远，我像他一样，也在考虑这个问题："到底什么才是真相？"

(((20)))

我给奥古斯塔·埃利亚——安吉拉·巴里的妈妈打了电话，提醒她关于我们的约定。她说自己生病了，没法赴约。我强调自己是特意从罗马赶来的，最终她似乎感动了，决定见我，但只能是明天以后了。我能怎么办？我晚上只能住在佛罗伦萨。

我打电话给库苏马诺，询问我是否可以在佛罗伦萨多待一天。这次他用愉快的声音回答我"可以，工作愉快，卡诺瓦"，然后挂断了电话。他没提醒我"节约点儿"，我知道自己会节约的。

我去了火车站附近的拉斐尔旅馆。他们给了我一个简陋的大房间，房间在三楼。百叶窗关不紧，床很高，吱吱扭扭、摇摇晃晃的，墙壁有些发黄，墙上装了个洗脸池，再没有其他摆设。

我坐在床上，床上铺着一张洗得快要烂掉的床罩，上面还有一些铁锈的痕迹。灯光微弱，我不知道要做些什么，于是打开纳格拉录音机，重新听着朱利奥·卡尔里尼的话。

他好像就在我的面前，身上穿着海蓝色的西装，修长的双腿跷着二郎腿，每次他伸出一条腿放在另一条腿上之前，都会把裤子上的折痕弄直，真的很难相信他手里拿着刀的样子。

朱利奥·卡尔里尼的声音还在继续，非常迷人，在谈话过程中，他的表现有意给别人留下好感。他从容不迫，说出的那些话就像推销花毯一样，他展示着材料的结实、图案的精美，还有编制的精细。他在每个句子的最后一个音节上都要停留一下，好像要把麦克风吞下一样。

这时候，我听到了其他声音，更切近、鲜活。我按下录音机上的暂停键，旁边的房间里有人在大声吵架，是男人和女人吵架的声音。每个人都有自己的习惯，从他们的声音里可以听出来，他们的语气很粗鲁，充满怒气：她的声音咄咄逼人、不依不饶；他的声音轻蔑、模糊而厌烦。

我的生活似乎是由各种各样陌生人的声音组成的，我一直试图描述、分析这些声音。待在这里就像是在电台一样，试着猜测电话线、墙壁、城市那一端究竟是谁，我还在玩猜谜游戏。

我重新打开录音机，稍微调大了声音。拉斐尔旅馆寒酸的房间里回荡着朱利奥·卡尔里尼那充满说服力、脆弱，同时又坚定的声音。我想，这充满磁性的声音，魅力是来自那些精心构造的句子节奏，还是来自词与词之间深思熟虑的停顿。

我带着好奇，蹑手蹑脚地潜入朱利奥·卡尔里尼的声音里。还是有些东西让我感到警惕：可能是高音部分，有让人难以察觉的震颤，有一种出人意料的刺耳？或者他的音色里隐藏着一种威胁、一个陷阱？

如果这个人杀死了安吉拉·巴里，他一定有深层的理由，而且蓄谋已久。他看起来并不是个富有激情的人，不是个会忽然暴怒的人，也不是个做事情不考虑后果的人。假如这件事情是他做的，那一定是经过精心准备，会做得完美无缺，不留任何把柄。

但拉斐旅馆的房间太荒凉了，让人没法独自度过夜晚。我关上纳格拉，把它藏在衣柜最深处，拿着笨重的铜钥匙出了门。

　　室外空气很温暖，鸟儿飞得很低。这时，城市里有许多鸟儿，也许是燕子，也许不是——也可能是蝙蝠、鸽子或是斑鸠。在我看来，黄昏时刻的佛罗伦萨有些沉重、僵硬，却又美丽动人。

　　我在外面走着，发现自己走在一群来自斯堪的纳维亚半岛的游客中。他们边散步，边吃着比萨，穿着短裤、皮拖鞋，鼻子和大腿都晒得发红。在结束了参观博物馆和古迹的一天后，他们的脸上带着震惊和恍惚的神情。

　　所有人都聚集在一个售卖纪念品的亭子跟前，那里销售小型大理石大卫雕塑和带有但丁画像的烟灰缸。两个老板哈哈大笑，也许是在笑那个掉了一只鞋子、坐在喷泉边按摩着一只脚的游客。

　　我要一个人吃晚饭，这让我很沮丧，但饥饿促使我走进了一家小餐馆。一个脖子上绑着黄手帕的服务员让我坐到角落里的一张小桌子边上，我拿出钢笔和笔记本，等着番茄米饭和沙拉。

　　我在一张纸的最上方写道：安吉拉·巴里，六月二十四号晚上十点到十二点之间，死于罗马圣塞西莉亚路二十二号的房子里。据推测，她一人在家，很有可能是她给凶手开的门。也许她在等他，而凶手是她信任的人。

　　但为什么她会脱了鞋，再去给凶手开门呢？或者她是开门后才脱掉鞋的？

　　我画了一张圣塞西莉亚路院子的草图，院子里有两棵树叶茂密的椴树，石头上布满青苔的喷泉，许许多多窗户对着院子。谁认识安吉拉呢？有人监视她吗？是不是有人看见了发生的事情却没有开口？

斯特凡娜和乔瓦尼·马里奥是唯一跟我提过她的人，说起她下楼来，怎么在他们那里喝咖啡，如何对斯特凡娜吐露心声，说她觉得自己很丑。我想起安吉拉给贝伦加里奥带的礼物，那个能发出一连串悦耳声音的陀螺。

我翻了一页笔记本，将相关人物列出来。姐姐卢多维卡，留着一头漂亮的棕色披肩发，她说安吉拉"笨手笨脚的"，说她母亲"谎话连篇"。案发当晚，卢多维卡和马里奥·托雷斯在电影院看电影。

奥古斯塔·埃利亚，曾和切萨雷·巴里结婚，生下安吉拉和卢多维卡。当安吉拉八岁、卢多维卡十二岁时，丈夫过世，留下一些遗产。奥古斯塔在丈夫去世六个月后，便同格劳克·埃利亚再婚，此人是建筑师、雕塑家。他们的婚姻持续了十五年，他后来同另一个女人走了，留下奥古斯塔一个人，从那以后，她便患上严重的头痛和手部湿疹。案发当晚，她在费耶索莱家中。

朱利奥·卡尔里尼，热那亚人，在一家房地产中介工作，常常因公出差。他在罗马时住在安吉拉那儿。他怀疑安吉拉有"双重人生"，但对此他声称"并不好奇"。他爱安吉拉，但并不想娶她。他还有另一个女人，也叫安吉拉，在大学期间结识，这个女人结过婚又离了。案发当晚，他在热那亚和朋友共进晚餐。警方证实过他的不在场证明吗？

萨布丽娜，自称是妓女。她说安吉拉卖淫，但只会在豪华酒店里和有钱的男人在一起。她说自己的保护人——南多看上安吉拉了，但排除了他杀死安吉拉的可能性。那萨布丽娜呢？她有出于忌妒杀人的动机。案发当晚，她在哪里？在街上，和客户一起？但她能证明这一点吗？

南多，萨布丽娜的保护人，他认识安吉拉。根据萨布丽娜所说，安吉拉也卖身。案发后，他曾在电梯里出现过，很难知道他到底想要什么。案发当晚，他在哪儿？

马里奥·托雷斯，据说此人爱争吵，有暴力倾向。难道他会因此拿起刀，杀死自己女朋友的妹妹吗？他有什么动机呢？

继父格劳克·埃利亚，对于他，我几乎一无所知，似乎他已多年没见他的前妻和继女了。他和一个比自己小三十岁的女人再婚，住在韦莱特里区，全身心投入雕塑创作。

当我从一堆纸里抬起眼睛时，发现餐馆的客人已经都走了，大厅空无一人，而我的番茄米饭躺在一片红油汤里。我决定不吃了，只匆忙吃了沙拉便结了账。

《 21 》

　　出租车缓慢地向上开，路越来越陡峭，两边是灰色石头砌成的围墙，时不时有橄榄枝和桃树枝从围墙后伸出来。我们把喧闹的城市甩在身后，在新旧别墅之间缓慢地向上爬行。那些别墅都隐藏在一片绿色中，被花草和闪闪发亮的黄杨木围绕着。

　　汽车停在一道黑色的铁栅栏前。"监狱都不会这么戒备森严！"司机看着栅栏上伸出的可怕铁刺，还有两把门锁说。在一块黄铜色门牌上，用巴洛克字体写着住户的名字：奥古斯塔·巴里·埃利亚。我按了一下门铃，突然，结实的栅栏最下面的部分发出动静，门缓缓地打开，好像有一只看不见的手在推动一样，发出刺耳的嘎吱声。

　　我进了门，踩在一条石子砌成的小路上。这条路很像圣塞西莉亚路院子里的那条，但这条似乎是用河里细碎的鹅卵石砌成的，十分干净，好像每块石头都用抹布擦过一样。在路两边，有种着柠檬的巨大花盆，修剪整齐的草坪和种着紫罗兰、矮牵牛花的花坛。

　　我抬起头，看到一个苗条又优雅的美丽女人，站在最高处的阶梯那儿，阶梯呈扇形展开。似乎为了遮挡太阳，她将手放在额头前，看着我。今天并没有太阳，天空雾蒙蒙的，一群小飞虫在我的头顶飞舞，我却没办法摆脱它们。

女人身着一身绿衣服，甚至连鞋子和手套都是好看的翠玉色，但为什么要戴手套呢？她准备出门吗？接着，我想起来卢多维卡曾跟我说过，她母亲手上长了湿疹。

"要想摆脱那些飞虫，您就赶快进来。"她笑着说。她看起来很愉快，声音悦耳而礼貌，让我觉得很舒服。在电话里，她是那样沉默又冷淡。走近后我注意到，在绿色的衬托下，她的肤色更加苍白，使她的大眼睛折射出一种苔藓色。她比照片里看起来美得多，有几分像安吉拉，但比安吉拉更坚定、果断。

室内，客厅处于半明半暗中，窗帘紧拉，百叶窗虚掩着。到处都是花，地毯也是漂亮的淡紫色，墙上画着柔美的海滨，还有灌木丛，里面有五颜六色的鸟儿。一只白色的小狗朝我走过来，摆着尾巴闻来闻去。

"查理大帝，坐下！"她命令道，小狗很顺从地趴下了。

我们在一个角落里坐了下来，那里点了一根熏香，散发出螺旋形的蓝色烟雾，朝着天花板散去。

"给您来杯咖啡？"

我的目光入迷地追随着她戴绿色手套的手，那双手很修长，动作有些神经质。靠近一点儿看，那张美丽的脸显得有点儿僵硬、脆弱，只是嘴唇十分灵活性感，涂着红色口红，牛血一样的颜色。

"要多少糖？"

"您介意我打开录音机吗？"

"开吧，我做好了最坏的打算。"

"最坏的打算？此话怎讲？"

"哦，安吉拉死后，您不是我接待的第一位记者。他们总是问些没用的问题，假装自己是侦探，却没头没尾。"

"我要做一期节目，关于针对女性的暴力，主要讲一些悬而未决的案件，是意大利在线电台的节目。"

"我知道。好吧，开始吧。"

"您觉得，是谁杀了您的女儿呢？"

"对我来说，应该让死者安息。她不可能死而复生，知道谁是凶手，又有什么意义？只是像玛利亚一样的人，她是安吉拉的奶妈，会想象着那些被杀害的人的灵魂仍在人间游荡，找机会复仇……您要来块薄荷巧克力吗？我不想知道是谁杀了我女儿，没任何用处。复仇也会让我害怕。"

我看着她戴着绿色手套的手拆开一块巧克力，把它放到嘴里，将锡纸搓成一个小球，没有弄脏手套。

"您女儿安吉拉常来看您吗？"

"没有，她从不单独来。她总说，她很爱我，却对我敬而远之……她偶尔会来佛罗伦萨，和那个名叫帕里尼或是杰里尼的男人来看我……"

"朱利奥·卡尔里尼？"

"对对，就是他……对我来说，子女一心想着脱离父母，也许他们会希望父母不要死去……他们会祈祷，'上帝啊，让她活着，让她活着，因为我不想失去她'，但这不正是死亡祷告吗？……您工作的电台叫什么？啊，叫意大利在线……您的主任，我想，他叫库苏马诺，他给我打过电话，就是为了……"

就这样，在我来之前，主任已经打过电话了。这或许只是一种控制，确认我在佛罗伦萨滞留，并不是因为私事。

"他跟我保证，在节目播放之前，我可以先听听录音……他真是个客气的人……"

她习惯把话说到一半，尽管她的目光坚定而犀利，但她的神情游离不定，最后陷入缄默。

"再来杯咖啡？我讨厌……"我看着奥古斯塔，她戴着手套的手，又往我的咖啡杯里添了点儿咖啡。那是一副丝绸手套，轻盈光滑，完美地贴合了她手部的曲线。

"有几次，安吉拉十分温情，有些太黏人，我受不了那种过分的亲密。您明白，后来……我没有回应她，冷落了她，她再也没有原谅我，我想是因为……她不能原谅我和格劳克再婚，她跟自己的父亲关系很好，但丈夫撇下我一个人时，您明白，我……我能做什么？后半辈子都把自己关在修道院里？子女总是这样……您结婚了吗？有孩子吗？"

"没有。"

"那您肯定有心爱的人。"

"是的，但这会儿他在安哥拉出差。"

"男人，一有机会就会逃跑……您看看我遇到的那些事……他和一个小他三十岁的女人跑了，和她……"

她的话断断续续的，像一根拉得很紧的绳子。她提到丈夫时，目光变得柔和，我们就像两个谈心的女人，这是一件令人放心的事。

"您心爱的男人帅吗？"

"帅，不像朱利奥·卡尔里尼那么帅。"说着，我尴尬地笑了。

"那你们怎么没结婚？"

"他有妻子。"

"可以离婚的。"

"但他不愿意。"

"我懂了。又是个处处留情的例子……我太了解了……他们不想为了一个女人，甩掉另一个女人，而是把她们一个个都放在一起……您的男人多大了？"

"拜托您了，咱们还是谈谈安吉拉吧。您能不能告诉我一些她小时候的事？"

"她小时候很腼腆，非常害羞，简直拿她没办法，她甚至不能……随着慢慢地长大，安吉拉从容自在了些，但她的内向性格总是折磨着她……她并不是个幸福的姑娘，虽然看起来很愉快，虽然她，她……"

"她曾经真的因为心理疾病住过院？"

"谁跟您说的？"

"卢多维卡。"

"真是个新发现！真的是卢多维卡……住院的是卢多维卡，不是安吉拉。"

"丈夫走了以后，安吉拉是不是流产了，并患上抑郁症？"

"是卢多维卡流产了，不是安吉拉。而且，安吉拉离开了丈夫，是因为丈夫和她姐姐搞到一起了。"

"我越来越糊涂了……卢多维卡不是结过一次婚吗？"

"卢多维卡没结过婚。"她很确信地说，戴着手套的手将一缕滑到脸颊上的鬓发别了回去。

"马里奥·托雷斯？"

"哦，那个男人！据我所知，他很多年纠缠在这段感情中……卢多维卡一直在折磨他，而他性格特别好。"

一个女仆过来叫她，说有她的电话。她对我说："拜托您等我一会儿好吗？"她迈着两条美丽的腿，摇曳多姿地走开了。我在想，她打电话时会不会摘下手套。

《 22 》

她再进来时，已经是一刻多钟之后了。我原本想在她家里转一转，找到安吉拉的卧室！可我呆坐在奶白色的沙发上，盯着钢琴上她孩童时期的照片看。

我想，这个小女孩我认识，但我是在哪里看到过她呢？随后，我在记忆里搜索，找到另一张有着类似笑容的照片。那是一个小女孩的照片，她表情迷茫，笑容苦涩。她们有着同样光洁的额头，好像隐藏着一种无法言说的痛苦，用同样忧虑的眼神看着这个世界，同样地抿着嘴，想挤出一个忧伤、像是寻求原谅一样的微笑，好像自己的出生是一种罪过，屈服于他人的意愿，更希望可以摆脱诱惑和占有的可怕机制。最终我明白，那个小女孩就是我，那是我和她差不多年纪时，爸爸拍下的照片。

"抱歉，让您久等，不过……"她又像刚才一样，话只说一半。

我打开纳格拉，把麦克风放在折叠架上。

"您认识不认识一个皮肤苍白、穿着带跟加州短靴、总是穿一身黑衣服的小个子年轻男人？"

"啊，是南多！"她马上说，毫不尴尬。

"您认识他？"

"他来这儿找过安吉拉，是个挺可爱的家伙，我们聊得挺开心的呢！"

"他到您这儿找安吉拉？什么时候的事？"

"就在安吉拉……之前的几天，我邀请他吃午饭，他就留了下来。他是个很温柔的男人……给我讲了一堆关于海鸥的事，好像他青少年时期就……"

"您知道他是做什么的吗？"

"批发贸易，我想……"

"他买卖的是女人。"

"怎么可能，不可能的……南多跟我说大家都说他坏话……他跟我讲过他的旅行，他说想在西班牙买套房子……他在卡布里岛有一块地，爸爸是个有名的建筑商……"

"他没告诉您，您女儿安吉拉有时会卖淫？"

"您说什么？她为什么要做这个？我不是每个月都给她五百万里拉吗？"

"卢多维卡说她没钱。"

"唉，从医院里出来之后，卢多维卡脑子就不好使了。她根本不知道自己在说些什么……她瞎编的，简直胡说八道……但我……"

"这是一个靠卖淫为生的女人告诉我的，她说安吉拉有时会去卖淫。"

"一派胡言！你们这些记者专门靠谎言引起巨大的反响，为了制造丑闻，你们根本黑白不分。"她一激动，居然说出了一句完整的话。

"所以您排除了安吉拉卖淫的事。"

"我完全排除，并不是因为道德问题，也不是因为我是她母亲，请您相信我。我排除这种可能是因为：首先，她有钱，不会为了钱去卖淫；其次，她十分敏感害羞；第三，（如果她真的卖淫）她会跟我讲的。她来我这儿时会躺在床上，给我一五一十地讲所有她遇到的事，就像个小孩子，而我……我只希望她不要哭。她哭的时候，就会发出一种气味……就像……就像蚕蛹。"

"蚕蛹？"

"我小时候，父亲养过蚕，我们院子里种着桑树。每次我走进蚕房，总会闻到黏糊糊的口水味儿、被虫子咬过的木头味儿、葡萄干味儿，我不知道……在高处，还有一串串的葡萄。我女儿一哭，就会发出那种味道，让我有点儿恶心……"

"安吉拉真的害怕自己的继父吗？"

"我猜，这也是卢多维卡跟您说的……这姑娘真是满口胡言！要我说……安吉拉和格劳克关系非常好，安吉拉很爱自己的继父，他们常在一起，骑摩托车出去兜风，去爬山，去游泳，还一起去滑雪，他们俩简直是优秀的运动员……后来，安吉拉十三岁了，开始有自己的心事……她不再像之前一样依赖继父，也不会和他一起去海边。她变得有些孤僻，常常把自己锁在小房间里，看书、听音乐，一待就是好几个小时……但是，她绝对没有害怕过他继父，那太可笑了。"

"我很想和格劳克聊聊，我可以要个他的电话号码吗？"

"格劳克的电话？要是您真的想和他交谈，那当然可以……不过他不太爱讲话，更何况要对广播讲话……他这个人很……格劳克的帅气，也许……他是我所见过的最好看的男人……是一种很微妙、朦胧的英俊，并不是电影明星的那种帅气，却让人迷恋……他对我一直很真诚、诚实。他跟我说，他迷上了一个女孩儿，而我……是的，我去参加了他们的婚礼，还穿了一身金色衣服，大家的注意力都在我身上，并没有关注新娘，也不仅是因为我的衣服，而是我们的处境……大家都等着我……相反，我很高兴，吃着点心，喝着香槟，我很开心他找到一个像艾米莉亚那么漂亮的姑娘……后来他们生了一个女儿，他管女儿叫奥古斯塔，就像我的名字，的确是我的名字……"

她绿色的双手轻轻地放在装着巧克力的碗上。"您确定不来一个？"她对我说，我明白奥古斯塔想让我给她做伴，为了让她高兴，我接受了。我看着她用灵巧的双手剥开锡纸，动作就像灵巧的壁虎或者蜥蜴一样。

"所以，对于杀害您女儿的凶手，您也没有怀疑的人，是吗？"

"那是个疯子……周围有太多疯子了。因为这个原因，我才生活在这个戒备森严的地方……即使知道是谁干的，那有什么用呢？也许，做出这样的事……就我所知，那个人的灵魂已经在地狱里了，所以我们就不要管他了。他内心可能非常渴望被发现，我告诉您……最好的惩罚就是让他永远不被发现。"

"您怎么确定那是个男人？"

"二十刀……您能想象一个女人挽起袖子干这事吗？……我想象不到……那是个强壮的男人，他的灵魂在流浪、颤抖，您还记得哈德良大帝①吗？"

---

① 罗马帝国安敦尼王朝的第三位皇帝。——编者注

我震惊地看着她往嘴里又放了一块巧克力，她闭着眼睛，提起哈德良，声音很温柔，充满智慧。

"流浪的灵魂、精致的灵魂……哈德良皇帝，不是吗？……对我来说，一个杀人凶手的灵魂是最脆弱、最不堪一击、最短暂的东西……就像是静止的水面上的一只水黾，只消一阵寒风，就能让它们死去。杀人凶手的灵魂也会让我产生同情，您不是吗？"

"您可以跟我讲一件安吉拉小时候的事吗？"

"什么事？"

"随便一个，我想更全面地了解她的性格。"

"好的，我想想……有一天，我女儿在日记里说：'我是个女王……'"

"您女儿写日记？"

"是的，青春期那会儿。"

"然后呢？"

"后来我就不知道了。也许还在写吧，她有记东西的爱好，因为她说自己记性不好，总是丢三落四……我想起来了，她死之后，有人从罗马给我寄了一袋东西，然后我……"

"您能让我看一眼那些东西吗？"

"当然乐意给您看，但我全都烧了……您知道的……"

对话戛然而止，奥古斯塔好像在想其他事。她绷着脸，就像我之前一样，在看安吉拉小时候的照片，似乎对我的询问很不耐烦。

我准备再问她几个问题，但她抬起一只"绿手"，跟我说她累了，没力气说话了。她觉得自己的头疼病又要犯了。

(((23)))

我在剪辑室整理、剪辑录音带，重新听着奥古斯塔·巴里·埃利亚的声音，她的话断断续续，舌头在吮吸巧克力时发出啧啧声。我的注意力被绿色的长手套和如蜥蜴般灵巧的双手吸引了，我很好奇。在工作室里，她的声音听起来不再那么支离破碎、不确定，尽管有许多停顿，但被疯狂的决心和意志力支配。

卢多维卡的声音和她母亲的声音放在一起，听起来粗糙、朦胧。她的声音时不时地会很刺耳，像陡峭的悬崖一样让人不安。

我还很快听了一下那位给猫喂食的老妇人的话，她说起安吉拉时，我用袖珍索尼偷偷地记录下来："猫咪都等着她，您看，它们是怎么等她的……每次一听到柏油路上的脚步声，就会竖起耳朵……可再没人见过她了……"

我还需要许多声音，南多、马里奥·托雷斯、格劳克·埃利亚——也就是安吉拉继父的声音。

这时，我拨通了阿黛尔·索菲亚的电话号码，想看看是否有新消息。当我在等待她接电话时，就看到她从走廊走过，径直走向主任的办公室。我走到索菲亚身边，说我想和她谈谈。她对我做了一个手势，用食指做了个旋转的动作，好像在说"过会儿"。

她关上身后的门，甚至没对我微笑，她在生我的气吗？

过了一会儿，我在咖啡馆喝卡布奇诺时，突然看到她坐在旁边。她穿着平底鞋，听不到脚步声；头上戴着一顶破帽子，像海盗戴的帽子。她点了一杯冷卡布奇诺，一边喝着，一边像特务接头一样，靠近我的耳朵。

"库苏马诺先生很担心。"

"担心什么？"

"他担心电台变成警局的分局。"

"我只是收集声音而已。"

"我已经让他放心了，我很确定您一定会做得很棒！"

"有安吉拉·巴里的消息吗？"

"在电梯门内侧发现了一块很小的血斑。"

"我家的电梯？"

"是的，但血迹太小了，当时被忽略了。"

我想到自己曾很多次走进电梯，开关电梯门，却没有看到那块血迹。

"我能就这块血迹采访一下法官吗？"

"您想的话，当然可以！只不过他现在不在，他在米兰处理另一个案子。如果您需要，我可以把我同事利帕里警官的电话号码给您。您说是我让您打过去的，他正处理巴里的案子呢……他已经跟库苏马诺谈过了，所以不会太意外……"

"他也在调查？"

"您的主任会保护您的，您不相信……如果不是他的话，您那些采访会寸步难行，处处碰壁。"

"那他怎么没告诉我呢？"

"我们亲爱的库苏马诺，他喜欢待在暗处，我得说他喜欢在暗处推动事情的发展。您呢，卡诺瓦，您就是那个收集、剪辑声音的人，但他喜欢暗地里操纵所有事情。"

"但是，他不应该在我去采访之前就和这些人交谈，他破坏了我的计划。"

"那您找到杀害安吉拉·巴里的凶手了吗？"她的手握在白色陶瓷杯珍珠光泽的杯沿上，打趣说。

"什么也没有。我越调查，就越不明白，一头雾水。"

"这就是差别，我们在意的是谁干的，而你们在意的是为什么。"

"有时候'谁'包含了'为什么'。"

"您了解安吉拉·巴里是个什么样的人吗？"

"一个有着不同面孔的人。"

"您不要总是想着去了解、解释，事情比人们想象中的复杂得多……您相信声音揭示的东西……那不是利帕里警官吗？您等着，我给您介绍一下。"

"他正要去找库苏马诺，他想让电台配合警局，不是找我。"

"不，我想他是来找我的。"

我终于见到利帕里了，一个又高又壮的年轻人，手掌很大，眼睛没有神采，耳朵里的汗毛很旺盛，其他地方也是，从衬衫领子里伸出好几撮来，还有汗毛从短短的外套袖口伸出来。

我请他和我到"鲸鱼"咖啡馆里坐坐，那里有摇摇晃晃的小桌子和柳条编制的椅子。他看了一眼表，摇摇头好像在说"不行"，但阿黛尔·索菲亚对他微笑了一下，示意他留下，他很犹豫地接受了。

我们坐在咖啡厅的一个小角落，旁边是一棵叶子发黄的榕树。我把小索尼拿出来，利帕里怀疑地看着我，我假装若无其事地调整好麦克风。

"我能不能问问，你们找到凶手的刀没有？"

"作案工具？没有。"

"你们在公寓里有没有找到和被害者不一样的血迹？"

"没有，我们只分析了死者的血液样本。"

"那电梯里的血迹呢？"

"我们还没分析。"

"安吉拉·巴里是什么时候被杀的？"

"六月二十四号晚上十点到十二点之间。"

"您能告诉我，尸体被发现时是怎样的吗？"

"全身赤裸，蜷缩在一起，膝盖对着下巴。"

"在哪里？"

"最里面一个房间的地上，就是朝着小阳台的那间。"

"衣服呢？"

"整整齐齐地叠放在椅子上。一条卡其色的裤子、一件白色衬衣、一双棉袜子、一套粉红色的尼龙内衣裤。"

"鞋子呢？"

"蓝色网球鞋在别的地方，放在入口，好像凶手来之前就脱掉了似的。"

"门有被撬开的痕迹吗？还是像那些报纸说的，是她自己打开的？"

"没有发现撬门痕迹，钥匙在屋内，还插在锁孔里，所以猜测是死者主动给凶手开门的。"

"有怀疑对象吗？"

"到目前为止没有。"

我看着他点燃一根烟，他大概三十岁，但看起来要年轻些。他谨慎、自控、严肃的态度，似乎跟那些从衣领、袖口处跑出来的汗毛并不协调。

"很抱歉，利帕里警官，可以让我到公寓里看看吗？"

"要是索菲亚女士——我的上司同意的话，那就没问题。"

《 24 》

院子里没有风，空气闷热，站在椴树下也会出汗。门房夫妇正在和邮差交谈：斯特凡娜穿了一身红色的衣服，像从大学上完课回来的女学生；而乔瓦尼一身制服，一边和年轻的邮差聊天，一边清理铲子。

利帕里警官把白蓝相间的警车停在了大门前。"有人要出来的话，麻烦您叫我。"他对乔瓦尼说。利帕里警官太高了，简直有两米高，我努力跟上他的步伐。

电梯像往常一样缓慢上升，利帕里警官笔直地站在我面前，他看着天花板，有些窘迫。今天早上，他似乎很耐心地做了一次"园丁"，修剪了胡须，把从衬衣领子里钻出来的汗毛都塞了回去。

电梯好像发出一声叹息，轻轻地晃动了两下，停在顶层。我看着自己的房门，仿佛第一次看到这扇深色大门，木门框颜色要浅一点儿，猫眼是圆形的，像镶金的眼睛一样。门上有两个铜锁孔，一个用来插大钥匙，一个用来插小钥匙，但门和锁看起来都一样脆弱！

对面是安吉拉·巴里家的门，她家的门跟我的一样，只是她有三个门锁，但这对阻止凶手一点儿用都没有，她毫无戒备，亲自给凶手开了门。有很多次，我也是连看都没看谁在外面，就热情激动地打开了门！

利帕里警官从口袋里拿出一小把钥匙，试了一把又一把，最后终于找到匹配的钥匙。他正在撕门上的封条，我听到楼梯传来斯特凡娜轻盈的脚步声，还有急促的呼吸声。

"我上来看看，你们有什么需要的。"她真诚地说。

"不了，谢谢。"利帕里不客气地说，使劲地关上门，把她关在了外面。

"她是门卫斯特凡娜，是来帮忙的。"在他开灯时，我对他说。空气中还有消毒水的味道，以及一股奇怪的味道，好像是水果腐烂的味道，冰箱里还有没清理的东西吗？

"我们不能让斯特凡娜进来吗？"

利帕里警官背挺得笔直，不高兴地看着我说："法官只允许我和您两个人进来。"

这是个尽忠职守的警察，我应该这样理解吗？或者这只是一种隐藏的敌意？

"尸体被发现时，就在这个位置。"他说着，走在我前面，朝着这间公寓最里面的一个房间走去，这个房间正好对着我的书房。

地砖上仍然留着的粉笔痕迹，画出了当时身体的姿势。

"我能把您说的都录下来吗？"

他疑惑地看着我，很显然，他不知道这是否符合规定。我知道我得强硬一点儿。

"阿黛尔·索菲亚跟我说可以。"我从口袋里拿出索尼录音机。

"但我没什么可说的。"他有些抱歉地说。

"您可以把之前跟我说过的再说一遍吗？"

"什么？"

"尸体是在哪里发现的？怎么发现的？"

"正如我之前给这位女士说的，尸体是在公寓的这个位置被发现的……"他的语气很正式，没有任何感情色彩。

"您觉得凶手是怎么作案的？"

"凶手的作案方式我们还不知道……据推测，受害者是从背后遭到袭击。"

"安吉拉·巴里被袭击时，她在什么位置？"

"据推测是在窗户边的三角区。"

窗户边的三角区是哪里？

"也就是说，安吉拉·巴里正在看向窗外，凶手站在她背后。当然，她并没有起疑，否则就不会背对着他了。"

"好吧，也许她转过身是出于害怕呢……无论如何，凶手很了解死者，这点是毫无疑问的。"

"您能让我看看，死者的衣服放在哪儿吗？"

"在那儿，它们还在那儿。"他指着一把被打开的门挡住的椅子对我说。我看着那些衣服，就像看到了安吉拉本人，那条卡其色的裤子、白色的衬衫，都叠得很整齐……我好像看到她出现在眼前，双手抚摸着布料，提起来，然后叠好。那些款式简单的衣服里有着一些让人感动的东西，我站在那儿，一言不发地盯着它。我记得参观奥斯维辛集中营时，有过同样的感觉。炉子上黑黢黢的烟囱，长满铁锈的废铁，鸟在棚子里做了窝，但这些并没有让我感觉特别恐怖，只是有一种很遥远的感觉。当我看到一条挂在木条上的条纹裤子时，整个集中营的历史迎面扑来——恐惧的尖叫、可怕的死亡，让我如鲠在喉。

"据推测，是受害人自己把它们叠起来的。"利帕里解释，"只有女人才会叠衣服，男人很少干这事。"

"所以您认为，凶手不可能先杀了她，然后帮她脱掉衣服？"

"是的。那样的话，我们会看到衣服撕裂的痕迹，然而正如您所见，衣服都很干净、完好无损，应该是她自己叠起来放好的。"

"但是，一个人先脱衣服，然后看向窗外。这时她主动开门放进来的凶手就站在她身后，这不是很奇怪吗？"

"这些是待查清的细节。"

"在您看来，我们已了解的人中，有没有怀疑对象？"

"我们还没有证据，线索也少得可怜。就连伯尼法官也很疑惑：男朋友朱利奥·卡尔里尼有很确凿的不在场证明，这点我们已经确定；受害人的前夫在美国，这也核实过；她姐姐卢多维卡和男朋友在电影院，他们是这样说的，只是缺少收银员的证词。"

"南多呢？"

"我们不认识这个南多。"

"他是安吉拉的朋友。"

"您是怎么知道的？"

"萨布丽娜跟我说的。"

"谁是萨布丽娜？"

"南多的一个朋友，是个妓女。您瞧瞧，要是我们之前交流一下，我就能跟您说说南多和萨布丽娜了。您就可以调查一下他们。"

"我们是审讯，并不是电台小说。"

"萨布丽娜认为，安吉拉·巴里在南多的保护下卖淫。"

"我们并没有安吉拉·巴里卖淫的证据。"

"但萨布丽娜是这样说的。"

"现在您跟我来，我们做个口述证词，您有没有她的录音？"

"听众会对这些很感兴趣的。"我说。他看着我，表情有些不自然，不知是想笑，还是想摆出严肃的表情，最后他一边嘴角上扬，挤出了一丝微笑。

《 **25** 》

　　我一天没在家，回到家打开水龙头时，它发出一阵轻柔、喜悦的叹息，水落在洗脸池，发出一阵清脆、嘈杂的声音。利帕里警官可能会说，它正遭受着"喉咙干燥"的折磨。

　　我在一个塑料盆里清洗袜子和内衣时，想起安吉拉·巴里的粉色尼龙内衣：文胸挂在椅背上，精致而且有点儿透明的内裤折叠起来，放在衬衫上。有没有可能在做爱之前，这个女孩儿喜欢把衣服叠得整整齐齐？不知道安吉拉会不会像我一样，用玛西亚牌的肥皂，在洗手池清洗内衣？

　　我背后的报纸发出一阵巨大的喧闹，我擦干手，翻开一张，自从开始调查那些没有找到罪犯的案件之后，我便开始留意报纸上的这类报道。

　　"一女子在公园里被杀害，当着她四岁儿子的面。"我看着今天的报纸。案件发生在伦敦的温布尔顿花园。一位年轻的母亲带着孩子散步时，被陌生人砍杀。"小艾利克斯是唯一的证人，他已经失语，社工的体贴照顾毫无作用，孩子彻底陷入失语状态。"

　　"凶手已经逃跑，没人知道他到底是谁。凶手对受害人一无所知，只是想实施强奸，但遭到了激烈反抗，怎么找到这样一个随机作案的凶手呢？

"女人在儿子面前被强暴，孩子的身上发现多处不同类型的挫伤。他可能试图保护自己的母亲，凶手在女人脖子上捅了几刀后便逃跑了。

"一个小时后，一位路人注意到蜷缩在地上的孩子，他双臂抱着死去的母亲。伦敦警察厅官员米歇尔·威肯顿说：'我从未见过像这样残忍的犯罪，这位年轻的母亲正在伦敦最美、最安宁的公园里和儿子散步……'他又说，'最近几年，伦敦犯罪率增长了百分之十一。一九九一年三月到一九九二年四月，发生了184起杀人案件、1 180件强奸案和3 000件强奸未遂案，大部分凶手仍逍遥法外。'"

我撕掉报纸的这一页，放到绿色的文件夹里，和其他报纸专栏一起带去电台。在整理文件夹时，听到有人敲门的声音。我走过去开门，在手握住门把手之前，先从猫眼看了一眼。我看到一头泛着紫光的茂密头发前后移动着，是萨布丽娜，她有些焦躁。我打开门，她进来后马上使劲地关上了身后的门，好像害怕被人跟踪。

"发生了什么，萨布丽娜？"

"他被审问了。"

"谁？"

"南多。"

"然后呢？"

"他说是我揭发了他。"

"他要是没杀安吉拉·巴里有什么好怕的？他也不住在您家，

也牵连不到您的。"

"他会杀了我的，那家伙会杀了我的……我很久没工作了……我瘦了十公斤，没人来找我……您知道吗？客人看我几眼就走。您说说，我就这么让人恶心吗？"

她说着便自顾自地笑了，那个笑容脆弱、优美，和她脸上厚重的妆容、身上俗气的衣服很不协调。

"您很害怕南多吗？南多姓什么？"

"任何借口都能让他甩开我。如果他把我甩了，他的朋友会杀了我的，他们干的勾当我太了解了。"

她双手颤抖地点燃一根烟，那双手很小巧，晒得黝黑。金色打火机从手指间滑落，掉在地上，她捡起打火机，露出消瘦但肌肉发达的大腿。

从嘴里和鼻子里吐出愤怒的烟圈，好像在挑衅老天，恐惧让她变得更粗野。她脖颈上的青筋暴起，挑染的一缕缕红色头发像歪歪扭扭的蛇。

"他叫南多·贝皮，说出他的全名有什么用呢？这一切都是我自己造成的，他会杀了我的。"

意识到烟灰快要掉到地上了，她环视四周找烟灰缸，但没找到。她把手指聚在一起，干脆让烟灰落在左手里。

"这样会把手烫伤的。"我说道，四处寻找一个陶瓷烟灰缸，之前一直放在那里，现在我却找不到它了。

"无所谓，我已经习惯了。车里不会总有烟灰缸。"她说，"如果你把烟灰掉在车里，有些客人会很生气。有一次，有个鳏夫跟我说，他刚从妻子的葬礼上回来，看到我把一点儿烟灰抖落在车里地毯上，就把我从车上赶了下去。'只是出于对你死去的妻子的尊重，才不举报你！'我是这么跟他说的。"

她笑了，露出小巧洁白的牙齿。"小时候，我就能用手拿起燃烧的炭。虽然我并不用铲子和铁锹干活，但我的手上全是茧子，不会感到疼……那是因为我把客人的魂捏在手里……"

"魂？"

"我该怎么称呼那玩意儿呢？他们很在意那玩意儿，就像那是他们的魂，好像一不小心就会丢掉一样……我喜欢那些精致优雅、一碰就起来的魂；其他人的，就像癞蛤蟆，你把它放在手心里，他们等你说'很好、很棒'！我说，这玩意儿也不是称重的，越大越好……我更喜欢那些年老、干净、得体的魂，不会勉强你做一些事。"

我饶有兴趣地看着她，在讲述男人的"魂"时，她的表情专注愉快，好像变成了另一个人。她心情好起来了，我也开心起来，我听到她声音里有一种表演的感觉，但我丝毫不怀疑她。

她又点燃了一根烟，把上一根烟的烟头从开着的窗户扔出去，动作娴熟，像表演杂技似的。

她似乎忘记到这儿来的原因，轻轻地欠了欠身子："我都是这样向那些绅士的灵魂致敬的。"说着她大笑起来。活泼过后，她便安静下来，把还没抽几口的烟在鞋底摁灭放在口袋里。她一只手插到红褐色的头发里，跟我说她得走了。

"您不怕南多了吗？"

"南多的事我会想办法的。您要离他远一点儿，我可不想在警察那里惹麻烦。"

"我没有找过他，是他自己出现在这里。从那之后，我就再没见过他。"

　　"如果您见到他，别告诉他我来过您这儿。"

　　"您说南多可能会杀了您，您怕的是这个。那您说，有没有可能是他杀了安吉拉·巴里？"

　　"南多？他可能会杀了我，但他不会这样对安吉拉。南多很尊重她、爱她，不会对她下手的……所以这不可能，我绝对不信。"

(((*26*)))

我又来到蒂罗尔风格的会客厅里，椅背上的心形装饰隐约闪现，客厅里还有白绿色相间的陶瓷壁炉。阿黛尔·索菲亚坐在我面前，双腿伸长放在地板上，看起来很疲惫。她穿着丝制高腰靴，包裹着膝盖以下的小腿。她一如既往地用棕褐色的大眼睛上下打量着我，目光柔和。她似乎是一个不懂伪装的女人，总是试图把自己想的东西讲出来，对于那些反对她的人，她不会表现出丝毫敌意，甚至对于要追踪的亡命徒，也没有敌意。尽管如此，在她犀利的眼神里、暗含着讽刺的微笑里，隐藏着一种缄默。谁知道呢，这可能是她的一种习惯，会用稳固的思想战术应对恐惧，与恐惧保持距离。

她的牙套一闪一闪的，这让她的表情看起来有点儿闷闷不乐，甚至是冷酷。她正在给我讲在我家电梯门上发现的血迹，一台精密仪器已经对血迹进行了分析。她说，这台精密仪器能够捕捉到人类血小板的原始形态。

"每个人都有自己的 DNA 构成，是可以辨认出来的。"她像个很有耐心的母亲一样，给我解释 DNA 分析的原理，"在你家电梯里发现的血迹里，通过 DNA 检测，我们找到一些奇怪的东西，好像安吉拉·巴里的血里，混入了其他人的血。我想，这是我们第一次掌握了凶手的准确线索。"

"总之，只要做一些血液检测，就能知道谁是凶手了，是吗？"

"卡诺瓦，您知道吗，您让我不得不插手一桩实际上不该归我管的案子。您的主任库苏马诺先生和您……"

"您又和他联系了吗？"

主任又一次远距离地引导我、控制我、插手我的调查。他假装给我自由，实际上紧盯着我的每个动作。我知道他会按照自己的方式，把我的录音材料审核一遍。我看到他那蝴蝶一样的手指，在我鼻子前振翅而飞，那双手很苍白，会通过舞蹈一样的动作，躲避、指责和掩盖那些棘手的材料，让我在他控制的领域里。

"您的主任很聪明。"阿黛尔·索菲亚从那令人厌烦的牙套里挤出这几个词，"他向我提出了很多问题，都不是一般的问题。他现在好像除了对那些针对女人的犯罪感兴趣外，对任何东西都提不起兴趣。这说明他把节目放在心上，您应该会很高兴吧。"

"我非常高兴。"

"他不停地给我打电话，这已经引起我上司的注意。他们开始觉得这个节目会变成'形象宣传'——他们就是这么说的。他们觉得利帕里警官可能没法完成此事，所以才让我协助调查。他们简直是逼着我去做这件事，实际上我之前正在忙另一个案子，一个更适合我的案子……我能怎么办……我要破这个案子，就像解开一个谜团……您记得俄狄浦斯吗？你们中，要是有人知道谁杀了拉布达科斯之子拉伊俄斯①，都要告诉我全部真相②。"

"这跟俄狄浦斯有什么关系？"

"俄狄浦斯在外面寻找问题的解决方法，但罪恶在他的城内，在他自己的身体和身世里。"

"我不明白。"

"这个故事告诫我们，不要在探测敌人的阵营上太耗费自己的注意力。有时候，解决办法离我们非常近，但就是抓不住它。"

"您有什么想法吗？"

"您知道吗？歌德曾经说过：'世界上最难的，就是看到自己鼻子底下发生的事。'"

"这就好比在说，巴里案的解决方案就在那儿，我们却看不见。"

"或许事情正是如此。"

"伯尼法官怎么说？"

"我觉得他对这个案子不是很感兴趣。也许，这对我们更好些，能给我们更多空间。事实上，新闻界对此很感兴趣，这让伯尼法官不怎么关注这件事。他虽然很内向，但是个很有能力的人，不过他不太信任媒体。"

"我觉得利帕里警官不是很仔细——他不知道萨布丽娜的存在。她曾经在电台直播时打过电话来，提供过一些安吉拉·巴里的信息，利帕里却说我在捕风捉影。"

"我已经调查过了。萨布丽娜，真名叫卡梅丽娜·迪·乔瓦尼，是个很爱说谎的人。这不是她第一次给我们指错路了，她很有造

---

① 俄狄浦斯的父亲。——译者注
② 原文为拉丁语。——译者注

假天分，她男人也这么说。"

"南多·贝皮？"

"是的，他知道自己在干什么。他是个靠女人卖淫为生的男人，但他很特别，身上没有一点儿那类男人的特征：他不攒钱，不虐待自己手头的女人，有恋爱的能力，真是个很奇怪的家伙……他上过学，并不是个无知的人，身上有某种男性的优雅。"

"您也觉得他很迷人。"

"他坚决否认安吉拉·巴里卖淫这事，他是在朋友家里认识安吉拉的，陪她去过两次餐馆，这就是全部。"

"他会不会说谎？"

"萨布丽娜把她之前说过的话全都推翻了，承认自己撒了谎，她说那些事情都是捏造的，只是为了给电台讲一件有意思的事。"

"您为什么不相信萨布丽娜说的是真的？"

"没有勘验。"

她的话里开始出现行话，这让我觉得她已经开始烦了。

"意思就是取证？"

阿黛尔·索菲亚不耐烦地看着我。她心里肯定在想，这人真无趣。随后，她天生的好心情又回来了，她对着我笑，露出闪闪发光的牙套。有时上唇会挂在银色的牙套上，两边就会鼓出来，好像有三瓣嘴唇，而不是两瓣。

"我这个年纪戴牙套，您觉得奇怪吧？"她说，好像看穿了我的想法。但她的表情并不恼火，反而是愉悦的，她觉得有义务回答我这个问题。

"不是只有小孩才会带牙齿矫正器，成年人也会，当牙齿长得越来越宽时，就需要佩戴。不管怎么说，我再戴几个月就好了。"

"我一点儿也不讨厌牙套，只是觉得牙套会让您看起来像个孩子。"

"我现在已没有什么感觉了。一开始我真是不能忍，我感觉自己的嘴就像一张鲨鱼的嘴。"

她这样想真是奇怪，我从来都没觉得她像一条鱼，倒是觉得她像一头熊。我这么跟她说，她笑了。

"我觉得萨布丽娜说的是真的。"我坚持说。

"我们搜集了罗马几家最主要的大饭店的信息，没人看见过安吉拉·巴里。"

"就算他们见过，可能也不会说。"

"这倒是。不管怎么样，没有调查就只能说说而已。另外，安吉拉·巴里出身于富裕家庭，每个月收入五百万里拉，她为什么要去卖淫？"

"卢多维卡说，安吉拉没钱。"

"她母亲奥古斯塔·埃利亚给我看过一些汇票的存根。"

"您看过全部存根？每年的汇款？"

"没有，只是一部分。"

"卢多维卡就是这么说的，她母亲只是偶尔会给女儿钱，并不是每个月。"

"我们不知道，那个家里到底谁说的才是事实。我已经传唤了奥古斯塔女士，让她到警局来，后天她就会到。"

"您和安吉拉的继父谈过没有？"

"谈过了，他主动来了，带着医院的证明来的。安吉拉被杀的那天晚上，他正在医院等待着女儿的出生，他有护士的证词。还有，他们已经很多年没见面了。"

"谁说的？"

"她妈妈，卢多维卡也说过。"

"她们对我是另一种说辞。"

"我会再去审问一下这两个女人，亲爱的米凯拉。"

我知道，索菲亚想让我告辞，我看到她庄严地站起来。她全身都流露出宁静、耐心，以及内心的强大。她和我不一样，似乎那些犯罪案件并没让她想逃脱，她凭着内心的平和，在被开膛破肚、被割喉的死者之间游走，没有抗拒和抵触，也没有表现得很娇贵。她带着冷静的热情，展示着侦探的原理。

索菲亚陪我到门口，跟我说，如果下次我们有一点儿时间，一定"安静地聊聊工作之外的事"。她会给我做一道菜，"那道菜是用通心粉、橄榄、刺山柑、黄桃和鱿鱼圈做成的，我很期待您来……啊，玛尔塔回来了！"

玛尔塔·吉拉尔登格拿着购物袋，站在家门口。

"这么快就回来了啊。"

"幸好没什么人，不用排队。"

"你找到黄桃和鱿鱼了吗？"

"找到了。"

"橄榄呢？"

"找到了普利亚的黑橄榄。"

索菲亚对我说："既然东西都齐备了，您今晚就来我们这儿吃吧。"

“今晚不行，我有约了。”

“好吧，那明晚吧。”

“好的，谢谢！”

“也许我会和卢多维卡·巴里谈谈，也会和伯尼法官谈谈。法官一准许，我们就得做几个血液检查，看看能不能找到对得上的。不知道会不会比您想象中的早结案。既然安吉拉·巴里给凶手开了门，那就意味着嫌疑人范围不会太大。”

《《 27 》》

事实上，晚上我没有任何约会，但想待在家里等马尔科的电话。不知道为什么，我觉得他今晚要给我打电话，也许是预感，也许只是我的希望。

我躺在沙发上，手里拿了本书。一个人的时候，我是不会做饭的，只是就着面包喝杯牛奶，削个苹果，或者吃两颗杏子。

但今晚我一点儿书也看不进去，思绪飘到了安吉拉·巴里身上。我想着她，只是因为目前这就像阿黛尔·索菲亚所说的"亟待解决的谜团"的一部分，为什么这个谜团对我的吸引力要比我预想中的大？

我在唱片机上放了一张佩尔格莱西的碟片，就连喜欢的音乐今晚都让我心烦，音乐会把我带到那些神奇的空间和地域里去，但那都太遥远了。

在夜晚的静谧中，我听到门铃的响声。我站起来，心不在焉地向电话走去，但那并不是电话的声音，而是有人在门口摁门铃。我踮起脚走到门口，衬衫下面的心脏在剧烈地跳动：这个时间了，会是谁呢？他是怎么在没打门禁电话的情况下，打开栅栏门的呢？我决定假装不在家，但已经不可能了。没办法让人相信一个烛火通明、回荡着《圣母悼歌》旋律的房子里没人。

我光着脚走到门跟前，把眼睛靠在猫眼上，看见斯特凡娜的黑色头发时，我松了一口气，打开门让她进来。

"很抱歉这个时间来，但我真的很想和您聊聊。今天一天我都没闲下来，沿着楼梯上上下下的，一边替我丈夫在传达室值班，一边照顾贝伦加里奥，一点儿自己的时间也没有。现在传达室关门了，贝伦加里奥也睡了，丈夫在看电视，婆婆在织毛衣。我就想着去楼上吧，我得和卡诺瓦小姐谈谈。"

"您请坐，斯特凡娜，我正在看书……"

斯特凡娜坐在沙发边上，用她灵活的大眼睛看着我，眼白像要把黑眼球吞没一样。

"发生了什么，斯特凡娜？"

"您还记不记得？我婆婆说她见过那个矮个子、穿着加州短靴的男人？其实我之前从没见过他，但昨天当我清扫楼梯时，天哪，突然发现他像个鬼魂一样出现在我旁边。我不知道他是怎么做到的，他的鞋子和鞋跟，竟然一点儿声音都没有……他走路就像只猫……吓了我一大跳……那会儿，他在爬楼梯。我说：'不好意思，您去哪儿？'他朝着我笑了一下，继续上楼。您知道吗？我没勇气再问下去。我不知道为什么，但他就是让人害怕……这就是我想跟您说的。"

"谢谢您，斯特凡娜，您觉得这个男人为什么还会继续来这儿？"

"我也不明白……但他让我害怕。报纸上都说了，他是安吉拉·巴里的朋友，但我从没在这儿见过他。"

我看着她把两只灵巧能干的大手放在额头上，我曾经不止一次欣赏过那双手：那是一个下意识、习惯性的动作，仿佛是为了赶走不为人知的心事。

"我想提醒您，要把朝着露台的那几扇窗子关好，我不太放心那人。"

"朝着公共阳台的那扇门关好了吗？"

"关好了，我刚检查过。钥匙我拿着，在这儿，没有多配的钥匙。但我想问问您，米凯拉，电梯里找到的那块血迹已经做过分析了吗？"

"是的，好像做过了，他们发现那是安吉拉·巴里和凶手的血液混合物。现在他们会给所有人做血液分析。"

"所有人，谁？"

"她的家人，男朋友、继父、姐姐等人。您还记得朱利奥·卡尔里尼吗？他常来找安吉拉吗？"

"谁？那个长得高高帅帅、总是穿蓝色西装的男人？是的，我记得他总是带着一个小行李箱，一边思考，一边穿过院子，好像在算账一样，也不看周围，不看我每天都会浇的那些花，不看椴树、喷泉，什么都不看。他对我很绅士，但心不在焉。他待了一天一夜就走了。"

"那她继父呢？格劳克·埃利亚，您见过没？"

"他长什么样子？"

我给她看了一张从报纸上找来的照片，没有经过她的允许，就把索尼录音器打开了，我不想她变得像所有人一样沉默胆怯。这样，我就成了一个偷声音的人。

斯特凡娜盯着照片看了许久，似乎并不确定。她一根手指抵着下巴，一直到指尖都变白了。

"我真觉得我没见过他。"

"他说自己没来过这儿，但卢多维卡说他来过。"

"也许我见过他一次。"

"什么时候？"

"大概三个月前，也许是四个月前，我不记得了。"

"我们能去问问您婆婆吗？我觉得她是个很厉害的观察者，她看人一眼就能记下来，像个真正的警察。"

"我们走。"

"她不睡觉吗？"

"她还没睡。如果没看完她的节目，她是不会睡觉的。这会儿她正在织毛衣呢，简直闲不下来。"

《 28 》

　　玛利亚·马依莫内太太就坐在一张有玫瑰花图案的沙发床上，脚上趿着拖鞋，正在织毛衣。她的目光在电视屏幕和毛线之间来回游走。

　　"妈妈，住在顶层的卡诺瓦小姐想问您一件事。"

　　乔瓦尼·马里奥站起来，跟我打了个招呼，为了让我们能安静地讲话，他把电视音量调低了。玛利亚·马依莫内向我投来一道漠然的目光，上次她看起来那样有活力，但这次也许是困了。

　　"您请讲！"她突然开口，语气并不是那么让人振奋。

　　"您还记得安吉拉的继父吗？他五十岁左右，是个瘦瘦的、有点儿秃顶的帅气男人。"

　　"我什么都记得！"她说，我知道她喜欢炫耀自己的记性。

　　"您儿媳妇斯特凡娜说，您能记住几乎所有从院子里经过的人，那您是否还记得这位先生？"

　　我把报纸上的照片拿给她看，她伸手迅速地接了过来。

　　"高高的，有点儿秃顶，长得像圣·朱塞佩的男人……是的，我记得。"

　　"您什么时候见他经过的？"

"我不知道。"

"可惜了，我可是很相信您的记性。"

她看了我一会儿，有点儿犹豫，她一定是想着是否要将我的这番恭维当真。接着，她决定炫耀一下，但玛利亚·马侬莫内太太让我明白，她并不是一个傻瓜，她显然知道我在拍她马屁。她做这件事只是因为有意识地想参与进来，并非愚蠢上当。

"我婆婆真的什么都记得住。"斯特凡娜鼓励说，玛利亚从下往上打量着她，眼神里混杂着满意和厌烦。

"然后呢？"

"然后……"她像个要吸引大众注意力的女演员，正在掐算时间……"我看到过他，大概在五月二十八到三十日之间。"

我希望她没看到我拿在手里的索尼录音器，我把它藏在袖子里，但她瞥了我一眼，我知道她早就看得一清二楚。也正是因为这只"耳朵"的出现，她才更加使劲，力图准确回忆起发生的事。

"我想起来了，五月二十九日晚上，我看到过他。他来的时候我正在关大门，他跟我说了声'晚上好'，手里还拿着个包裹。"

"您确定他是去顶层，去找安吉拉·巴里吗？"

"我没问他去哪里，但我看了一下电梯到哪层，他就是在最高那一层下的电梯。"

"好遗憾，巴里女士死的时候妈妈不在，不然她能把所有事记下来。"

"您什么时候回的卡拉布里亚，马侬莫内太太？"

"五月三十日。"

"那您是什么时候回来的？"

"妈妈常在两地之间奔走，她不是很喜欢待在这儿，更喜欢圣·巴西里奥，她在那儿有房子，还有一份在肉店的工作。但现在小孩子生病了，这里还有工人需要监督，我就把她叫来了。"乔瓦尼有些悲伤地感叹道，"自从她丈夫死后，"他继续说，"我说的是第二个丈夫，第一个是我父亲，他在我一岁时就过世了，我妈妈就孤零零一个人。我想——"

"你在说什么？谁会对这些感兴趣？"她突然打断儿子，"不早了，我现在要去睡了。"

我知道她不会再多说一个字。玛利亚·马依莫内太太最后看了一眼那个小小的录音器，撇撇嘴露出令人不解的微笑，然后弯下腰把沙发展开，弄成晚上睡觉用的床。

我告别了斯特凡娜和乔瓦尼回到家，刚关上门，便听到楼梯间传来脚步声。我把门闩好，关上灯，脚步声越来越近，很快就要到顶层了。我屏住呼吸不敢动，后背靠在墙上。

听到脚步声停在门前，我甚至不敢从猫眼里看出去，害怕让门外的人知道我在里面。

过了一会儿，脚步声越来越远，但只是远了一点点，现在那人停在安吉拉·巴里家门前。我终于离开墙边，从猫眼往外看，努力地不让自己弄出任何动静。

我看到过道里有个男人背对着我，捣鼓贴了封条的门。我屏住呼吸，看到他不停地回头，好像是在听着什么。即便楼道里的灯光微弱，我也依然确信那是南多·贝皮。那双带着鞋跟的加州短靴，除了他，还会有谁。他的手做了一个动作，我便从闪光中认出他戴的虎眼戒指。

现在对面的门已经开了，他手里拿着钥匙。他还是谨慎地看着四周，轻轻地关上了身后的门。

我想给警局打电话，但不敢动，一动不动地待在门后面等他离开，不看到他离开，我不敢去睡觉。

时间过去了很久，他一直没有出来。如果这时他跨过那道将公共阳台分隔开的玻璃，会不会突然出现在我家？窗户已经关好了，我心想，窗子肯定是关好的。他不能像鬼魂那样进来，但我还是不放心。我万分小心地朝卧室走去，幸好窗户是关好的。我又走到书房，那里也一样，我按照斯特凡娜的建议，把所有窗户都关好了。厨房的窗户却是开着的，而且正对着公共阳台。我试着关上窗户，不让它嘎吱作响，我在出汗，双手发抖，关百叶窗时，我似乎看到了阳台上的一个影子。

无论如何，我现在把所有窗户都关上了，如果他要打破窗户，那我往门那边跑，为了让自己放心，我心里这样想着。就在那时，我听到楼梯间有声音传过来。我马上踮起脚，连鞋子都没穿就过去看。

事实上，他只是小心翼翼地将巴里家的房门又关上了。他手上拿着一个东西，是一个盒子吗？他抬起苍白、严肃的脸，朝我看了过来，我很清楚地感觉到他已经看见我了，即便我知道他不可能通过一道小小的凸面玻璃，看到猫眼另一面的我。

南多·贝皮苍白的脸上挤出一个悲伤的微笑，像是在告别。我强迫自己待在所处的位置，希望他快去坐电梯，快去坐电梯，我心里想着，这样我就能看到他下楼了。如果他走楼梯下去，我就不能确定他是否真的走了，有可能下几级台阶再上来，这会让我一晚上都在不安中度过。

但他并没乘电梯，走楼梯更隐蔽一些。事实上，他准备慢慢地下楼。幸运的是，鞋跟发出的声音低沉却有规律，伴着"咚咚"的脚步声，我听到他走到了最下面一层。

自从跟萨布丽娜聊过他，知道他的名字后，我以为自己不再害怕他。但我现在非常害怕，因为我不知道他想要什么，不知道他脑子里想什么，为什么他总是出现在附近。

我拨通阿黛尔·索菲亚的电话，丝毫不在乎那时候已经两点了，她应该对这位深夜来访的人很感兴趣——他竟然用钥匙打开了安吉拉·巴里的公寓。

"很抱歉把您吵醒，但我想告诉您，刚才我在楼梯间看到那家伙了，就是南多·贝皮。他用钥匙打开巴里家的门，进去十五分钟后，手里拿着一个包裹出来了。"

我听到她嘟囔了一句什么，然后说："啊，真的吗？"

"我很抱歉这时候给您打电话，但是——"

"南多·贝皮，真的是他？"

"是，我确定。"

"我马上派人去看……虽然我也不知道这时候能不能找到谁……晚安，米凯拉，明天联系。"

我上了床，关上灯。第二天八点半我就得到电台，但现在仍然不能进入梦乡，耳朵紧张地倾听着楼梯间每个细小的动静。

第一缕阳光照入房间时我才入睡，我十分疲惫，脑子里满是那个忧伤的笑容。

《 29 》

出门后，我在楼道里发现两名警察，他们正在检查被撕开的封条。一个锁匠站在他们身后等着换锁。

因为担心迟到，我跑着下了楼。要不要开我的"菲亚特500"上班呢？坐公交车的话，谁知道什么时候才能到，步行也要花太长时间。每次我想着走路去上班，因为时间关系，最后总是决定开车。

我经过蓬齐亚尼广场，沿着蒂塔·斯卡尔佩塔路，远远就看到那个老太太在专心喂着流浪猫。我开车靠近人行横道，跟她打了个招呼。她有些吃惊地抬起头，认出了我，用一只粘着米饭的手跟我打招呼。

我到电台时，迪林南齐正在骂人，因为今年以来，他已经不下一百次独自在操作间了。"马里奥呢？""不知道他又死哪儿去了……我本应该坐在小桌子前写报道的，可是我在这儿，配合巴尔迪教授工作。"

"还不到八点半。"我说。

"还有七分钟。"他很不耐烦地反驳我。

我坐在操作台前，把他替换下来，等着技术人员的到来。我看了看今天的主题：犯罪的冲动。这一定是库苏马诺想出来的点子，他像只秃鹰一样，在我的节目上盘旋。他原本告诉我已经换了主题，不知道他有没有通知巴尔迪教授，也许最好给他发个传真。

马里奥·卡尔佐尼终于来了，他身穿草莓色衬衫和白色运动鞋。尽管他眼睛有点儿肿，但心情好得不得了。我终于能去走廊的咖啡机那儿喝杯咖啡了，我等着那冒着热气的深色液体滴落在塑料杯里，这时我听到主任在大声打电话。

"你们不要烦我！"他大声叫喊。我控制不住好奇心——他很少声音这么大，更少用这么粗暴的表达方式。

"我知道主任的位置是你给我的，但这并不意味着我就得听你的……怎么不行？怎么不行？现在你又来提要求了……这有什么关系？谁给你打电话了？警察？他想干吗？不，我现在就跟你说吧，这个关于没有破案的犯罪节目，我不会放弃的，明白吗？我不在乎形象。"

看来，他们正在谈论我的节目。不知道主任为什么这么激动，也许是因为别人要审查他，就像他审查我那样。

迪林南齐曾经大致向我解释了电台是如何运作的。"你太天真了。你真的以为我们是私人电台，那就是自由的吗？要是这样的话，钱从哪儿来呢？"我又听到他的声音，"有人为我们所有节目投资，但我们要替他们做选举宣传。主任就是担保人，他一脚站在政界，一脚踏在新闻界。如果他有哪只脚没有站稳，你觉得他还能有今天的成就吗？他这么年轻，怎么做得到呢？他很有雄心壮志，这不假，但你有没有见过他看书？他就是一个监狱看守，他的存在就是保证我们不偏离主题，保证我们不会冒犯那些受保护的人……"

技术员隔着玻璃向我做了几个手势，示意我坐到小桌前。我坐在麦克风前把耳机戴上，将耳机另一端插进插口，检查声音和计时器。

"已经接通了。"马里奥一边嚼着东西，一边告诉我。我调高了一点儿音量。巴尔迪教授今天早上似乎心情很好，他热情洋溢地向我打了个招呼："早上好！米凯拉·卡诺瓦，我们意大利在线电台的台柱子！亲爱的米凯拉，今天早上我们和听众的对话主题是什么呢？"他心不在焉地问，连刚才我发给他的传真都没看到。

"犯罪的冲动。"

"还不错。谁想到这个主题的？我敢打赌，一定是我们举世无双的主任——艾托雷·库苏马诺？真是太棒了！"他说，他知道主任经常会听节目开头，特别是早间节目。

"第一个电话来了，要接通吗？"技术员通过耳机问我。我点头示意，他把电话接通，让广播里可以听到。

"喂，我可以讲了吗？"声音很年轻，分不清是男是女，是处在变声期的声音。

"你叫什么名字？"巴尔迪教授以父亲的口吻问他。他也没听出到底是男是女，但并不想有失分寸。

"我叫加布里埃莱。"那声音说，"我十七岁了。"

"你知道今天的主题是什么吗？"

"知道，就是因为这个主题我才打电话来的。"

"你不会是要告诉我，你才十七岁就想犯罪了吧？"

"我恨自己的父亲,想杀了他。"

"亲爱的加布里埃莱,这很正常。在你这个年龄,我们会对与自己相像、对我们实施权力的人产生抗拒。在你这个年龄,我也是一样的,我是从比喻层面说的,我也想杀了自己的父亲。"

"我和父母一起打牌时,您知道我父亲都干了什么吗?他耍赖。"

"所有家长都会这样,都是为了让孩子开心。"

"不,他耍赖就是为了赢。"

"你们经常在家里打牌?"

"你知道他在饭桌上都做些什么吗?他会拿两瓶葡萄酒,一瓶好的给自己喝,另一瓶劣酒给我们。他说劣酒对自己身体不好,难道对我们就好?要不是我母亲像个小女孩儿一样,不能独自生活,我早就把他杀了。"

"我猜,你和自己小女孩儿般的母亲一定心心相印。"

"是的,我父亲不在时,她就会涂上口红,我们一起去电影院。"

"亲爱的加布里埃莱,你读过索福克勒斯的《俄狄浦斯王》吗?"

"看过。我不是个没文化的人,我了解希腊悲剧……"

"你想杀了你父亲,和你母亲睡觉,这是任何时代都会出现的情况。你心里琢磨一下就会明白,一切都是必然的。"

教授有点儿着急结束话题,下意识地冷落了这个少年,也许是这个主题让他觉得尴尬。

"加布里埃莱也许还没说完。"我打断他,让加布里埃莱继续说。事实上,他正有意继续说。

"你知道我父亲在晚上干什么吗?他去厕所从不抬起马桶圈,

总是在马桶圈上留几滴尿。早上我睡眼蒙眬地去上厕所，坐在马桶上，总是发现湿漉漉的。我说：'请抬起马桶圈。'他说：'不。'这又不是件很麻烦的事，全世界的男人尿尿不都得抬起马桶圈吗？你知道他怎么回答我？他说：'我对得很准。'但哪里准了？马桶圈永远都是湿乎乎的！就为这个，我想杀了他。"

"加布里埃莱，你想过搬到外面去住吗？你可以在外面独居一阵子，我觉得这种家庭生活不会让人开心的……轮到你离开了。我知道，在我们意大利，绝望的孩子待在家里，充满仇恨和憎恨，一直到筋疲力尽，出现悲剧……"他说得很起劲儿，我已经忘记那男孩儿的存在了，教授好像想到了自己的遭遇。我想，尽管他从没提起过，他是不是也有个一样大的儿子。

"那钱从哪儿来呢，教授？"我听到那个男孩儿的声音，他提出了问题所在，"我父亲退休了，母亲靠他生活，而我靠他们俩生活。"

"亲爱的加布里埃莱，试着理解一下你的父亲，不要只是评判他，要理解他的疲惫、衰老和贫穷。你还年轻，但他老了，在最后这几年，让他安安静静地生活吧，你将来不会后悔的……你要像那些强大的人一样宽容，不要让自己在愤怒中变得可悲，这对你、对他都不好……"

这时候，教授开始了他的批评和劝解，他知道这个少年正充满耐心、乖乖地听着。从耳机里一些细小的声音中，我知道巴尔迪教授正在那边"演杂技"：他正一边讲话，一边煮咖啡。

我可以想象他身穿室内便服，脚上趿拉着拖鞋，打开煤气灶，把摩卡咖啡壶放在上面，然后重新拿起电话，把它夹到耳朵和肩膀之间，就像个小提琴手一样。

但他很厉害，没有听众发现这一点，只有我受过训练的耳朵能意识到他声音的细微变化，意识到他的嘴开始稍稍远离麦克风，然后又靠近了。

事实上，过了一会儿，他和一位母亲聊天时，那女人想要杀死吸食海洛因的儿子，我听到了咖啡壶开始往外冒咖啡的声音。

为了不让咖啡的咕噜声传入听众耳朵，他马上离开了咖啡壶，谈话平静而流畅地继续着。那位听众被他迷住了，就像被蟒蛇的咝咝声迷惑。他的策略不是讲道理，而是催眠，一直到"用舌尖触及听众的心"，有次在电话里他是这样给我描述的，真是太形象了。

为了帮助他，我也加入到谈话中，和那位绝望的母亲聊天，好让他有时间吃饼干。那个母亲几乎要哭出来了，讲述儿子是如何变成一个小偷，如何把家里所有值钱的东西都拿去卖掉。她也不敢说他，他会用切面包的刀子威胁母亲。

节目结束后，我忽然感到很饿，就去电台楼下的咖啡馆买了个三明治。我正喝卡布奇诺时，看到主任走进来，他走到收银台那里，迅速地替我付了钱。我想阻止他，并不想欠他人情，但他并没有给我掏钱包的时间。

这突如其来的慷慨应该是想弥补迟到了几个月的薪水。当然并不是他付薪水给我，但我从没见过他为我们向管理部门争取。

"针对女性的犯罪，还有没有破案的犯罪，调查得怎么样了？"

"您想看看材料吗？"我问他，努力地做出一副很积极的样子。

"不，卡诺瓦，我相信您会做得很好、很周到。"这时，他点了一份意大利面，从服务员手中不耐烦地接过那盘面条，吃得很匆忙，面里的奶油溅在干净的衬衫上。他很恼火，要来去油粉用餐巾纸擦着衬衣。他好像完全忘记了我，我也没必要再等他了，我跟他告别后回到电台。

电脑还开着，节目名称和提纲还在等我完成，但我的脑袋一片空白、呆滞。在我面前有个什么东西在移动，是一根闪闪发亮的蜘蛛丝——有没有可能，这又是两天前我轻轻放到窗户外面的那只蜘蛛。

那天我很早就到了电台，在台灯和插着钢笔的笔筒间，我发现了蜘蛛网。每次一打开门，蜘蛛网就会摇晃一下。我用手指捏着蜘蛛网，上面挂着蜘蛛，小心翼翼地把它放在窗户外面。

两天前，我把那只蜘蛛放到了外面，现在蜘蛛又出现了，也许它是另一只，难道是之前那只的后代？我拿着铅笔，将蜘蛛丝卷在上面，近距离地看着那只小蜘蛛：它的身体小巧通透，足很纤细，能收缩，当足收回去时，蜘蛛便成了一个鼻屎大小的小球。我打开窗户，让它沿着墙壁朝楼下露台的植物滑落。我重新关上窗户，回到电脑前。

"一个女人被勒死，被弃尸在垃圾处理站。"凶手把她扔在那里之前，切掉了她的一只手，她全裸着身子。这是出于报复吗？调查到此为止，在多种猜想后，不了了之。

一个八岁大的女童从家中消失。家人在绝望地寻找她，积极投入调查，最绝望的便是女童的父亲。女童后来被找到，她是被勒死的，并被埋尸于家中地板下。女童母亲指控丈夫强奸女儿，并将她杀害，父亲则指控妻子出于嫉妒杀死女童。没有任何证据证明凶手是父亲还是母亲。案件被封存起来，尽管事实上，女童真的被强奸过。

我把目光从电脑转移到木杯子上，很震惊地看到一只身体细小透明的蜘蛛，正从容地织着网，网的一头搭在电脑的一角上，一头挂在从笔筒里伸出来的笔尖上。

我站起来，去休息室喝了杯水，经过镜子时，看到自己苍白的脸上满是泪水。我一只手抚摸着脸颊，并没有意识到自己刚刚在哭。那小女孩备受折磨的模样，在我脑海里挥之不去。眼泪从内心深处涌出，而我从前一直认为，我会凭理性克制自己，不受这些事情的影响。

《 30 》

我心神不定、思绪游离，这时桃子和鱿鱼圈做成的通心粉跃入眼前。在阿黛尔·索菲亚的厨房里，有一种性感、精致的东西，让受邀的客人都深受诱惑。

我慵懒地吃着那盘亦甜亦涩、软绵又粗粝的混合菜肴。"上次吃的肉丸子和这次吃的通心粉，代表了两个截然不同的世界，一个是长满树木的北方，另一个则是荒芜的南方，这就是我的生活。"她一边咀嚼，一边盯着我说，"我一半是博尔扎诺人，一半是锡拉库萨人；一半是地中海，一半是阿尔卑斯山。"

我抬起头，目光从盘子上移开，看着阿黛尔·索菲亚勤劳的双手，她的手很灵巧，稳稳当当地端着菜，在洁白的餐桌布、烤过的面包片和装满红葡萄酒的酒瓶间穿梭。我想，她就是用这双深谙食物滋味的手，给凶手戴上手铐。正是这种母性的手法，将粗糙揉入柔软，又将滋养和惩罚混合。

玛尔塔·吉拉尔登格讲述着前一天晚上做的梦：一个长着狮头的女人，边笑边哭。

"她是不是长着长胡子，表情忧伤？"

"胡子？她没有胡子，但脸很奇怪，像猫一样。"

"你可能是下意识地想到赛克美特了,她是埃及的瘟疫和治愈之神。"

"瘟疫和治愈?"

"赛克美特是双面的,她以尸体为食,很暴虐、残忍,但是同时,只要用她带翅膀的手指去触碰生病的人,什么病都能痊愈。"阿黛尔·索菲亚一边安静地吃饭,一边解释说,"晚上,她能用你没受过的痛苦惩罚你,但早上又变得人见人爱。"

"我怎么会梦到一个从没听说过的神?"因为她的梦被曲解了,玛尔塔·吉拉尔登格有点儿生气地说。

阿黛尔·索菲亚有多外向、直接和冷静,玛尔塔·吉拉尔登格就有多内向、含蓄和害羞。一个稳重、笨拙,富有母性;另一个灵巧、像猫,又像小孩一样,阿黛尔的头发束在脖子后面,而玛尔塔的长发披在肩上。尽管有这么多不同,但你还是能感觉到她们之间深厚的友谊,那是一种漫长而复杂的友谊。

吃水果时,我决定讲一讲昨天晚上发生的事,但阿黛尔突然问起南多的事。

"错误在那个负责这套房子的人身上,他没有换锁。"她说,"封条只是几片贴在门上的纸,很容易被撕碎,应该换一下门锁,但没人想到这点。另外,难以想象竟敢有人在夜晚进入一所贴了封条的房子。事实上,他有这套房子的钥匙,这是个对他非常不利的证据……无论如何,您都要来证明您看到南多拿着钥匙进了安吉拉·巴里家。"

她意识到我不是很情愿出庭做证,为了防止我反驳,她说:"这不算是监视,米凯拉,只是要你说出真相。"

"可我并不想抹黑他，如果他并不是凶手呢？"

"DNA检测会给我们答案。事实是他破坏了封条，拿着钥匙进了门，这就说明他和死者关系亲密，但我们之前并未考虑到这一点。这不仅仅是线索，亲爱的米凯拉，这都是证据，非常有力的证据……"

"你们已经审讯过他了？"

"审讯过一次。但现在找不到他了，这就让他的处境更加糟糕。"

"怎么会找不到他呢？昨晚他还出现在我家楼道里。"

"他没在自己家，也没在卡梅丽娜·迪·乔瓦尼的家里。"

"我想跟您说说马依莫内太太提供的信息，她是门房的婆婆。她说，大概在案发二十天之前，见到过安吉拉·巴里的继父，她继父却说，很多年没见她了。"

"我们也和马依莫内太太谈过，发现她并不是个靠谱的证人。"

"为什么？"

"在她老家，您知道人们管她叫什么吗？'大仙儿'。几年前，她在本地引起轰动，她坚称自己看到了圣母马利亚，有人信了她的话。但很快人们就发现，她做起了小圣像生意……"

"但她在经营肉店！"

"那是在她失去第二个丈夫之后才开始的，之前并没有从事这项职业。卡诺瓦，您不应该太在意这些离奇人物说的话，他们会让我们偏离正道。"

这时，她给我盘子里放了一大勺草莓冰激凌，上面插着一块细长的饼干，就像面旗帜。

也许她说得对。如果玛利亚·马依莫内是一个神神鬼鬼的人，那么她的证词不会有任何可信度，哪个检察官会认真对待呢？

　　吃完饭，我们来到蒂罗尔风格的会客厅。架子上摆放着一大束黄玫瑰，有些枯萎了，依然散发出浓烈、颓靡而甜蜜的香气。

　　"下一步怎么办呢？"我沮丧地问。

　　"我跟您说过了，埃利亚先生和这个案件没有关系，审讯后，伯尼法官对此也深信不疑。我们有医院病历和两个护士的证词，可以证明六月二十四日晚上，他年轻的妻子在分娩，他在医院。总之，目前我们没有太多具体证据，但这些证据对南多·贝皮都不利。他有巴里家的钥匙，昨天晚上回去拿过东西，也许是在找那把没有找到的凶器。这都足够给他定罪……我想，伯尼法官正在为此努力，只差血液检验，就能一锤定音……我觉得，他的罪行是很明显的。"

　　"未免太过明显了……一个杀人凶手，怎么能如此轻率地回到自己行凶的房子里？"

　　"这就是事情的神奇之处：凶手总会回到犯罪现场。"她开玩笑地说，牙套在唇边闪闪发亮，"凶手对于那些见证了他愤怒爆发的地方，都有着病态的迷恋……有人说，每一桩犯罪都是自我的丢失……为了寻找丢失的那部分自我，或许只是为了注视他失去的东西，那些会让他异常激动、眩晕的东西。"

　　"抱歉，我可以打开录音机吗？"

　　"开吧。您对这魔鬼般的小玩意儿爱不释手啊？"

　　"要是您了解了这个机器的品质，会像我一样爱它的。"

　　"我不喜欢机器，这些玩意儿让我头疼。我也很少开车，都是走着或骑自行车去上班。您知道吗，他们看着我骑着那辆快要散架的自行车进了警局，差点儿把我逮捕。"

"她想把后座带筐子的破自行车和那些大人物的豪车放在一起……"玛尔塔·吉拉尔登格说。我发现她说话时很克制，声音好像是喉咙里发出来的，把她体内的所有回音都吸收掉，尽管没必要，她还是在极力控制自己的声音。现在她笑了，大笑并没有让她的声音松弛下来，而是变得更加干巴巴的，仿佛这笑声会让她内心深处产生一道裂痕。

"我的纳格拉就像我以前认识的一只鹦鹉。"我说，"它记忆力强大，声音洪亮，模仿力很强，能将它听到的所有内容重复出来。它什么也不懂，但在复述时会加入自己的东西。"

"这就像您一直扛在肩上到处走的鹦鹉？"

"咱们回到凶手的话题上。警官，您能再跟我说说凶手的情况吗？"

"我还能说什么呢？当然，据推测，那是个强健的男人，极有可能是个年轻的男人，恰恰就是贝皮那个年龄。从尸检结果来看，那些伤口都是同一个角度刺入的，这意味着那是一双很有力的手，有着非常结实的手腕，行凶时非常果断，没有迟疑，可以说是个很有自控能力的男人，不是随机杀人，也不是行为失控，而是事先谋划好的，在情感的驱使下，经过长时间酝酿带来的后果。"

"所以，有可能安吉拉并没有给凶手开门，而是凶手用安吉拉给他的钥匙，或是自己弄来的钥匙打开的门。但我记得清清楚楚，有一把钥匙插在门内侧的锁孔里，南多怎么能从外面把钥匙插进去呢？"

"也许他自己有钥匙，但门还是受害人开的。可能受害人在等着他来，这是很有可能的事。"

"还有那些仔细叠好的衣服，也很让人迷惑。那些放在椅子上、不慌不忙地叠好的衣服就像一种习惯，仿佛是两个认识多年的人之间的固有习惯，你不觉得吗？"

"是的，那些精心叠好的衣服里，有些悲伤的东西，好像告别一样。"

"或者就像是在爱情的仪式中，让拥抱的那一刻延迟到来。"

"有谁证实过：凶手和被害人是不是多年的情人？"

"萨布丽娜说，他们只认识几个月。"

"我跟您说过了，那个迪·乔瓦尼不是什么可靠的证人。她说完之后又翻供，多次自相矛盾，绝对不是可信之人。"

"一开始，你们不相信她。夜里南多来了，封条被撕烂了，你们才承认她说的是真的。"

"部分真实在法律上是无效的。"

"那鞋子呢？为什么安吉拉要把鞋子放在一进门的地方？"

"如果在夏天，她把鞋子脱掉再进门，那也可以理解。"

"还有一件事情，需要跟卢多维卡确认：她妹妹有没有光脚在家走来走去的习惯？"

"已经问过了。好像是的，但也许不是。那个女人嘴里很难说出什么可靠的东西，我觉得她脑子有点儿问题。"

其实警官们都在努力地破解安吉拉·巴里的案件。阿黛尔·索菲亚注意到我的震惊，满意地笑了：她的牙套像是被施过魔法一样，即便嘴巴已经合上，也不会完全消失，就像《爱丽丝梦游仙境》里的那只猫，它挂在树枝上，脸上总是带着诡异的笑容，那笑容十分神秘，让人揣摩不透。

"卢多维卡·巴里和您说了什么？"

"我没有负责那次审讯，是伯尼法官负责的。我看到了审讯的记录。她说她们姐妹俩大相径庭，她是个实干的人，很整洁，学习很努力，但她妹妹非常脆弱，没有条理，上学很困难，工作上也是一事无成。妹妹的第一份工作是做模特，然后是当演员，都不需要特别的技能……根据卢多维卡所说，安吉拉拍过一些很烂的电影，她自己也不满意。安吉拉总是说自己没什么钱，这和她们的母亲说的情况不一致。她们的母亲说，每个月都会给安吉拉寄五百万里拉的支票。圣塞西莉亚路的那套房子就是她母亲出钱租的，因为她失去了从父亲那里继承来的两套房子。车子是几年前继父送给她的，是一辆二手车，据了解，她并没有用过，车子一直停在车库里。她的男朋友——朱利奥·卡尔里尼似乎想要娶她，但首先他要摆脱另一个女人，一个名叫安吉拉·内里的女人……但是，我觉得这位卡尔里尼非常不诚实，他多次自相矛盾。我们通过热那亚警局核查过他的不在场证明，但他指出的四个朋友中，只有一个能够确认此事，其他人都去旅游了，怎么可能三个人都在旅行？"

"你们给他做过血液检测吗？"

"现在还没有，我们在等检察官的许可……如果能抽一点儿贝皮的血就好了……我们正在跟踪迪·乔瓦尼，看她是不是和贝皮接头，但这两人好像联合起来了。找到他并不容易，这些人习惯隐藏自己。我们查看了犯罪记录，贝皮曾因偷盗罪和同谋罪被捕，

169

也进过监狱，服过短刑，我们有他的指纹和信息。"

"你们在安吉拉家找到他的指纹了吗？"

"没有，这是个狡猾的家伙，他做任何事情都不会留下痕迹。"

"一个狡猾的家伙，难道会冒着被别人看见的危险，在夜晚潜入被自己杀死的女人的家里？"

"凶手也会做出前后矛盾的事。"她笑着说。她站起来，拿来一个文件盒子，挪开脏盘子，清理了一下桌上的面包屑，把里面的资料放在我面前。

"这就是他的资料……费尔迪南多·贝皮，一九六〇年十二月十三日出生于罗维戈，母亲是威尼托人，妓女，父亲未知。他的童年是在罗维戈附近一个小乡村度过的，和祖父母一起生活，后来因为在市场盗窃，进了一家未成年人管教所。在那里，他学习还算不错，拿到了高中毕业证。一九八二年，他又出现在罗维戈，和一个名叫妮娜·科尔达的女子结了婚。结婚一年后，这个女人死于分娩。他开始酗酒，几个月后出现在罗马，因为酗酒闹事被拘留。被释放后，在一九八四年又因同谋罪被判刑。然后就没有了，他没再做过违法的事。常住地址：罗马德拉卡梅里路四十一号。据悉他按时交房租和公摊费。德拉卡梅里路的门房称已经有一个多星期没看到过他了。我们搜了他家，除了一袋安吉拉·巴里的照片，没有发现什么实质性的东西。那些照片都是做宣传的照片，给代理人用的，都是很普通的照片。他的房子里空空荡荡，没有家具，厨房里没有食物的痕迹。也许，他有另一处住所。"

"那萨布丽娜家呢？"

"我们也搜查过，没发现什么特别的东西。唯一让人觉得奇怪的是，她的电话费很高，好像经常和海外某个国家的人通话。我们问了电话公司，发现她和一个生活在安哥拉的人频繁联系。我们正在调查这个打电话的人到底是谁。"

"安哥拉？"

"您有什么认识的人在安哥拉吗？"

"马尔科在那儿工作。"

"马尔科是谁？"

"马尔科·卡罗，我的……我的……"我脑子里想起卢多维卡的话（同居者太官方，同伴太政治，情人又有点儿轻佻），"一个记者，我和他，我和他……"

"他是你的男人。"她直截了当地说。

"是的。"

"您把他的电话给我，我们打给他。"

"一般都是他打给我，他没把他的号码给我。"

"这样不好，如果一个男人说'我打电话给你'，但他拒绝给你留电话号码，那是个很糟糕的信号。"

"事实上，他总是在挪地方，他打过来会比较方便。"我试着为他辩解，好像已经知道给萨布丽娜打电话的人就是他。

"好吧，我们会从通信公司查到的……看来，也许没必要进行更多调查了……贝皮有很重的嫌疑，我更倾向于相信他就是凶手。"

"但他为什么要杀掉安吉拉呢？"

"也许因为他们谈不拢，这也比较符合她的个性。那些靠女人卖身赚钱的男人要建立自己的威望，应该让人生畏，否则他手下

171

的女人不听话，他得到的钱就少。"

"所以您相信了萨布丽娜的话，安吉拉卖淫，贝皮赚钱。"

"我不知道，这只是假设。"

"尽管如此，那天晚上我在楼道里看到他，他并没有凶手回到'案发现场'的感觉，或者正如您说的，他就是一只狐狸，在晚上把尾巴露出来，就为了挑衅别人。"

"如果像我推测的，他是去拿作案工具，那么早就该去拿了。我们应该也找到那个工具了。"

纳格拉发出像老鼠一样的声音，好像在告诉我，带子就要用完了，谈话却一直没有什么头绪。

"明天早上我要早起，我先走了。"

"如果有什么消息，您就打给我吧，就算是在夜里也没关系，但愿不会是三更半夜。"

我把磁带放起来，把麦克风放到套子里。玛尔塔·吉拉尔登格送我到门口，这时阿黛尔·索菲亚在厨房里叮叮当当地洗着盘子。

《 31 》

　　我一进门，就在门下发现一个信封：米凯拉亲启。我打开信封，从里面拿出一张对折了两次的信纸。信纸中央有一行用打印机打出来的字：小心南多！他在找你，危险！萨布丽娜。

　　这句含混不清的话到底是什么意思？南多到底想从我身上得到什么？他为什么要找我，我又有什么危险？我要打给阿黛尔·索菲亚吗？不，最好先听听萨布丽娜想告诉我什么。我拨打她的电话，接通了，她的声音因为睡眠而变得低沉。

　　"谁呀？"

　　"是我，米凯拉·卡诺瓦。"

　　"这个点打电话有什么事？"

　　"现在才十一点，并不算太晚。"

　　"是呀，抱歉，我两个晚上没睡觉了……"

　　"很抱歉，我发现一封信，信上有您的署名，'南多找我'是什么意思？为什么会很危险？"

　　"我什么都不知道啊。"

　　"怎么会什么都不知道，这封信上的签名是萨布丽娜，不是您写的吗？"

"啊！信啊，那是南多让我送过去的。"

"因此，萨布丽娜的名字是南多签的？"

"我不知道，他给我的时候，信已经封好了。他说：'把这封信带给她。'我就把信给您了。我现在困得要死，现在几点了？"

"信里说：小心南多！他在找你，危险！萨布丽娜。这是威胁我，还是什么意思？"

"他是个疯子，我不知道他要做什么。他想见您，但我不知道为什么，他想和您聊聊，我不知道他想对您说什么，我……"

她的语气模棱两可，有种不惜一切代价也要演戏的感觉，这让我很生气。而我不论愿意与否，都成了她剧中的一个角色。

"南多在哪里？"

"我怎么知道？"我听到她窃笑一声，好像有个我看不到的人，也看到了她演的这场戏。这时候，南多会不会在她那儿？

"萨布丽娜，把电话给南多，让我和他谈谈。"

"这里没别人。"她说，然后挂断了电话。

确认所有窗户都关好后，我只能上床睡觉了，特别是那扇对着阳台的窗子。公共阳台上，只有一道玻璃隔板把两家的阳台隔开。

我安静地躺到床上，我确信，南多就在萨布丽娜那里，他不会过来折腾我。我手上拿着一本康拉德的书，还没看两行，就听到电话响了。接还是不接？会不会是马尔科从安哥拉打来的电话？我接通电话，正是马尔科的电话。

"我真是太想和你讲话了，米凯拉。"

"你把我晾了一个星期，一点儿音信也没有……"

"从这儿打电话很复杂，我每天都在外面……因为花销太大，我换了住处，这边房间里没有电话。"

他的声音听起来很忐忑，也很遥远，我并不想把时间浪费在责怪他上，于是让他说。

"我很想你，米凯拉。我很想见你，真想抛下这里的一切去见你。"

"真的吗？"

"你还爱我吗？米凯拉？"

"我也想见你，你什么时候回来？"

"我不知道，也许下个星期。"他好像要转换话题，"我很害怕，你会把我忘了。"

他的声音温柔极了，像在恳求我。我知道，他正在颠倒事实，是他害怕忘记我，他把自己的担忧、情感放在了我身上。

"马尔科，你爱上别人了吗？"我用轻快、戏谑的语气问他。

"为什么你要毁了我的心情？我不是告诉你'我爱你'吗？"

"对不起，我累了，我正在做一档针对女性犯罪的节目。我碰上一起犯罪，就发生在我身边，在我对面的公寓里。"

"我们没时间聊你的工作。"我感觉他在逃避问题，仿佛害怕任何与爱的思念无关的话题。

"你还记得安吉拉·巴里吗？住在我对面公寓的那个女孩儿。你在电梯里见过她几次，还跟我说你觉得她很漂亮，记得吗？她被捅了二十多刀，死了。"

"我好像在这边的一张旧报纸上看到过这个案子。好吧，他们找到凶手了吗？"

"没有，就是因为这个……"我突然想起来，案发时，他正在罗马。所以他应该在这边看到报纸新闻，而不是在安哥拉，安吉拉死后第三天，他才抵达那个国家。

"我爱你，米凯拉，我太想念你了。"

"你能不能准确告诉我，你什么时候回来？和平会谈还没结束？"

"结束了。但现在有法属非洲地区的国家元首会面。"

这是真的，我从报纸上看到过这个会晤。只是为了这个会晤，一个和欧洲没有什么关系的会晤，意大利报社真的有必要让特派记者待在那里吗？也许是吧，我为什么不信任他呢？

"这个国家元首会晤什么时候结束？"

"我不知道，我觉得要十多天之后吧。"

从什么时候开始，这些元首会面要持续十多天？他们没有别的事要做吗？但我没有揭穿他，他假装出来的愉快，让我接受他的说辞，说辞之外全是雷区。

帅气的马尔科有着星星般的眼睛，我了解他非同凡响的虚构能力。我知道自己若不参与他的游戏，可能会失去他。出于爱，出于怯懦，出于温柔，我强迫自己相信他，但我知道，这个游戏只会让人更身不由己、言不由衷。

《 32 》

　　我坐在办公桌前，面对着电脑，抬眼看着笔筒。蜘蛛还在那里，很小，很不谨慎，开始编织一张透明的网，它的耐心让人惊异。虽然我不确定这是不是上次那只蜘蛛，也许是兄弟姐妹轮流出现，但是它们的固执很相似。

　　也许，晚上它会完成工作中最艰巨的部分，用口水在空间中编织着三角形与菱形。白天，它吊在垂下来的丝上休息，在太阳的照射下，那根丝闪闪发光。我轻轻地吹气，看到那个几何图案构成的网在颤抖、舞蹈，却没有断裂。"我们要好好爱护蜘蛛"，母亲的声音出现在耳边，不知道为什么我会那么憎恨母亲的声音，以至于我改变了自己的声音，变得和母亲一点儿也不像，远离与家庭相关的区域。

　　那是一种十分通情达理的声音，饱含着莫名的恐惧，这种恐惧是什么，我根本不想去猜测。那声音不仅很有教养，还有一种被驯服的味道。我在电台工作了很多年，才学会将日常谈话中矫揉造作的语气变得自然。

　　"您要让听众放心才行。"库苏马诺这样说。"放心什么？奉承他们吗？""不，爱抚他们，亲爱的米凯拉，您的声音必须像是在爱抚他们……""但用声音爱抚，如果不是发自内心的，那就会很做作。""你听，塔玛拉·维尔特的声音就很温柔，像在爱抚。"主任充满赞赏地说道。我明白，对他而言，女性的声音必须温柔甜美，而男性的声音则必须果断又深沉。

"我们的工作可真像是在卖身啊！"卡拉·梅第说。这个姑娘在电台工作了一年就辞职了，她得了肺癌，仅仅几个月，就瘦得只剩一副骨架。然而她还是继续抽烟，她的声音因为抽烟变得沙哑，有一丝迷幻和沉痛，很受听众欢迎。

电话打断了我的思绪，我伸手去接电话，是阿黛尔·索菲亚打来的。她说，他们已经逮捕了卡梅丽娜·迪·乔瓦尼——艺名为萨布丽娜的那个女人。

"为什么？"

"她不肯合作，破坏证据。还有您，米凯拉，您现在表现不是很好，我们知道您昨晚和迪·乔瓦尼通过电话，但什么也没跟我们讲。您受到了恐吓，却把这件事隐瞒起来，您想玩什么把戏？"

"不是萨布丽娜恐吓我的。"

"您能把那封信拿给我们吗？"

"当然，我本来就打算今天拿给你们的。"

"南多·贝皮因为杀人被追捕。谁协助窝藏逃犯，或者隐藏可能对找到他有帮助的信息，都会因包庇罪被指控。只有 DNA 检测可以给我们确定的回答，但同时有多重证据都锁定了他，凶手极有可能是他……米凯拉，咱们胜利在望了！"

阿黛尔·索菲亚用了个俗语，这夹杂在刑侦技术用语中，显得很特别。只有充满敌意时，她才会用很多俗语和侦探用语。从她那句"咱们胜利在望"中，我明白她对我还不是特别厌烦，却监听了我的电话。她应该也监听了马尔科的电话，但这和马尔科有什么关系？我心里已经开始为他辩护了。他们难道还想给马尔科做个 DNA 检测吗？为什么？他跟我一样，只在电梯里见过安吉拉两三次。或者我再想想，他们相互微笑时，带着些许尴尬，仿佛彼此是认识的。她慢吞吞地伸出一只手，而他紧紧地握了一下，也带着一丝尴尬。

"我觉得给萨布丽娜打电话时，南多·贝皮就在她那里。"为了不被指控为隐瞒事实，我说。

"我们也这样觉得。"

她没有说"我也是"，而是说"我们也"。仅凭这点，就将我和她之间的距离拉开，我们不再是阿黛尔·索菲亚警官和电台记者米凯拉·卡诺瓦，而是警察和我——一个被怀疑的市民。

我正要问她，既然他们在电话里听出来了，为什么没派警察去逮捕他？

她一如既往，抢先一步对我说："也许，您不太了解窃听是怎么进行的。录音带会将声音记录下来，但需要几个小时，乐观点儿说，需要半天时间，才能到调查者手中。快到中午时，我们才拿到录音带，我们过去时，他已经消失了。因为这个原因，我们才拘留了迪·乔瓦尼。"

这时我打开纳格拉，将它连接到电话上。这次我没有征得她的同意，我像她窃取我的声音那样，窃取她的声音。也许，我们已经从盟军变成敌人了吧？

"地上到处都是烟头。"她接着说，"骆驼牌的，是卡梅丽娜·迪·乔瓦尼不会抽的香烟，卡梅丽娜抽过的烟头有口红印，很好辨认，几乎每一个都有口红印子，而且她习惯抽一半就把烟扔掉。但南多抽过的烟就不一样了，他的烟头很短，一直抽到过滤嘴前面，最后会用力地把烟熄灭，在烟灰缸里捻一捻。"

"只看烟头，您和您的同事就确定他在那儿？"

"不光这样，从指纹上也看得出来。您记住，我们有贝皮的指纹。那儿有十多个他留下的指纹……如果您昨晚打电话给我们，那他现在已经被我们抓住了。"

她知道我在录她的声音吗？我觉得她已经觉察出来了，说话时有一点儿讲解和说教的意味。也许她能猜测到，因为她也习惯了偷窃别人的声音，有时候没那个必要，她也会这样做，只是出于偷窃声音的乐趣。

"那我等您。"她对我说，我感觉她想恢复我们之间的友好关系。

我去征得主任许可，他正在大喊大叫，气得冒烟，但还是同意了。他先给阿黛尔·索菲亚打电话，证实了这件事。幸运的是，技术人员今天都在。我看了一眼迪林南齐，他一边对着麦克风念着新闻，一边向我点头示意。我遇到梅利律师，他向我轻轻地弯了一下腰，停下脚步，好像要跟我说什么。

我也想跟他谈谈，但这次我真的很着急。我跟他说了我要出去，他点头示意。他总是带着灿烂的笑容，看一眼都会让我觉得心情好。

"律师，您什么时候回电台？"

"星期一。"

"那我们星期一见。"我说。我知道自己星期一不会来，因为星期一是我的休息日。但我可能还会回来工作，毕竟当工作很多时，我不得不放弃休假。

《 33 》

今晚，我又一次惊醒，感觉有人进了我的房间。我伸出汗涔涔的手，寻找灯开关，但没找到；这时一道影子滑向我的床边，我记得睡觉前反锁了门，但这没什么用。

在马路上透过来的昏暗灯光里，我隐约看到那是父亲温柔而没有生机的微笑。

"啊，是你啊，爸爸……你把我吓了一大跳。"

"我只想看着你睡觉。"

"实际上，你把我吓醒了。"

"原谅我……你能原谅我吗？"

"当然了，你别担心……但你为什么不能让我睡觉呢？"

"你还记得吗，米凯拉？那次我们一起去河边玩，记得吗？"

"哪条河？"

"阿尔诺河，不记得了吗？我让你上了摩托车，骑坐在我前面的位子。我像个疯子一样往前冲，你都喘不过气来了，你汗湿的头发有股草莓酱味，很好闻，像刚熨烫过的棉布衬衣。"

"我一点儿也想不起来了。"

"最后我们出了城，在河滩前下了车，四处都是芦苇和大石头，你还记得吗？"

"不记得了。"

"你没有带泳衣，我也没有。真的，那是一时兴起、心血来潮，才想起来出城去玩，我们躺在芦苇丛中晒太阳，你记得吗？"

"不记得。"

"然后你说，我们可以穿着内裤游泳，不行吗？我们就穿着内裤游泳去了。当我看到你被水流冲走时，我吓死了……像个疯子一样，拼命地朝你游去。"

"我不害怕。"

"那个地方水流湍急，我当时以为你要淹死了。"

"你抓住了我的一条胳膊，我几乎要被你淹死在水里。"

"不，我抓住的是头发，我记得很清楚，你喝了很多水。"

"不是的，我离你没有多远。"

"你像风中的叶子一样发抖。"

"爸爸，你的意思是，你救了我的命？这就是你想说的吗？"

"米凯拉，我想当时的情况就是这样。你那时才七岁，不怎么会游泳，如果我没抓住你的头发，你会被淹死的。"

"你抓的是我的胳膊。"

"头发，我记得很清楚。"

"我的手臂上有两块瘀青，很长时间都没有消。"

"不管怎样，你一直在颤抖、咳嗽、吐水……我紧紧地抱着你……真想把我的命都给你。"

"老爸，别骗人了。"

这时闹钟响了。我想，今天我要走着去电台，如果快点儿的话，还来得及。我匆忙洗漱了一下，飞快地拿起一块饼干和一个梨出门了。

我在蒂塔·斯卡尔佩塔路上停下，跟那个在那里喂猫的老妇人打了个招呼。她在地上放了一个装满肉汁意面的袋子，附近的所有猫都聚集在她脚边，她腿上的血管清晰，上面长满了老人斑。

我喘着粗气，到达丹多罗路，感觉吞了好几升的脏空气。

办公室里空无一人，只有门卫打着哈欠，对我说："早上好，卡诺瓦小姐。这儿要热死了，您睡得好吗？"

我盯着那只小蜘蛛看了很久，它正在笔筒和台灯杆之间织网。它的毅力让我惊讶，让我想到那些住在不停喷发的火山口下的农民。尽管房子隔几年会被摧毁一次，他们还是坚持扎根在那片深色的岩石上，坚持扎根在那些不宜居住的山坡上。熔岩将房子吞没之后，他们会在同一块小斜坡上，又建造起自己简陋的小房子。

我将新卡片摆放在旧卡片边上，搜集到的案子凶残可怕，每次重读这些卡片，悲哀、无能为力的痛苦都会将我吞没。

"乔尔吉娜，7岁，被强奸、勒死后弃尸于翁布罗内河滩上，鞋子于两百米外被找到。此案一直未破。"

一张照片从我的指间滑落。那是一张黑白照片，非常有年代感：一具瘦小的身体，一双漆黑而严肃的眼睛，勉强地微笑着，浅颜色的裙子下露出两条纤瘦的小腿，裙子随风摆动。

"娜塔莉娜，十二岁，尸体于圣安德烈湖打捞出，头部有石头砸过的痕迹，肺部积水。此案未破。父亲由于不堪忍受巨大的痛苦而自杀，母亲住进了精神病院。"

另一张照片也是黑白色，那是一张学生证上的照片，一个胖乎乎的小女孩儿朝着摄影师热情地微笑着，也许摄影师是她父亲。

"安乔丽娜，八岁，被强奸、刺死，后抛尸于圣米迦勒的垃圾处理站。此案未破。"

第三张照片上是一个女孩儿，脸蛋像小猪，一点儿也不漂亮，但脸上洋溢着一种信任和喜悦。她是用那双眼睛注视着强暴自己的人吗？照片下面用极小的字写着她是位"残疾人"。

我收集着关于这些案子的采访，按照库苏马诺的要求，我要找出一些当时的采访录音，添加到卡片上，作为节目引入的内容。在我的办公桌上，我看到了巴尔迪教授的评论，充满善意，那是主任放到我桌子上的。我找到一位儿童心理学家的评论，是位名叫法维的先生，但他的文字太过专业了，全是术语。

最后，我找到一个对话节目的录音，我都快要忘记了，那是在我们的工作室里进行的小型辩论。那位女士是奥蕾莉亚·费罗，她是个温柔的女人，患有肝病，两个黑眼圈都快要蔓延到颧骨上了，而参与对谈的那位男士是一位有名的记者。

"某些专栏的新闻，让我们觉得自己生活的世界很恐怖。"奥蕾莉亚·费罗说，"那是有政治目的的……另一方面，没有一种权力能在不施加任何暴力形式的前提下进行统治。历史上，为了掌控女性，父权社会一直在利用恐怖手段……在一些国度，这种掌控涉及切除女性阴蒂……另一些国家，采用的是一种象征意义的割礼，虽然这是无形的，也没那么凶残，却同样暴力……您知道，海特报告告诉我们什么吗？在美国，三分之二的女人没有经历过性高潮，这难道不是切割阴蒂的另一种形式吗？并不是她们不能：她们完全可以通过自慰，在几分钟之内获得短暂的愉悦……面对这种有些矛盾的状况，您没有什么可说的吗？"

她声音沙哑，讲话速度奇怪，就好像一瘸一拐那样。她每说一句话就要换一次气，音调一直下沉，好像要掉到地上，然后勉强通过一个螺旋式的复句，让音调上扬。

"那都是有病的人，疯子。"那个记者声音柔软，反驳她的愤慨，"费罗女士，您不能用这些死去的女性，来证明您的历史性别歧视主义理论。""当然，犯下这些罪行的人都有病，都是疯子。"她冷静地反驳，"但有一种普遍的情感和判断，这是在几个世纪反复上演。逐渐成型的东西。对于女人的仇恨，并不是这些凶手创造的，但他们在学校、在书中、在教堂里、在运动场上，呼吸着这样的空气……如果他们的疾病表现在侵犯女性上，那么通过这种疾病，我们可以窥视到一个时代、一个国家，以及一个民族。"

"这一点我无法认同，我们不会对可怜又无辜的小女孩儿产生仇恨，这简直是一个正常人无法想象的事。"记者说。但费罗女士很固执，她不依不饶地说："曾经祭献的是小山羊和小母牛，现在牺牲的是那些小女孩儿。""为什么祭献？"他提高了音调说。"祭献给上帝。"她说的那么抽象，我担心没人能听明白，"那位神，让夜莺在他弯弯曲曲的胡子上做窝，那些夜莺每天早上都会道早安……这是一位慈爱又野蛮的父亲，您可能不信，他想要牺牲一些无辜的生命，作为祭品献给自己。""您对两性关系的看法太粗暴、悲观了。"他几乎是吼出来的。"并非是我粗暴，而是男性将手伸向了这些女孩儿，实施着性别霸权。"

我把另一盘磁带放到录音机里，传出一段张牙舞爪、果断的男性声音——那是巴皮教授的声音："男性身上有些残忍、暴力的东西在燃烧，这些东西是他们生来就有的……您知道内燃机的燃烧过程吧，如果没有点火，发动机便不会运作……强奸是男人存活下去的本能中的一部分。"

"那是不是可以说，强奸是历史的病态产物。在这个历史过程中，对于另一个性别的控制，被认为是存活下来的第一要务，使物种得以延续？"这是另一段男性声音，是哲学家恰尔蒂尼说的，他思想明确，语气中带着调侃。

"男人天生有一种攻击性，它是天生的、非理智的，而且埋藏得很深，这促使男人通过暴力获得自己的性猎物。"巴皮教授说，"但是共同生活需要安宁、和平，这些本能会通过教育，以家庭团结的名义被压制住。尽管这种本能已经被驯化，处于人类灵魂深处，处于冬眠状态，但并非彻底消失……只是在某些躁动、激发雄性本能的场合，会突然跳出来。这种本能反应出乎意料，让受它控制的人无能为力，特别是对于那些没有接受过这方面教化、缺乏反思、对自己的行为缺乏判断的人。"

"所以教授您认为，某种程度上讲，强奸是人的天性，不可避免。"

"并非不可避免，相反，必须严格避免。只需要了解自己的潜意识黑暗地带，这些潜意识会通过梦境释放出来，比如说打猎、埋伏、助跑、攻击，然后捕猎。"

"那我们又如何看待那种建立在爱和相互尊重基础上的性关系呢？"

"当然，强奸和爱情没什么关系，甚至和性的关系也不大。我想说的是，强奸始于贬低、羞辱女性身体的欲望，但也可能会涉及男性身体，您看看在监狱中恃强凌弱的那些人……在世界上，战争仍然存在，这也是极大的灾难，士兵强奸、杀害、毁坏敌人的身体被认为是一种权利。在过去，在战争中，强奸是战胜者的权利，以流血的方式获得的权利，通过对敌人的侮辱得到实现……甚至就连宙斯——天上的主神也有这样的喜好，他会追逐那些漂亮女神（当然也包括凡间的女子），在得到满足后抛弃她们。这种占有常常违背她们的意志，这难道不是强奸……但这曾被认为是合法的，认为是神权的一部分……而在家庭内部，男人常常把自己当作狩猎者宙斯，他会认为一切都理所应当……"

我关掉了录音机，我听够了这些阐释、这些说教的声音。我重新拿起卡片，从哪儿开始呢？一九四二年、一九四六年、一九七七年、一九八〇年、一九九二年，那些卡片背后是几百个遭受折磨，被虐待、绞死、强奸、碎尸的女童。

也许我应该从最近的案例开始整理。一九九一年，在意大利中部一个小山村里，一名女童死亡，她头破血流，衣服被撕裂，身上沾有血迹。有人说，曾经看到她和叔叔手拉手，她叔叔是一个强壮的年轻人，留着一头金色短发。她叔叔将罪行推给侄子——死亡女童的哥哥——说是他在强奸她之后，用石头把她砸死了。

他的家人认为女童死于意外，是摔到一块尖石上而死的。但根据分析，她的脑袋并非出于意外磕在石头上，而是多次遭到暴力撞击，以致碎裂。

最后叔叔被指控，因为在他的一件衬衫上发现了女童的毛发和血迹，这件衬衫在他从树林回来之后，便被扔到牛棚顶上。在狱中，这位叔叔仍然指控侄子，而侄子也继续把责任推向叔叔。

电话响起。是索菲亚的声音，有点儿沉痛、低沉。我想，她要告诉我一件糟糕的事。事实上也是如此。"卡梅丽娜·迪·乔瓦尼在监狱里自杀了。"她一口气把话说完了。

"卡梅丽娜？"

"她用腰带在窗户上上吊了。您不要跟任何人说，绝对不能传出去，媒体不能知道。"

"现在我们要加紧找到南多·贝皮。"

"把他关进监狱没用。"

"我们只是做了一件我们认为有必要做的事。她没有得到应有的监控，这倒是事实……但谁能想到……她没有理由自杀……过几天她就可以出去了。"

我又想到卡梅丽娜的声音，掺杂着方言，有点儿粗鲁，那深藏不露的友善，以及她对自己彻底的鄙视。

现在就连她也走了，也不知道有没有穿鞋。这些死去的女人，离去时总是悄无声息：安吉拉·巴里光脚，也许萨布丽娜也光脚，在翁布罗内发现的女童也光着脚。我脑子里突然想起一件事情，一个年轻的日本女人，在一列从罗马开往巴勒莫的火车的卧铺上自杀。第二天早上，人们在小床上发现她已经死了。她穿戴整齐，双臂交叠在胸前，赤裸的双脚安静地靠在一起。她服毒自杀，鞋子被整齐地放在门边，鞋带是松开的。

《 34 》

在监狱黄白色的小教堂里，一共有三个人参加萨布丽娜的葬礼：阿黛尔·索菲亚、赛尔乔·利帕里警官和我。萨布丽娜家没一个人来，我们从她老家那儿得知，她的老母亲几个月前去世了，她父亲在阿根廷，和另一个女人一起生活多年。萨布丽娜是独生女，就我所知，她表兄弟不愿意千里迢迢地赶来参加一个在监狱里自杀的妓女的葬礼。

一具寒酸的云杉棺木，没有熏香、鲜花、哀乐，也没有掘墓人的身影。她赤身裸体，身上还带着尸体解剖的伤口，用一块绿色的塑料布包着，他们连给她穿衣服的想法都没有。

萨布丽娜和其他三具尸体一起躺在太平间，阿黛尔问我想不想看看她。我说想，她便将塑料布挪开。我以为会看到什么恐怖的样子，出现在我面前的却是一张美丽的脸庞，宁静而安详，泛起一个微笑，这让我感到欣慰。在活着时，那张脸总是紧绷着，死后却如此宁静，似乎要开开心心地开启一场最好的旅行。

她脖子上戴着一个深蓝色的项圈，好像十九世纪的画里那些贵妇人戴的天鹅绒缎带。

我把给她买的满满一篮玫瑰花放在铁门后。我带着羞愧想，我过去做的那些事情，已经不会遭到指责和批评。我拿起花篮，把它放在死者旁边。

一位年轻的教士快步走来，看了一眼正在和我交谈的阿黛尔·索菲亚，他仓促地做了几个祈福手势，说了几句怜悯的话，但他的声音听起来很生硬，而且心不在焉。这个女人自己结束了生命，而不是等着别的东西把她的生命带走，万能的上帝很生气吧？"自杀者本来是不应受到祝福的，"小教士向我们解释道，"但我们很仁慈、宽容，我们想祝福这可怜的灵魂，去一个不太悲伤的地方，来清洗她的罪过。"

这时弥撒开始了。我转过身，看到一队身穿黑衣的修女。有些人着迷地盯着那位年轻英俊的教士……不知道他是怎么被分派到这家监狱里的教堂的！他并不开心。

葬礼举行得很快。阿黛尔·索菲亚用一张折起来的报纸扇风。年轻的教士点头打了个招呼，就走出去了，衣服发出窸窣的声响。一个穿着棕褐色罩衫的助理把棺材盖盖好，四个角的孔对准，用电动螺丝刀拧紧四根长长的发亮的螺丝，螺丝像陀螺一样在转动。

"现在我们去墓地！"阿黛尔·索菲亚说，她坐上一辆黑色的汽车，把身旁的位子让给我。利帕里警官坐在后面，他今天穿了一身浅褐色衣服，鞋子和领带都是褐色的，他黑色的汗毛从紧致的领子以及洁白的袖口钻出来。

"我们找到贝皮了。"她兴高采烈地说。

"在哪儿？"

"我们窃听了他的电话。他下午有个约会。"

"跟谁？"

"和一个叫玛利亚的人，在古意大利广场见面。"

"他真的会是凶手吗？"

"要想确认的话，只需要做个血液检测就够了。他有作案的动机，他手里的钥匙可能会成为一个有力的指控证据。"

"如果血液检测证明不是他呢？"

"我们抓住他，带他做检测，我的意思是在他同意的前提下，然后再说吧。"

"如果不是他呢？"

"那就麻烦了。"

汽车像个闷热的盒子一样，在车流中缓缓前行，时快时慢，司机开着警笛。透过车窗玻璃看出去，景色像是裂开了一样，分解成很多蜿蜒曲折的小溪。

到公墓后，我是第一个下车的。开着监狱的小卡车的掘墓人都已经到了。现在我们驻足在一面粗糙的水泥墙面前，那里便是墓穴入口，看起来脏兮兮的。每一个盒子里都有一位逝者，每个盒子上都刻着一个名字，旁边是一个杯子那么大的容器，悬空放在一个伸出来的铁环上，里面放着假花，还有点燃的蜡烛。地上没有地方了，也没有墓碑、植物和鲜花，死者就这样被埋葬起来，一个摞着一个，旁边只有一束束塑料花祭奠着。

棺材是用粗糙的木头做成的，没有打磨，很难放进墓穴。那位年轻的掘墓人用两只手推，用肩膀顶，那棺材都无动于衷。他索性爬到小卡车上，使劲地踢了两脚，才把棺材送进坟墓。

另一个掘墓人穿着深蓝色罩衣，他一边嚼着美国口香糖，一边把墓穴的挡板放好，用泥刀在上面抹了一些拌好的水泥。

一切都完成了。唯一的鲜花是我带来的，那几朵白玫瑰是今天早上我在电台旁的花园采下来的，这些鲜花放在那些五颜六色的塑料假花旁，看起来有些怪异。

阿黛尔·索菲亚示意我和他们一起上车，我拒绝了，我想一个人走走。要再次关进那个金属匣子里，真让我觉得害怕，我看到利帕里警官用力地关上门，好像在说：随便你！

我慢慢地在墓地之间走着，这是弗拉米尼亚路上的一座新公墓，不是长满松树和棕榈树的老维拉诺公墓，那里埋葬着我父亲。这里没有猫和纪念碑，竖起的墙壁上，有几百个抽屉式墓穴。与其死后被放在这个小抽屉里，火葬不是要好一百倍吗？

我停下来注视着一块墓碑，在一个椭圆形的陶瓷相框里，放着一张小女孩儿的照片。"米莱拉·弗利迪，从母亲的怀抱中被夺走，痛苦地夭折，阿门。"她的死因是什么呢？日期是不久前：一九九二年七月八日。因此她死了没多久，但为什么说是"痛苦"呢？意思是死于一场大病？还是说她备受折磨，被勒死、碎尸？我想不到其他死因了。

我向前走了几步，想找到公墓的出口，看到一个男人在盯着我看，他站在一棵年轻的柏树前。我惊讶得简直要叫起来，是他——南多·贝皮，他依然穿着那双加利福尼亚短靴，还有黑色的外套，脸上还是看起来像个学生，一个无政府主义者，手上还戴着那枚虎眼戒指。

我看了看四周，想看看从哪边逃走比较快，忽然，公墓好像清空了一样。我看不到掘墓人，看不到来扫墓的亲戚，也看不到任何路人，什么都没有了。太阳光打在坟墓上，打在假花上，打在我身上，而我站在那里，呆若木鸡。

《 35 》

炎炎烈日，只有我们俩站在公墓中间。我窥视他的目光带着审问，也混合着恐惧；他远远地看着我，目光有些狡黠。

我的脑子像无头苍蝇一样乱作一团，我试着理清思绪。那是非常闷热的一天，正是中午一点钟，保安一定都找了个阴凉处，吃着三明治。那些来扫墓的人纷纷回到家，做起了午饭，这样的话，公墓空无一人很正常。只要冷静想想公墓入口的位置，就可以大叫求救。

我的目光落在一只蝉的背上，那只蝉正趴在南多头顶上方的树枝上。因此，他离我非常近，比我想象中的近多了。我轻易就能看清楚那只蝉，它后背上有棕褐色的斑点，它像拉锯般的叫声不断地钻入我的耳朵。奇怪的是，我感觉身体像是瘫痪了，不能动弹，脑子却开始危险地跑题。周围的安静氛围让我感到意外，那是一种和谐完美的安静，这让我想起另一种类似的安静。许多年以前，我和父亲一起去爬山，那是一种完美无缺的安静，一点儿搅扰人心的声音都没有。那时我大概七岁，或者六岁，我感觉很轻盈，那是我生命中第一次清楚地感觉到：这个世界没了我也依旧转，大自然的美丽并不是因为我的眼睛看到才存在的，它独立而完整地存在着。

我恐慌地盯着南多·贝皮的脸，他满脸迷茫，像一只走丢的狗。我准备拔腿就跑，扯开嗓子大喊，但我脑子里回忆起以前的事。这时候我呆站着，不知道如果他采取行动的话，我是不是真的能喊出来，能跑动。

他站在那里没有动，如同一座雕像，好像在等待机会，决定下一步应该怎么做。他听着周围的声音，好像信号会从水泥坟墓里发出来，或是会从粗糙的树干，甚至会从他头顶那只嘶叫着、长满斑点的蝉背上发出来。

在漫长的等待之后，他终于开口，那一刻我所有的恐惧都消失殆尽。他选择了语言而不是动手。本能告诉我，这至少会让他推迟动手，真是感谢语言世界啊，听到这样美妙的声音是多么开心啊！又一次，我活着进入了语言的世界，由两个能发出声音的人组成，一切都靠对话掌控。

"这个是安吉拉留给您的。"他语气平静，相对于我们刚才营造的紧张气氛，他的语气过于平静和轻柔了。

我看着他从口袋里拿出一个包裹，用一层淡蓝色的纸包着，并用橡皮筋绑着。

"给我的？"我难以置信地问他。

"我冒着被抓的危险，去她家里拿了出来。我知道这东西还在，就找到它了。"

"是您杀掉安吉拉的吗？"我有些粗暴地问。我一点儿也不想说这个，但这个问题自然而然地从我的嘴里跳了出来，就仿佛我知道他的回答会很真诚。

"我没有杀她。"

"我也是这样想的。"

"所以，您相信我喽？"

"我有些疑问，不过我确实是这样想的。"

"卡梅丽娜很爱我，那些浑蛋却把她弄死了，我要为她报仇。"

他陷入悲情之中，我心想，刚才英雄主义的语气并不属于他。他也在演戏吗？

"您最好去自首。他们只是想给您做个血液检测，做完就能证明您无罪，他们有凶手的血样。"

"我没想过去自首，半个小时后我就走了。我只想把这个包裹给您，祝您旅途愉快！"

"为什么说'旅途愉快'？不是您要走吗？警察还在等着您和玛利亚碰面呢，您快去吧。"

"玛利亚背叛了我，但我不生她的气，她就是个傻子。"

"您知道可能是谁杀了安吉拉·巴里吗？"

"我不知道。"

"是安吉拉让您把这个包裹给我的吗？"

"是的，就是给您的……因为您很热爱声音。"

"为什么前天您给我留了那封信？信上写着，您在找我，有危险？"

"那封信是卡梅丽娜写的，不是我。她想让您离我远点儿。"

"但信上说您在找我。"

"她想吓唬您……事实上她的确吓到您了，不是吗？"他脸上带着一个得意的微笑，往嘴里放了一根烟。

"安吉拉卖淫这事是真的吗？"

"不是，我从没让她卖过淫。"

"但萨布丽娜跟我说……"

"萨布丽娜脑子有问题……她嫉妒……"

"您怎么会有巴里家的钥匙呢？"

"安吉拉很大方，有一天她把钥匙借给我，我就配了一把。但她活着时，我从来没用过。"

"您要是消失不见了，那就没人知道谁是凶手了。警察会认为就是您，会继续追捕您，他们永远都不会抓到真正的凶手。"

"他们自己想办法吧！我不在乎。给您磁带，您走吧。"

"我会把我见过您这事说出去，我不能不说。"

"您尽管说，他们抓不到我。您赶紧去说吧。"

他没有像我想象中的那样把包裹递给我，而是扔在我脚边的一块地上。我弯腰去捡，眼睛仍然盯着他。当他把一只手伸向口袋时，我想：看，他要朝我开枪了。事实上，他只想拿包烟出来。

骆驼牌香烟，我看他用手指把玩着烟盒，白色背景上的黄色骆驼在他的手里旋转。那些香烟正是在卡梅丽娜家里找到的那种。

如果他拒绝做血液检测，那就意味着他有犯罪嫌疑，这只是推测，阿黛尔·索菲亚会这么说。然而当他说自己没杀害安吉拉时，我不知不觉相信了他，我也不知道为什么。

我拿着包裹，站了起来。这时他迈着缓慢的步子，向和栅栏相反的方向走去，他没有走那条刚刚种上柏树的小路，他穿着一身黑色，伸出短腿跨过墓碑。

我跑到栅栏门那里。保卫处有两个门卫，他们一边聊天，一边吃着夹着香肠的面包。我清楚地看到那肥瘦相间的香肠从面包片里伸出来。

我想了一会儿，到底要不要跟警察说遇到贝皮的事，随后我决定不说。我走到炙热的广场上，看着手里的包裹：是扁扁的长方形。我知道那是一盘磁带，橡皮筋很容易就扯下来了，我打开包装纸，手里拿着一盘时长一个小时的带子，一盘满载声音的小磁带，藏在一个没人知道的地方，又侥幸被找了出来。

但安吉拉·巴里把它藏在哪里了呢？警察反复搜查都没有找到，也许是他们没注意到吧。它看起来只是一盘普通磁带，录着歌曲的那种。我把磁带放在包里，往出租车站走去。

((36))

"致邻居——我总是在每天早上通过电台听到她的声音。"

事情真的很奇怪，对我来说，安吉拉是个陌生人，但她认识我，并且关注着我，甚至专门为我录了一盘磁带。我觉得难以置信，继续听了下去：她的声音柔软，有些羞涩，却有一种按捺不住的喜悦。

"很久以前有个国王，他有一个女儿……"这是个童话故事！就是这样。安吉拉·巴里正在用她家用的不那么专业的麦克风，向我推荐一部童话。我让磁带向前播放，摁下暂停，又接着播放，听她的声音。"女儿向父亲说……"我将磁带快进，继续听着，"父亲便把女儿变成一头驴子。"

第一次粗略地听下来，似乎磁带里只有童话故事，没有其他东西。只是讲了一系列寓言，也许是她自己写的，也许是从其他书上找到的。所有童话都是关于国王和王后、叛逆的女孩儿、龙、被施了魔法的鹿和暴风骤雨的天空。

南多冒着被抓的危险，就为了拿一盘讲童话的磁带，这可能吗？他用钥匙打开死者家的大门，只是为了挽救这些无聊的童话？这个做法会让他的嫌疑更大，真的有必要这么做吗？

但这可以证明，安吉拉并不觉得自己身处危险当中。这证明她没有被威胁和敲诈，否则，她不可能给自己欣赏的人寄一堆童话，而应该讲一些更确凿的事。

安吉拉·巴里只想让在电台工作的邻居听听她的故事，把它放到儿童节目中去吗？

到现在为止，我也只是听了一下内容。我将磁带从头到尾放了一遍，只有一个想法：这些都是童话，这是肯定的，但这些童话要向我们讲述什么呢？

尽管我对童话并没有很大的热忱，只是在童年很短一段时间内曾经读过一些，但现在我还是一个个认真地听完了。

唯一显而易见的事就是，在所有故事中都讲到父亲和女儿，一旦出现母亲，很快会被巫术害死。女孩儿常常会变成狐狸、戴胜鸟，变成蜜蜂甚至是马，最后她会做出某种牺牲，重回人形。

国王总是被描写成暴君，性格反复无常，有时会给女儿送很多礼物，有时对她施以酷刑，把她关到监狱里，锁在一座没有门窗的塔里。

大约有二十个童话，都是用十分温柔的语气讲述的，没有一点儿喜悦的意味，没有恶意，也没有卖弄的意思。我一点点地向前听着磁带，我感觉到越往后，她的声音就变得越深沉和绝望。童话在最后变得极端：国王很生气，他砍下了女儿的头；另一个故事里，国王剁下了女儿的手，加上迷迭香做成烤肉，然而在这之前，他还送给女儿两枚漂亮的戒指，上面带着红宝石和翠玉。

安吉拉八岁时，她父亲就死了，这些故事是出于对那位逝去父亲的思念吗？但在这些童话里，父亲并没有缺席，而是无所不在，残暴又冷酷。

我想我要和安吉拉的继父——雕塑家格劳克·埃利亚谈谈，他的声音还没出现在我的采访当中。我要问问他对安吉拉的看法，对她的死，还有这些寓言的看法。

这时磁带继续播放，安吉拉继续用冷静而有耐心的声音，讲述父亲和女儿相爱相杀的故事。在另一个故事里，为了让女儿待在家里，父亲砍掉女儿的腿。为了让她陪在身边，控制她，父亲送给她一只猫头鹰，每晚猫头鹰都站在床头上，用"超越时间的金色眼睛"监视着她。

但女孩儿找到一种欺瞒父亲的方式。她教猫头鹰模仿自己的声音，把它的脚和小木棍绑在一起，防止它掉下来。她逃跑时，让猫头鹰代替她回应，以确保透过那扇门，疑心重的父亲不会发现。

我想再去安吉拉母亲那儿一趟，但主任肯定不会让我再去一次佛罗伦萨了，我是不是可以和卢多维卡再聊聊呢？

《 37 》

　　我又见到卢多维卡，和上次相比，我觉得她没那么焦虑和紧张了。她从容地在窗帘低垂的家里踱步：长长的棕色直发披在肩上，手腕上戴着十多只彩色玻璃手镯，随着手臂的每一个动作，手镯相互碰撞，发出清脆的叮叮声。

　　我又见到了铺有柔软的中国地毯的起居室，还有镀金门把手、水滴形吊灯，以及盖着碎花布的沙发。

　　"来杯饮料吗？"我记得上次她好像也是这样开场的。我看着她将细长的手臂伸向玻璃桌子，这次她的手臂被两条宽大的袖子覆盖住，像上次一样，她的动作慵懒而优雅。

　　她的微笑里有一种温柔而颓丧的东西，我想，也许是因为那一排假牙，她看起来比实际年龄老了些。我观察着她细而长的手臂，她的手臂洁白得不真实，没有一丁点儿斑点和疤痕，没有丝毫迹象展现出她干过什么家务活。好像三十年来，她的手臂接触的只是亚麻、丝绸和散发着芳香的饰带。

　　我把纳格拉录音机放好，她狐疑地看着我。尽管我在电话里已经和她说过我会录音，似乎这台机器还是让她感到畏惧。她脖子上青筋暴露，几缕鬈发垂下来，遮住了眼睛。

"您要是想让我关掉的话，我就把它关掉。"为了让她放心，我说。

她做了个表情，好像在说：您可以关掉它。但我并不打算做个有教养的人。"纳格拉"是个珍贵的证人，我不相信自己的记忆力，但我信任它。而她，或许出于良好的教养，没有坚持让我关掉。我便按下了开关。

"您知道卡梅丽娜·迪·乔瓦尼自杀了吗？"

"卡梅丽娜·迪·乔瓦尼是谁？"

"她是第一个跟我谈起南多的女人，您还记得南多吗？"

"我不知道他是谁。"

我看到她以一种高雅的拒绝态度，将自己封闭起来，怎么才能重新取得她的信任呢？

"卡梅丽娜·迪·乔瓦尼，也叫萨布丽娜，她认识您妹妹安吉拉，有次曾在电台直播节目里提起过安吉拉，她说自己知道安吉拉在卖淫。卡梅丽娜的保护人，也就是南多·贝皮却说，安吉拉没有卖淫。您认识他的，您之前在电话里跟我说过。"

"我想，您可能误会了，我并不认识叫这个名字的人。"

"因为您妹妹安吉拉的凶杀案，南多·贝皮被警察追捕，报纸上也说过这件事。您知道预审法官伯尼掌握了凶手的血液信息，所以他只需要提交一份血液检查就行了。"

"我不看报纸。"

"我的录音机里有他的声音，您想听听吗？"

"说真的，我不想操这个心，一想到安吉拉的死，我就觉得很痛心。"

"您不关心是谁杀了您妹妹吗？"

"我当然关心。但是，任何和安吉拉有关的人都让我害怕……我妹妹的生活中有些东西会让我不安，我宁愿不去了解。"

"您母亲说，她每个月给安吉拉五百万里拉，不过您说安吉拉没钱。我该相信谁？"

"我母亲说谎。是的，在安吉拉生病、无家可归时，母亲大概给过她几百万，但后来没再给过了。不管怎么说，如果她开口跟我要钱，我也会给的……安吉拉太骄傲了，她不喜欢开口要东西，不喜欢问我要，也不喜欢跟我们母亲要。"

"您经常见到妹妹吗？"

"很少，但这不是我的错。我本来是想经常和她见面的，但她总是躲开，没人找得到。每次我邀请她，她总是跟我说她很忙。我妹妹让我很心痛。"

"心痛？"

"她总是让我很心痛，从小就是……我常常看到她跑着去学校，她总是迟到，瘦弱的肩膀上背着沉重的书包。我看见她坐在马路边吸烟，身边是街区最暴力的男孩儿……我五脏六腑都在痛，但无能为力，她总是在制造麻烦。有一次她凌晨三点才回家，喝得酩酊大醉，我给了她一巴掌。不过我没和母亲说，也没和继父说，她默默地挨了一耳光。"

"您母亲不制止她吗？"

"我母亲是个漂亮女人，所有男人都爱她。她的时间都用来打发追求者了。也许她太年轻了，没法做个母亲。她自己都还是个女儿，她母亲年轻时也是个漂亮女人，很少在女儿身上费心。不知道为什么，女儿总是不由自主、亦步亦趋地重复母亲的故事呢。即便她们开始不愿意，都拒绝，坚决抵抗……但是最后，扑通，她们总会陷入其中，犯和母亲一样的错误，比如疾病、生子、私奔、错爱、流产、自杀等这些事……"

卢多维卡越说越激动，她抬起一只手臂，袖子滑落到胳膊肘，露出衣服下面大块的瘀血青斑。她看到我错愕的眼神，不好意思地把它盖了起来。

"昨天，我在楼梯上摔倒了。"她说着，好像在为自己辩解。她的目光变得游离，但还是很犀利，她想让我知道一些事，是什么事呢？

"您最近见您母亲了吗？"我继续我们的谈话。

"上个星期天，我去费耶索莱看她，她状态不太好，把自己锁在房间里，又头疼得厉害，手上长满湿疹。我和她待了一小会儿，就赶紧离开了。格劳克也在。"

"格劳克·埃利亚？"

"对，就是他。"

"但他们俩怎么都说很多年没见过对方了？"

"他们偶尔会见面，总是格劳克来找我母亲，我觉得他还爱着我母亲。"她苦笑着，手抖动了一下。忽然卢多维卡的眼泪就流出来了，示意我关掉录音机。我便关掉了。

"很抱歉，我可以为您做些什么吗？"

"我不想再聊安吉拉的事了，不想再说我母亲，您不要问我任何关于她们的事了，拜托了。"

"我只有一个问题：您妹妹安吉拉已经死了一个多月，您有没有想过，可能是谁杀了她？”

这时候，我打开录音机。她又开始哭，但我硬着心肠，让录音机开着。不知道为什么，我觉得她的哭泣像是演戏，就好像是一个艰难的开场，她会告诉我一些重要的事。

她的眼泪背后有一种复杂、让人不舒服的东西，当我作势起身离开时，她叹了一口气，我从她的叹息里听出了这一点。

她突然停止哭泣，站起来，在房间里走来走去，带着花纹的丝绸裙子像波浪一样在起伏，袖子是喇叭状的。每走一步，她的手镯就发出叮叮当当的声响，像是从《一千零一夜》里走出来的被囚禁的公主。

我知道，她要告诉我一些严肃的事，当她正要张嘴讲时，门安静地开了，门口出现了一个面带微笑的帅气男人。

“这是米凯拉·卡诺瓦，意大利在线电台的。”她漫不经心地说，“这是马里奥·托雷斯。”

男人向我伸出手，他握手坚定又果断，但用的力气太大了，我抽出麻木了的手指。他的笑容却很柔软，有点儿做作。

“作为电台记者，我可以问您一些问题吗，托雷斯先生？”

他脸上浮现出一种表情，那种表情是我采访过的对象都会有的，带着一丝虚荣。他想到自己的声音可以被许多人听到，接着又会很惊愕地想：我能说什么？我要怎么说？

他应该是个很有勇气的人，因为他很快答应了，不顾及卢多维卡在暗暗地摁着他的胳膊，阻止他。

他坐在沙发上，严肃而沉痛，仿佛在说：我准备好了，我就在这儿，什么也不怕。卢多维卡只得又去拿了个杯子，倒了一些饮料进去。我又重新坐到之前坐的位置上，就在窗户旁边，面对着我的录音机。

"您认识安吉拉·巴里吧。"我开始的问题很泛泛。

"是的，但并不是特别了解……她是个很自我的人，生活在自己的世界里。"

"您觉得她这个人怎么样？"

"她并不是个真正的美人，不管您怎么说……她身上有些和梦露相似的东西，很多人都说过这点。尽管她没有那头浅色的金发，但她展示自己的方式有点儿……玛丽莲·梦露也不是真正的美女：她身材娇小，手臂很短。说实话，她太脆弱了，很神经质，你不知道她想要什么，一下投入到一个伟大政治家的怀里，一下又和卡车司机勾搭起来……总之，就外表来说，安吉拉略显平庸。"

"我不是问您安吉拉美不美。"

"外表美是她性格中的一部分。"他坚称，"如果不漂亮，那她就不会过自己之前过的生活……只是她甜甜的笑容里有些令人绝望的东西，会打动她周围的人，就仿佛她在不停地求助。你会想保护她、引导她，可是，当你要教导她时，她又会变得邪恶。这就是她给我的感觉。"

"您试着引导过她吗？"

"没有，拜托，她过什么生活，那是她自己的事……但我刚才说的，是一眼就能看出来的事情……她极端脆弱，这就是让人很不安的事，她会把脆弱变成一种可怕的武器……"

"您觉得，有可能是谁杀了她？"

"我要是有想法的话，早就提供给警方了……事实上，我根本想不到是谁……我不觉得她有敌人……事实上，我对她知之甚少，我和她很少来往。"

"您知道南多·贝皮吗？"

"知道，卢多维卡和我说过他——不是什么好人，以敲诈为生。"

"您觉得，可能是他杀了安吉拉吗？就像报纸上说的那样。"

"我不知道，当然也有这种可能……"

这时卢多维卡又开始哭。他突然站起来，抱住她，抚摸她的头发，把她紧紧地抱在怀里，轻轻地亲吻着她的脖子。我知道，我得走了。

"您要是想起来什么，请打这个电话。"我说。马里奥·托雷斯接过我递出去的名片，朝我热情地微笑着，送我到门口。

我离开后，他们还紧贴在一起，似乎想向我展示出，他们心连心，身体也相互依赖，虽然对此我毫不怀疑。

《 38 》

　　我向阿黛尔·索菲亚讲述了我遇到费尔迪南多·贝皮的事。我给她看了磁带，她立马就没收了那盘磁带："您看到了吧？您一个人留在墓地里，冒了什么样的风险。"

　　"他要是想做些什么对我不利的事，那是最合适的时机。周围一个人也没有，你们还在别的地方找他。"

　　"可能他更希望让您活着，这样对他更有用。"

　　"我对他能有什么用？"

　　"给您留下一个好印象，您不是公众和罪犯之间的桥梁吗？"

　　"我只是在为电台筹备一档节目，这档节目是关于没有破解的针对女性的犯罪案件。"

　　"您现在代表的是所谓第四权力。"她笑着说，牙套在她丰满的双唇之间闪闪发光，"在罪犯眼里，记者有巨大的权力：可以让他出名，可以美化，甚至可以把他变成一个英雄，尽管是反面英雄。那些偶然犯罪的人会害怕这第四权力，因为如果出现在报纸头条的话，他们会失去一切。相反，一个惯犯是不会害怕这一点的，他还求之不得呢。"

　　"您觉得他跑到哪里去了？"

"贝皮？不知道，但我们会抓住他的，我们已经跟国际刑警打过招呼了。我们有他的指纹、信息。您放心吧，我们一定会抓住他的，就算他有电台和报纸的人的保护……"她又开玩笑地说，但没有任何恶意。

"对于那盘童话磁带，您怎么看？"

"贝皮想转移我们的注意力。"

"您听过磁带了？"我问。

"安吉拉·巴里是个小女孩儿，她做着小女孩儿的梦，想通过那些童话进入电台，也许想出版一本书，这并不新鲜。有五千万个想写作的意大利人，她只是其中一个。我也一样，我有时间时，也会写写……"

她对我说这些，就像说一件很荒唐的事一样，一边拍着大腿，一边笑着。她的写作如果很棒，我不会觉得惊讶。据我了解，她的头脑就像是一座修剪得很整齐的花园，所有杂草都被清除了，种的全是根深蒂固、顽强的小花朵。

和我聊过之后，我看她进了主任办公室，不知道他们俩有什么要说的。我有种糟糕的预感，我觉得他们在背着我搞什么阴谋。

我回到办公桌前，那只透明的小蜘蛛又在那里织网，网架在铅笔和我脑袋后的衣架之间。我看着它迅速地爬上爬下，一边吐丝，一边沿着丝滑动，像是热带雨林里挂在藤树上的猿人。

迪林南齐给我端来一小杯咖啡。他坐在写字台上，迅速地拿掉蜘蛛网，那只可怜的小蜘蛛马上四脚朝天地掉在地上，在地板上挣扎着。

"我觉得他们在算计你的节目。"他不经意地说，晃动着一只脚。

"你怎么知道的？"

"我听见主任和那个警察局的人在说这事，他们提到两个大名鼎鼎的记者名字。"

"那我呢？"

"米凯拉，你可能让他们不放心吧。如果我是你，我就会把所有录音做个备份。你可以以此要挟他们：要么让我来做这个节目，要么我把它推荐给另一家电台……采访都是你做的，你有权……"

"我要去找库苏马诺谈谈。"

"听着，我什么都不知道，什么都没和你说。"

"你放心吧。"

"你要是提到我的名字，那就完了。"

"怎么会？我还没那么傻，我会找个恰当的方式，我也不希望他们把我两个月的工作成果都拿走。"

"事先做好准备，你就有救了。"

"谢谢你告诉我……"

"米凯拉，不要退缩，给他点儿颜色看看，要挟他，你应该得到尊重！"

"我不是特别擅长要挟别人，你知道的，我会很快放弃，会有负罪感，给那些把我吃掉的人道歉。"

"米凯拉，你真是笨哪。"

我又听到了这个评价，这让我把自己和安吉拉联系在一起。迪林南齐从桌子上下来，走开了，张开手跟我打了个招呼。他的鼻子向上翘了翘，看起来很滑稽。

我要不要和梅利律师谈谈呢？我相信他。我也不知道为什么，我跟他也不是很熟悉，但是我很信任他，不过我已经有些日子没看到他了，不知道他到底发生了什么事。

我去问洛伦扎，她是这里的秘书，但什么杂事都干，我问她知不知道梅利家的电话。她朝我挤了挤眼睛，就消失了。过了一会儿，她拿着电话号码回来了："我从库苏马诺的备忘录上找到的，你别和他说。"

洛伦扎又高又壮，走起路来，却像蜻蜓一样轻盈。她照顾我们主任像照顾孩子一样，有时也会带着讥讽，评论他几句。她总是很热心地帮助大家。在电台里，她什么都做，从打字到清理烟灰缸，从回电话到准备饮料。有几次，早上我看到她在扫地，理论上这应该由另一个女人去做，但那女人常常生病请假。我打电话给梅利律师，他接了我的电话，声音有气无力，非常虚弱。

"律师，您好。"

"是您啊，米凯拉，感谢您打电话来。"

"您还好吗？"

"不太好。我发烧了，正躺在床上。"

"您怎么了？"

"我得了肺炎，一直都好不起来。"

"我能来看看您吗？"

"但是……"我听出电话那头的不安，"我在床上，自己一个人，家里乱糟糟的。"他突然说。

"没关系。我经过药店，您需要我给您带点儿什么吗？"

"不了，谢谢。真的不用。"他似乎是想了一会儿，然后用沙哑的声音说，"您真愿意帮我的话，请帮我买点儿牛奶。"

"别的呢？"

"不用了，谢谢，不用……好吧，要是没打扰您，那就麻烦您从药店里买点儿药水过来吧……"

"您告诉我药水的名字，我半个小时后到。"

《 39 》

梅利律师住在普拉迪区的一栋房子里。小小的院子里有几个稀稀拉拉的花坛，三棵高大的棕榈树，叶子上布满灰尘，看起来半死不活。

"我找梅利律师。"我对门卫说，他的袖子卷起来，露出毛发旺盛的手臂，舒服地坐在椅子上，嘴里叼着一根灭了的烟。

"我好几天没看见他了。"

"他病了。"

"他老是生病。可能有一天他死了，也不会有人知道。他住六楼二十五号。"

我爬楼梯上去，气喘吁吁地来到他家门口。我按响门铃，他来开门，整个人裹在一件褪了色的丝绸睡衣里，白头发乱七八糟地贴在脸上，面色憔悴，看起来闷闷不乐。

他冲我温柔一笑，让我进去。我递给他药品、牛奶，还有一袋饼干。从他打开饼干盒子吃下去的方式，我明白从他生病起就一直没有进食。

"没人照顾您吗，律师？"

"这个时候，的确没有。"

"您快回床上躺着，您现在还很虚弱，我去拿个杯子。"

"不用了，不用麻烦了！"他说话含混不清。看到他吃力地站起来，我坚持让他回床上躺下。

我去厨房拿了个干净杯子，倒进去一点儿牛奶，把饼干放在一个碟子里，把这些东西全放在一个椭圆形的托盘上，给他拿过去。

"您怎么不给电台打个电话，我们可以轮流过来照顾您。"

"我不想打扰别人。"

他躺在床上，被子一直盖到下巴，在手腕和纤细的脖子处，条纹棉睡衣的扣子整齐地扣着。他的头发没有染色，看起来陡然变老了。他应该没有五十，相貌很年轻，脸上没有皱纹，手灵活而强健。

"律师，我必须和您谈谈。"

他睁开灰色的眼睛，温柔又客气，嘴唇间泛起一个愉快的微笑。"我之前还担心，您来这儿，只是因为可怜我。"他说。

"您有没有听说过一个叫安吉拉·巴里的人？差不多两个月之前，她被人捅死了。"

"是的，我在报纸上看到过，凶手找到了吗？"

"没有，我就是为了这个才来找您的。安吉拉是我的邻居，培训课结束，我从马赛回来后，发现她家门开着，地板上弥漫着一股消毒水味儿，她的鞋子诡异地出现在门口。门房的人跟我说，她被捅死了。我心想着，我对她都有什么了解，可是最后我不得不承认：我对她一无所知。对我来说，她就是个无关之人，但通过电台，她了解我，她渴望做我所做的工作。

"这时我们的主任——艾托雷·库苏马诺，要我制作一档节目，一共四十期，主题是针对女性的犯罪，这些案子都没有找到凶手。就这样，对没有破案的犯罪调查和对安吉拉·巴里死亡的调查就混到一起了。"

从他的眼睛里，我看到他正在认真倾听我说的事，他聚精会神，听着所有细节。我一点点地将安吉拉、卡梅丽娜、卢多维卡、南多、奥古斯塔、朱利奥·卡尔里尼的事讲给他，总之就是这两个月来，一直萦绕在我的思绪中，和这起神秘案件相关的人物。

这时，他吃光了所有饼干，我又给他倒了一杯牛奶，他一饮而尽，把空杯子给我。

"要不我去给您买点儿更能填饱肚子的东西？"我提议说。

"不用，拜托您，别停下来，继续说，我已经陷在里面了。"

他带着参与的热情，真诚地说："我已经陷进去了。"我突然想拥抱他。我之前怎么没想起和他说呢？他是律师，尽管是民法律师，他也是了解法律的，他很可靠，并且相信我。

当我给他讲完所有故事，卧室里已经黑了。我们一点儿也不着急开灯，我看到窗框那里有棕榈树参差的剪影，那两棵无人照料的棕榈树，其中一棵的树冠向高处伸展着，想呼吸上面的空气。

"您觉得贝皮是不是凶手？"

"根据您跟我说的这些，似乎不是，但所有线索都指向这一个方向。如果卡梅丽娜所说是真的，安吉拉偶尔卖淫，如果贝皮真的'保护'她，如果安吉拉真的想从这种奴役关系中解脱出来，门房的婆婆真的在案发前几日看到过他，他真的有巴里家的钥匙，那么我觉得很可能……"

"南多·贝皮说安吉拉没有卖淫，也不知道他们俩到底谁说谎。但一个凶手，有没有可能冒着被发现的危险，去拿一盒童话故事磁带？"

"童话故事是在案发之前设想并录制的，这盘磁带和犯罪行为之间应该没有必然的联系。您没有注意到，但安吉拉注意到了，因为她和您相反：您勤劳、自律、独立，做着一份她喜欢的工作，这份工作可以让她不必依靠自己的身体谋生。我不是说卖淫，世界上很多女人都是靠色相生活，她们不得不通过身体来表达自己，这样一来，她们的聪明才智和思考能力就被忽略了。安吉拉想要效仿您，为了模仿您，她向您证明了她的创造力和语言能力，她录制了这盘磁带，的确很感人、很温柔。"

"那为什么这些童话讲的全都是父女关系？他们的关系很扭曲、不幸，而且很残忍。"

"安吉拉·巴里在八岁时失去父亲，您跟我说过的……这段关系就这么戛然而止，她想通过想象填满空白。父亲的过早死亡是一件很残酷的事情，这让一段充满爱和模仿的亲密关系忽然中断。"

"阿黛尔·索菲亚也是这样说的。"

"这是逻辑推理出来的，米凯拉。"

他温柔地断言，伸出一只手，梳理了一下乱糟糟的头发。

"您知道吗？您很适合白发。您现在看起来有点儿气色了，白色让您的脸看起来更有棱角，面容更有光泽。"

"从二十五岁开始，我就一直在染头发，是我妻子让我染的。后来她带着儿子走了，我出于习惯继续染发，也许是出于虚荣。

大家已经习惯你的黑头发，你怎么能忽然一天顶着白发出现呢？"

"这个白色很好看，看起来很舒服。您的头发很茂密，而且看着它变色，不是比掉头发好多了吗？"

"您这样说我就自信多了，我会鼓起勇气，顶着白发去电台。"

"总之，梅利律师，您建议我怎么做呢？"

"您继续调查，别老是一直抓着巴里的案子不放，就把它看成是没破解的案子中的一件，这就够了，也许它注定也破不了案。另外，如果您万一解开了谜底，那一定也是因为您的坚持和热爱（我相信，解开谜底是因为热情，不是因为专业），那您就不能在节目中采用这个案子了，因为这不再是一起没有破掉的案子。"

他用平静而风趣的语气娓娓道来，我平静了下来。他的嘴唇上沾着两道牛奶的印子，让他看起来更脆弱迷茫。

"律师，我现在去给您买点儿水果和面包，您不能老是不吃饭。"

"即便我想吃东西，您也没办法买东西了。米凯拉，现在已经八点多了。"

他做了一个滑稽的动作，手指了指手腕，但他手腕上没有表。他用手指敲了两三下光秃秃的手臂，朝我笑了。

"您不想让我帮您找医生吗？"我坚持问。

"不，我已经好多了。烧快要退了，我只需要再有点儿力气就好了。"

"这样，我明天早上去电台之前，再给您带点儿吃的。"

听到第二天早上我要来看他，这让他非常高兴。在他生病时，没有朋友和亲戚可以给他带点儿牛奶，他真的很孤独。

⟪ 40 ⟫

　　我没有勇气把录音机带到梅利律师那儿，现在我觉得非常遗憾。他理性、有感情的分析可能会对我有所帮助，我今天简直有太多疑问了。

　　一定是马尔科大晚上打给我的那个电话，打乱了我的思绪。他说自己爱我，可是我们不能再见面了。"为什么？"我穷追不舍，而他呢，带着哭腔说他"失去了理智"。"你爱上别人了吗？"不是的，他坚称没有，他没有爱上谁，他只是"失去了理智"。他说并不是为一个女人，只是自己的问题。

　　我也不知道那个电话是不是我梦到的。突然，我看到一串人头穿成的项链，项链上的人头熠熠生辉、摇摇晃晃。"高卢人的习惯就是这样。"我的历史老师说，这时他坐在窗台上面，身穿蓝色牛仔裤和粉红色衬衫，向我们陈述着那些最惊悚的奇闻逸事。"你们知道这些头都是怎么处理的吗？像穿珍珠一样，用绳子把它们穿起来，然后把它套到马脖子上，在自己的土地上行军。为了不让其腐烂，他们不停地给上面涂抹松油。这是古希腊历史学家——西西里的狄奥多罗斯说的。"

　　我坐在最后一排，想象着从学校的窗户看出去，可以看见高卢人挥汗如雨的马儿，还有它们脖子上的人头，出现在清晨的雾霭里。

他说自己爱我，意思是尽管他"失去了理智"，但他还是可以考虑问题。我在半梦半醒中想到这个，手上不知道拿着什么模糊不清、难以描述的东西，那是电话。

历史老师的名字叫莫努门托，这是个很奇怪的名字，我们不停地念叨着：莫努门托教授说了什么，莫努门托教授做了什么……他是一个有吸引力的人。他名字的意思是纪念碑，他笑着说："我就是你们的'纪念碑'。"他喜欢讲述历史上那些被人忽视的阴暗面，他对希腊人和拉丁人说的闲话信手拈来，而且越是残忍，他就越起劲儿。当然，他的历史课不会是一门无聊的学科。

"赫卡忒有三个脑袋，其中一个是狗头。吉亚诺有几个脑袋呢，卡诺瓦？""我想是两个。""很好。吉亚诺有两个脑袋，一个脑袋往前看，另一个向后看。谁来讲讲吉亚诺的脑袋？"

我晕晕乎乎，在家里漫无目的地走来走去。今天是我的休息日，现在几点了？早上六点，我很困，但无法入睡；我饿了，但吃不下。我决定去泡杯茶，但仅仅是打开火炉的动作都让我反胃。要是我能拥有两个脑袋，一个用来亲吻，另一个用来思考，那会怎么样呢？

我走进洗手间，看着镜子里的自己。我看到头上乱糟糟的头发，不知道"失去了理智"是种什么感觉。而且大家都只有一个脑袋。

从根本上来说，我可以像中国古代的贵妇一样，待在铺着蓝色地毯的房间里，等待着我的先生光着脚踩在上面，遵循古老的策略分配自己的感情：一周一次，还是一个月一次？

我站在那里胡思乱想，看着镜子里的自己，我的脑袋还好好地长在脖子上，我听到了敲门声。这个点儿会是谁呢？会不会又是南多·贝皮？无论如何，那个男人让我害怕。我踮着脚靠近门口，从猫眼看出去。

卢多维卡·巴里的脑袋上包着紫色头巾，她一边抽烟，一边在楼道走来走去。我开门，她马上踏进来，仿佛被跟踪一样。

"发生了什么？"

"抱歉，这么早打扰您，但我不知道该怎么做，也不知道能去哪里。"

她颤抖着用手扯掉头巾，给我看了一眼黏糊糊的头发间一道血淋淋的伤口。

"谁干的？"

"他。"

"他是谁？"

"马里奥。"

"他看起来对您很好啊。"

"通常是这样。但他一喝酒，就会失去理智。"

"他也失去理智了？"我忍不住脱口而出。

她意外地看着我，继续说："他发火时，就会打得我浑身青紫。前天您看到我手臂上……那也是他打的……今天凌晨，他两点回来，我问他去哪里了。他回答说：'睡你的觉！弱智！'我马上明白，他喝酒了，我大叫着说，我受不了了，我说自己要一个人生活。他号叫着朝我扑来，我摔倒在地上，他踢了我一脚。您看这儿。"她拉起衬衫，我看到最后一根肋骨的位置上有一块瘀血，"我继续说：'我走了，这次我真的会走。'他拿起一只酒瓶，敲在我脑袋上……现在已经不出血了，我之前用冰块冷敷过，但您看看这个伤口！"

"您不该来我这儿，您得去急救中心。"

"我怎么去？他拿着家里的钥匙，把它吞进嘴里，然后就上床倒头大睡。"

"那您是怎么到我这儿来的？"

"我等他入睡之后，从洗手间的窗户里出来的，那窗户朝着一个过道。但是，我连坐出租车的钱都没有，离我家最近的就是您家了。"

"那我们去报案。"

"他要是知道会杀了我的。我害怕，米凯拉，我怕他。我能在您这儿躲几天吗？"

"您得先报案，去医院包扎伤口。"

"我不能出去，他要是跟着我怎么办？"

"他要是跟着您，他早就在这儿了。"

"我害怕，米凯拉，我很害怕，我该怎么办？"

"我现在就打电话给阿黛尔·索菲亚，她会帮我们想办法的。"

"不，我求您了，您别给任何人打电话。"她颤抖着祈求我。这时伤口又开始出血。

"您等等，我再给您拿点儿冰块和双氧水过来，您跟我到厨房来吧……您要喝杯咖啡吗？"

"要是警察发现他打我，他们会认为他就是杀死安吉拉的凶手。另外，他的不在场证明是我做的，我为他撒了谎。那晚，他没和我一起，我不知道他在哪里。"

"您觉得有可能是他杀了安吉拉，为什么呢？"

"没有，我想他不会杀死安吉拉。他很怯懦，不会冒着终身监禁的危险，但是……"

"马里奥和安吉拉很熟吗？"

"我觉得他们私底下见过面，他为她疯狂着迷。但他不会杀安吉拉的，他这个人太喜欢过舒适的生活了。"

这时我从冷冻室里拿出来一些冰块，我把它们包在一块餐巾里，用双氧水给伤口杀菌之后，把卷好的餐巾压在伤口上。

她语无伦次，我尽量不受她的影响，我问："要来杯咖啡吗？"

我尽量简单地分析："马里奥没必要害怕，就算他的不在场证明是假的，也不会被起诉，最重要的还是血液检测。最多他们会以虐待罪指控他，看看您被打成什么样子了，让他们看看也好。我觉得您得报案。"

"没人会相信我的，没人……他是个受人尊敬的工程师。"她机械地说，"他是个备受尊敬的工程师。"她重复道，语气听起来有些滑稽。

"您知道吗，他有时候非常温柔！深情又体贴，他喜欢玩我的头发……他让我坐在他腿上，跟我说：'让我给你编个辫子。'这一编半个小时就过去了，他把我的头发编起来拉紧。然后我们做爱，他不停地重复他爱我，他朋友都觉得他很爱我。和朋友在一起时，他总是很有活力，很热情，经常开玩笑，然而当他回到家，就变得闷闷不乐。从安吉拉过世起，他就开始酗酒。几年前他戒了毒，戒掉了一切。现在，他上床都要带着酒瓶，把酒瓶放在床头柜，我看书时，他就喝酒。一开始，他喝酒只是为了睡觉。他说：'我睡不着觉，我睡不着。'他直接从酒瓶里喝酒。有时候，他就这么睡了过去，张着嘴，像一头被关在笼子里的狮子一样，打着呼噜，要是我不叫醒他的话，他会一直睡到第二天晚上。"

"他是从什么时候起，把您打到浑身青紫的？"

"两个月前，就是安吉拉死去起。他从葬礼上回来，已经喝得酩酊大醉，回到家，醉到连话都讲不了，他用愤怒的眼神瞪着我。'你怎么了？'我问他。他说：'去别的地方啄食！母鸡！''我怎么惹你了？'我不懂，我想他是因为什么事生我气了。但他并没有生我的气，他是生自己的气，他是这样跟我说的。头几次他只是侮辱我，后来有一天，我问他：'如果我是只母鸡，那你干吗还要和我在一起呢？'他打了我一巴掌，打得我嘴唇都出血了。第二天他求我原谅，他很害怕。他对我无微不至，你知道他有多温柔吗？他每五分钟就问一次：'你好点儿没？原谅我了吗？'我怎么能做到不原谅他？'我们一起去海边吧！'他带我去了海边，我们在笑声中度过了快乐的一日。当他有负罪感，希望自己被原谅时，您知道他是怎么做爱的吗？他是那么认真、温柔，那么富有激情！

"大约二十天以前，他对我拳打脚踢，原因是我对他说：'不。'我甚至都不知道，那个'不'为什么能把他激怒，他一直不停地重复那个字。那一次，他也不停地祈求原谅。他说每次喝了酒，就会失去理智，但那不是他的错，他无法控制自己的行为……'但是我爱你，我很爱你。'他说。我依然相信他，我没办法不相信他，他以前一直对我都很好。

"他安安静静地度过了两个星期，不再碰酒，努力工作，晚上也不用借助酒精入眠。有一个晚上，他跟我讲了自己母亲的事。他很小的时候，他母亲装死，他害怕到发抖。他母亲对他说：'我死了，你就轻轻地打我一下，这样我就会醒来。'他就这样做了。然后他打得越来越使劲，母亲大叫起来，他却停不下来……也许是这个原因他才打我的，因为他害怕我像他母亲一样死掉？"

"也许吧，但还是要报案。"

"昨晚，他很晚才回来，恶狠狠地看着我，我马上明白他喝多了，但我没想到他会把酒瓶砸在我脑袋上。现在我决定了，我要离开，再也不想看见他了。我不知道自己会不会告他，但我不想和他在一起了，一切都结束了……"

我劝她躺下。我穿上鞋子，已经八点多了。我跟她说我要去和阿黛尔·索菲亚谈谈，叫她不要担心，我只是去寻求一些建议，很快就会回来。

她看着我，眼睛里全是泪水和哭过的痕迹，她筋疲力尽，点头表示同意。她转过身去，蜷缩在床上，很快便沉睡过去。

<h1 style="text-align:center">《 41 》</h1>

"什么事都让您碰上了。"阿黛尔·索菲亚说,因为牙套的缘故,她嘴唇的两边鼓起了两个包。

"能不能给他做个血液检验?"

"是的,我们必须给他做血检。另外我们准备做这件事——会给所有和这个案件有关的人员进行一次血液检测。不过,我们还在等伯尼法官的许可,还会有来自律师方面的阻力,这不是件容易的事!"

"他看起来像个温柔敏感的人。我也采访过他,当时我真是一点儿都没发现他真实的一面。"

"人不可貌相……卢多维卡为什么不来报案?您应该把她一起带来的。"

"她不想报案。"

"事情总是这样:她们被打了之后,又保护那些打她们的男人,为他们开脱,向着他们说话。"

"通常他都很深情……每次打了卢多维卡之后,都会祈求原谅。"

"这太普遍了。您知道吗?我认识很多这样的女人。您应该把她赶走，而不是接待她，米凯拉，您要卷入这个案子中吗？这案子你已经陷得够深了。您把她送到我们这儿，我到附近的修女那儿，给她找个地方，马里奥不会找到她的；修女们都很客气，不会对她有什么要求。或者我们把她送到费耶索莱她母亲那儿，您千万别收留她。"

"她现在正睡在我床上。"

"您应该马上让她走。"

"她受伤了，身上都是瘀青。"

"那就更应该让她走了。您应该带她去急救中心，报案都需要医院报告，有了报告就能自动立案。"

"我跟她说过了。伤口很深，也不会太快愈合的，身上的瘀青也很明显。"

"您现在回家去劝劝她吧。我随后开车就到，我们会带她去急救中心。"

"好吧。"

我急匆匆地回到家，却发现我家门开着。我马上明白，卢多维卡已经走了。事实上，她的确没在，不在床上，也不在家里。她走了，连张字条都没留下，什么也没留下。

我又出去了，朝台伯河走去。在蒂塔·斯卡尔佩塔路，我遇到那位给猫喂食的老妇人和她的猫。"今天是意大利肉酱面吗？"

"饭店给我的，我晚上给他们洗一个小时的盘子换来的。"

我呆呆地看着她，有些时候，英雄主义会变成高级笑料。

"您想让教皇封您为圣吗？"

她笑着和我打招呼，手上沾满了番茄。这时有几只肌肉发达的小猫咪，伸着光秃秃的脖子爬上她的腿。

白天很热，柏油路软塌塌的，鞋子踩过的地方会留下脚印，像踩在蜡上一样，汽车在夏日阳光下闪闪发亮。我急匆匆地朝着台伯河边走去，在那里，法桐树弯下腰，为零星的过路人遮阴。

我经过一个电话亭，停下脚又转回来，走进去给阿黛尔·索菲亚打了个电话。

"这两人都在我们这儿。"她得意扬扬地说。

"我想到了。"

"我们到的时候，他们在做爱。我说，按照法官的要求，要抽取他们的血样，做 DNA 分析，在律师同意后，他们十分配合地来了实验室，现在医生正在抽血。我没有出卖您，您不必担心，他们看起来很开心、幸福，半个小时后，我们就会把他们送回家。我打算监控托雷斯，我们会监控他的行动。其他的事我也做不了了……还有，我的感觉可能错了，我觉得他是个十分善良的人，愿意配合我们的工作……您确定这一切不是卢多维卡瞎编的吗？"

"您的意思是，她自己把自己弄伤的？"

"这不是第一次了，有些女人什么都做得出来。"

"您说得好像您不是女人一样。"

"我说的是另一种类型的女人，历史打造的那些女人。那些女人习惯性地自我伤害……我记得有个女孩儿，她在脖子上系了一根带子，使劲地勒自己，带子在脖子上留下一个明显的黑色印记时，她便诽谤母亲想勒死她……后来，我都不相信这些家庭悲剧了……另外，您的朋友卢多维卡看起来很激动，不是很正常。"

"她表现出那个样子是有理由的，不是吗？"

"我觉得托雷斯是真的爱她。他的目光一直盯着她，非常担心她的状况，对她很好。我们本应该只是抽点儿血，但医生已经在那里了，我就让医生把她的伤口缝好了，缝了五针。"

"您有没有问过她，那伤口是怎么弄的？"

"当然了，这是首要问题，她说是撞到了衣柜门边上。这种说法可能是真的。您觉得呢？她的样子像是那种为了吸引别人的关注，什么都能做出来的人……她脑子有点儿问题，您不觉得吗？托雷斯就不一样了，我觉得他很平静、理智。卢多维卡像个幼稚的小孩儿，像安吉拉·巴里一样，大家都这么说……也许这两姐妹比我们想象中的还要相似，也许卢多维卡想让我们相信她们不一样，但事情并不是那样。"

离开电话亭之后，恍惚中我发现自己已经全然忘记了梅利律师。之前，我还承诺今天早上去找他。我拨通电话，他接听了，声音虚弱、沉闷。"我在等您。"他说。我知道。我向他解释发生的事。他很专心地听我讲话，他不会责备人，但他痛苦的咳嗽声激起了我的愧疚感。

"律师，您怎么看？阿黛尔·索菲亚坚信卢多维卡没说实话，她觉得卢多维卡脑子不是很正常。"

"如果她早上突然造访您家，顶着流血的脑袋，还说她一直都想离开自己的男人，然而没过多久，他们又做爱了，这说明她不是那么正常……但是，我不相信一个人能自己搞出来那么大一个伤口，还缝了五针，就为了吸引注意……一处抓伤，甚至一块瘀青都说得通，但这样一个伤口……他又因为打架被逮捕过……大家都知道，他是个爱动手的家伙，不是吗？"

"阿黛尔·索菲亚对托雷斯印象很好，他表现得像个客气又理智的人。但如果卢多维卡的伤是真的，那就应了我的猜想，他有双重人格，这样的人杀人，应该也是可能的吧？"

"您太早下结论了，米凯拉。先得看看他有没有动机，没人会毫无动机地杀人的。"

"我们假定，他和卢多维卡在一起的同时，还和安吉拉保持着秘密关系，而卢多维卡强迫他，要在妹妹和她之间做出选择，他不知道如何选择……"

"米凯拉，作为动机，这太没有说服力了。"

"无论如何，阿黛尔·索菲亚已经提取了血样，幸好律师同意了。凶手是不是他，我们很快就能确认了。"

"尽管这还不够……这些案子里，血液检测也只是排除法。"

"我越是继续下去，就越是觉得这案子复杂。"

"您不来找我吗，米凯拉？"

"我会来的，您需要我给您带点儿什么吗？"

"什么也不需要，什么也不用……不过，如果不麻烦您的话，我想请您帮我带点儿鲜牛奶和一盒酸奶，再带点儿饼干，两盒就够了，就是上次那种，很好吃……"

我想，他形单影只，只是需要陪伴，我很乐意帮助他。这时候，我感觉我们陷入了一个很俗套的剧情：他扮演那个被遗弃、不幸的病人，而我扮演热心的红十字会的人。我不怎么喜欢这个角色。我跟他讲了，他尴尬地笑着。

如果我不去找他会怎样呢？靠着台伯河边的墙壁站着是那么舒服，在茂盛的法国梧桐下，我的目光落在污浊的水面上，今天的河水颜色特别像落上灰尘的祖母绿。我还可以再散会儿步，然后坐电车去看一场塔玛拉·德·兰陂卡在法兰西学院的展览。但我知道自己得去律师那里，带上牛奶、饼干、酸奶、报纸，还有一些鲜花和当日新鲜的鸡蛋。

《 42 》

梅利律师和我一起坐在床上玩纸牌游戏。他裹着一件破睡衣，发亮的白发落在他光洁的额头上，他伸长手臂去拿纸牌，把它放到鼻子前，像是在闻味道。他把牌放在一边，或者将它们混在一起，他特别认真地发牌，简直太像个小孩子了。

"我一直都很爱玩牌。"他说，"因为打牌时充满算术的乐趣，一个个数字变成冒险、挑战，还有脑子中进行的减法，后退一步，转动命运的罗盘。两个王、两个王后，瞪着眼睛，他们的存在很神秘，只有胸部以上存在。还有什么比黑桃皇后更有诱惑力的呢？普希金不会毫无理由地就把她放在那本代表作的中心位置。"

"我有个女同学，"他继续说，"被大家称作红桃皇后，不是因为她放荡，而是因为她比较胖，长得很结实，留着波波头。胸部以下就像个水桶，胸部就像是用块木头刻出来的，她总是穿着五颜六色的紧身衬衫，真的容易让人想到红桃皇后。"

玩了一会儿牌，梅利律师赢了，便要我和他聊聊安吉拉·巴里。我试着记起之前对她的看法，那时候，我还没采访见证她生活中的那些人。我必须承认，尽管我现在一直在调查她的事情，但她的模样已经在我的记忆里渐渐模糊。我甚至连是否见过她都不能确定。我不记得她的脸，也不记得她的声音，但她存在于我的思绪中，就像另一个我。

"她真的有那么漂亮吗？能搅乱男人的思绪？"梅利律师用开玩笑的语气问，他从下往上地看着我。

"是的，她很漂亮，但每个人对她的评价都不一样：朱利奥·卡尔里尼觉得她有种脆弱的美，需要人保护；马里奥·托雷斯却觉得，她一点儿都不漂亮，她的美在于性格；她姐姐卢多维卡则说，她的美貌诱导犯罪，也容易导致自我毁灭。"

"那您呢？您在电梯里遇到她时，觉得她是什么样的？"

"很阳光、轻盈，像随时要飞起来一样。这也并非说她不稳当，她双脚也能脚踏实地，走路姿势很敏捷、坚定。但当她走路或是游泳时，看起来有些笨拙，就像是张开翅膀的鸟儿一样，准备挣脱人间的束缚，如此一来，她穿着鞋子看起来不那么自在。"

"她叫安吉拉，意思是天使，这绝对不是偶然……她小时候是什么样子的？"

"就卢多维卡所说，安吉拉是个漂亮但笨拙的女孩儿，卢多维卡就是这么说的。安吉拉上学的时候总是迟到，学习不用功，老师都无法忍受她，同学们都捉弄她。"

"那卢多维卡小时候怎么样？"

"卢多维卡总能拿到很高的分数，被选为班长，总是以最高分通过考试。"

"安吉拉为这个嫉妒她？"

"不是的，一点儿都没有。卢多维卡觉得安吉拉没有嫉妒心，反倒很欣赏姐姐，虽然最后她在逃避姐姐。"

"她母亲呢？"

"她母亲一直忙于和一堆追求者纠缠不清。卢多维卡一想起她，便心怀怨恨。不过她会怀念那位年纪轻轻就去世的父亲，那时她只有十二岁。父亲过世后，仅仅六个月之后，她母亲就改嫁了。母亲的第二任丈夫——格劳克·埃利亚为了获得两个继女的心，似乎尽了一切努力，但并没有取得什么成效。一到法定年龄，卢多维卡就和一个比她年长的男人结婚了，后来那男人死于一场车祸。接着，她就遇到马里奥·托雷斯，这个人是个工程师，外表俊朗，举止文雅，不过他一喝酒就爱动手打人。

"奥古斯塔·埃利亚女士否认了这些事。她说卢多维卡没结过婚，说安吉拉和丈夫分开，是因为卢多维卡和安吉拉的丈夫搅在一起。她还说堕胎的不是安吉拉，而是卢多维卡，后来她又做了一段时间的心理分析治疗。一切都颠倒了，总而言之，不知道谁说的是真的。"

"那她父亲呢？"

"对于她父亲，我了解得不多，他好像是个很重感情、有些严肃的人，他是个医生，却没有照顾好自己。格劳克·埃利亚和奥古斯塔，还有她的两个女儿一起生活了十五年，后来和一个比他小三十岁的女孩结婚了，最近还生了一个女儿，叫奥古斯塔。"

"您和这位继父聊过吗？"

"没有。"

"去和他聊聊吧，你可以挖出更多关于安吉拉和卢多维卡的信息。"

"您跟我想到一块儿去了，我很高兴。阿黛尔·索菲亚觉得这些都没用，这个人已经离开两姐妹很多年了，他们没有什么联系，而且他有颇具说服力的不在场证明：医院证明她女儿的出生日期正是六月二十四日，两个护士也证明当天他在产房。"

"我在想，为什么卢多维卡会跟您聊起南多，当时她都不知道这个人的真正身份。您觉得卢多维卡之前认识他吗？"

"我觉得她之前不认识南多。她从安吉拉那儿听说过他，觉得很好奇，就这样。后来他们就认识了，因为南多厚着脸皮，径自去了卢多维卡家里，问起安吉拉。他还去找过安吉拉的母亲，去费耶索莱和她母亲聊海鸥的故事。见过他的人都会为他着迷，也许是因为他的样子像一个老毕不了业的学生，他那谨慎的眼神、骨子里的羞怯……"

"不过，为什么南多·贝皮对安吉拉这么上心？有没有可能他想把安吉拉变成高级妓女，从中获利呢？"

"会不会只是因为他爱安吉拉呢？"

"您觉得一个习惯把女人送到街上卖身的家伙：这儿一个、那儿一个，最后还有个吸毒的，您觉着他会爱上别人……"

"萨布丽娜——卡梅丽娜觉得他是个奇怪的人，很慷慨，他会把那些女人赚的钱花在她们身上，却很少为自己花钱。他很绅士，一点儿也不贪婪、暴力，这样看来，他是会爱上别人……"

"他真是皮条客中的例外……这样的一个家伙……我觉得这是萨布丽娜的幻想，并不是真实的描写。"

"他真是个奇怪的人啊，我也留意到了……在一瞬间，他会让人害怕，但如果你再看他一眼，就会觉得他很害羞，备受挫折，喜欢装模作样。"

"他是个害羞的人，装模作样，但不会利用女人。"

"为什么不呢？"

"事实上，他有安吉拉家的钥匙，关于这一点，您怎么看？"

"他跟我说，安吉拉很相信他。"

"这可能是他强行索要的，或者敲诈来的……不管怎么说，这都是个重要的证据。我觉得安吉拉还没有答应他，但她也快屈服了。不过，安吉拉的母亲每个月都给她五百万里拉，这件事是真的吗？"

"这都是奥古斯塔太太说的，好像她给阿黛尔·索菲亚看过一些汇票的存根。但卢多维卡觉得母亲只是偶尔给安吉拉，并不是每月固定的。"

"安吉拉工作吗？"

"演过几个小角色，但没有连续性。我觉得她工作挣的钱没法养活她自己。"

"如果安吉拉需要钱，而南多需要她，也许她在考虑答应他，在他的保护下卖淫。也许她后来又不愿意了，南多就想教训教训她。皮条客总是这样，他们不能允许手下的妓女脱离自己，这会导致他们收入减少。可能他去了她家里，也许还做了爱，但他们吵了起来。她可能说，她不想做那份工作，南多开始威胁她，她说了些骂人的话，而他拿起了刀子。"

"阿黛尔·索菲亚和艾托雷·伯尼法官也这样认为。但在这套房子里，他一时冲动杀死了一个女人，然后大晚上再走进那套房，就为了给我拿一盘童话磁带，这不是很奇怪吗？"

"您觉得为什么贝皮会这么重视那盘磁带？"

"我不知道。也许是因为他认为安吉拉很在意，就是这点让我觉得他是真的爱安吉拉。"

"对于一个拉皮条的人来说，有这样细腻的心思，实在有点儿奇怪，不是吗？"

"她也想走进声音的大世界里。"

"这些童话都是什么样的？"

"并不糟糕，但很残忍，讲得挺细致的。"

"我觉得一个皮条客不会这么细致。我认为他想讨好您，米凯拉。"

"为什么？"

"为了让您替他说话。另外，他确实很成功。"

"律师，就算是天底下最卑鄙的人，也会有矛盾的时候，您不觉得吗？"

"我管这叫虚伪，不叫矛盾。"

"在这个故事里，没人说真话……很难把事情搞明白……"

"也许，您得亲自和这位雕塑家埃利亚先生谈谈。可能他能告诉您一些特别的东西，毕竟，他曾经和巴里两姐妹，还有她们的母亲一起生活过十五年……"

我从梅利律师家里出来时，已经过了夜里十二点。我穿过狭窄的庭院，布满灰尘的棕榈树很缺乏生机，它们渴望刮风。我开着那辆樱桃红色的小汽车，打开车窗，行驶在空荡荡的罗马街道上。

在家里，我看到马尔科打来电话，他在电话留言里说："你在哪里？我爱你，米凯拉，你要记住。"我能怎么想？他是在用第一个还是第二个脑袋说话？他又一次没留下电话号码，我无法打给他，只能等他打给我。这时，我反复听着电话留言，那声音非常遥远，但很清晰、逼真地重复着："你在哪里？我爱你，米凯拉，你要记住……我爱你，米凯拉，你要记住。"

　　一整晚，我只喝了一杯牛奶，现在我饿了。我打开冰箱，但里面空空如也，我忘记买吃的了。没办法，只好喝了一杯滴有几滴缬草油的水，空着肚子上床了。

《 43 》

　　我手里拿着一张纸，上面写着我应该怎么走，但还是迷路了。"沿高速路开到韦莱特里，到火车站右转。遇到第一个红绿灯后，沿着隆达尼尼路走，一直到与罗马路交会的十字路口。到了阿吉普加油站左转，沿着没有柏油的小路前行五公里，然后右转，直走。"

　　"有点儿复杂，但您会找到我的。要是找不到，您可以打听一下。"格劳克·埃利亚流水般温柔的声音停留在我耳畔。现在按照他的建议，我要问问别人了，但我能问谁呢？马路上空无一人，只有几辆疾驰而过的汽车。

　　我一手拿着示意图，另一只手抓着方向盘，可是我经过的路和他的说明对不上。我又想起电话里的声音，那声音热情、精致、清楚且干净，像是电台里的声音，那是一个修养极好、很宽容，又有些不恭的人发出的声音。

　　我倒回火车站，重新开始找路，终于，我发现了那个加油站，它的标识牌藏在巨大的桉树枝后面。标识牌上那只六条腿的狗好像从树林深处朝我走来，有人把加油站的标识牌当作靶子打，上面全是孔洞。我停下车想去问路，但收费亭上了锁，歪歪扭扭的，一侧已经掉了泥灰，加油的柱子都已经毁坏，挪了地方。我倒了回去，想找到那条路的名字，但没有找到任何标识。

我四处张望，希望能找到可以求助的人，但连个影子都没有。在道路中央，我发现一只受伤的乌龟步履蹒跚地爬着，身后留下一条血印子。我下车观察它，它似乎是被锤子击打过：壳缺了一部分，身体的一侧正在流血。一群苍蝇包围了它，有一些苍蝇贪婪地叮它的伤口。我把它拿在手上，但苍蝇并没有飞走。

我拿起乌龟，我看到它的爪子在乱动，过了一会儿，它小心翼翼地探出皱巴巴的脑袋。我用叶子擦拭一下它的身体，打开一张旧报纸，赶走所有苍蝇后，把它放在后座上。

我继续寻找通往格劳克·埃利亚家的路，再次从加油站出发，仔细看着示意图：向左转？哪里向左转？我发现从主路出发有三条路，但这三条路似乎都是通往田野的。我倒回去，开车上了一条弯弯曲曲的路，这条路又把我带回到起点。

在服务站附近，我发现一个电话亭隐藏在树枝间。我疑惑地走近，如果加油站废弃了，谁知道这个电话亭会是什么样子！我挪动了一下树枝，走进电话亭，电话居然还能用，这真是个奇迹！我拨通了埃利亚家的电话，接电话的是那个熟悉又亲切的声音："我知道找路很难，确实就是个迷宫，耐心点儿，您就能找到我了。"

我重新开动汽车上路。"当您看到一家叫'阿维洛'的餐馆的广告时，就放慢速度，十米后，您就能看到一棵巨大的枫树，接着很快就是一条小路，路边全是荨麻。您就沿着这条路开一千五百米，最后就可以看到一道白色的栅栏，我就住在那儿。"

那棵枫树是什么模样，我没有勇气问，也不知道它与山毛榉或者椴树有什么差别。我慢慢地开着车子，仔细地观察着遇到的每棵树，慢慢地向前行驶。终于，我想我明白了：枫树的叶子是星星状的，颜色是嫩绿色的，红色的枫叶就是加拿大国旗中间的那片叶子。

我沿着那条两边长满蓖麻的路行驶了一公里，那些蓖麻非常高大，伸出的带刺的枝叶剐蹭着我的车。天气很好，一阵热风从打开的窗户中吹进来，空气中夹杂着修剪过的草地和金雀花的香气，还有牛粪和菜花的味道。

我用余光捕捉到一块白色的木头，在荆棘丛中隐约可见。我停下车，倒回去，那里真有一道栅栏。我推开栅栏，让车能够开进去，它原本是成熟的樱桃红，现在已经变成奇怪的灰色，上面还有一些粉色的花纹。我沿着坡上行，路两旁长满矮小的柏树。远远地，我看到一座房子，那是一座上世纪的建筑，非常坚固，上面的装饰使它看起来很轻盈，带有精致城垛的漂亮城楼，两侧有小罗马柱装饰的拱形窗户。

我到了这栋房子的门口，扬起阵阵灰尘。我把车停在院子里的一棵枫树下，下了车，走向那栋看似无人居住的房子。但他不是告诉我，他会在栅栏门那儿等着我吗？百叶窗是关着的，大门紧闭，四周一片死寂。难道是我弄错了？

正当我站在那儿不知所措时，我看到有个人从侧门出来，之前我并没有注意到那道门，他举手向我打了个招呼。这个男人很高、很瘦，似乎经历了什么痛苦，使他有些驼背。他的发际线很高，额头光秃秃的，晒得黝黑，他有一双清澈明亮的蓝眼睛，脸上挂着富有魅力的笑容。他穿着一条农夫穿的裤子，但不失优雅，脚上穿着白色网球鞋，上面有破洞。

"真是抱歉，让您找了那么长时间。来，进来喝点儿东西，薄荷茶怎么样？"

我从车上把纳格拉录音机拿下来，跟在他身后。他推开一道门，门框上固定着黑色的网子，他走在我前面，进入一个黑漆漆的过道。转了个弯，我们突然进入一个空旷、明亮的院子，眼前是绵延的山谷。

地上铺着古老的那不勒斯式瓷砖，四处摆放着种着柠檬树的大花盆，有藤条椅，还有印式靠垫。

"这个地方太美了。"我说，突然出现的宽敞视野让我很震撼，山谷在眼前呈扇形展开。房子修建在灰色的岩石上，如同山丘上的一个天然露台。

"我喜欢周围只看得到田野和草地，没有房子，也没有大路。我找了很久，才找到一个像这样的地儿，这并不容易……我希望睁开眼只看得到绿色，不需要什么特别的森林、湖泊和令人惬意的地方，只要田野和草地……"

"您介意我们的谈话被录音吗？您知道的，我正在给意大利在线电台做一档节目，是关于针对女性的犯罪，就是一些还没有破的案子。安吉拉·巴里的案件似乎也注定要成为一起无法破的案子。"

"您录吧，录音机会让我有点儿不自在，不过我会尽力克服的。"

"您要是想让我关掉的话，我会关掉的。"

"不会直接播出去的吧？"

"不会，这档节目还有待完成。我现在还在收集资料中，收集案件相关人物的声音。"

"那我就是和案件相关的人中的一个吗？有意思。"

"好吧，您曾经和安吉拉的母亲有过一段十五年的婚姻，我知道您很爱安吉拉……"

"是的，我明白。即便我们没有想过，但我们还是身处所爱之人的故事里……这些事已经离我很远了。您知道的，我已经再婚，也很多年没有见过安吉拉和她姐姐了，我也刚有了一个女儿。"

"您能不能告诉我有关安吉拉小时候的事？因为我搜集的资料有前后矛盾的地方。"

"她是个很难相处的女孩，很难对付。"

"为什么？"

"因为她很不安分，总是很不高兴，对人很抵触，爱挑衅、攻击人。"

"奇怪，所有人都跟我说，她是个温和、害羞的女孩。"

"可能害羞是真的，但她一点儿也不温和，因为她太聪明、太倔强了。我去给您拿杯茶？"

一只楼燕快速地从屋檐下飞出来，朝着午后的天空飞去，空气中回荡着它的叫声。一只乌鸦回应它，声音凄惨又洪亮。

我想起那只被我扔在车里的受了伤的乌龟。埃利亚端了两杯茶回来时，我问他是否可以让我清洗一下那只小动物。他惊讶地看了我一会儿，陪我来到车子旁边，带我去了温室旁的大理石水池跟前。我清理干净这只还在流血的可怜乌龟，试着把它放在地上。"您要是需要纸盒，我去给您拿。"他说。我对他表达了感谢。我在他给我的纸盒里铺上了葡萄叶，我轻轻地把乌龟放到里面，把盒子放在树荫下。我们在那里静静地看着它：它确保自己安全了，才伸出皱巴巴的小脑袋，用又圆又亮的眼睛看向四周。慢慢地，它动作准确、富有条理地把我放在周围的树叶都堆到一起，做成一个屋顶，在那下面它躲起来睡觉了。

我们回到漂亮的露台，在藤条椅上找了两个舒服的位置。

"您妻子不在吗？"

"她去自己母亲那儿待几天，在布里安扎。"

"带着孩子吗？"

"是的，她和奥古斯塔一起。奥古斯塔出生那天，正好安吉拉被杀了，很神奇的巧合：一个女人离开了，另一个来到这世上。她们如果很像，我一点儿都不会惊讶。"

"您最后一次见安吉拉是什么时候？"

"哦，我们很多年没见了，我都不知道多久没见到过她了……"

"但是，圣塞西莉亚路的门房跟我说，她曾在五月份见过您。"我很自然地说出那句话，希望没有让他厌烦，但他并没有不安。

"我应该有个替身了，因为其他人都跟我说，那几天在其他地方看到过我。您知道他们说的是哪里吗？在那不勒斯，您想想多荒谬。实际上我在这儿，正忙着一项重要的事业，忙着当爸爸。"

"您妻子在哪里生产的？"

"在圣安塞莫医院。"

"他们说，您全程陪产。"

"当然。我觉得作为一个父亲，一定要见证女儿的出生，分担母亲的痛苦。可惜我没亲眼看着安吉拉出生，但她就像我的女儿一样。"

"那您为什么没去她的葬礼？"

"我讨厌葬礼，我都没去自己母亲的葬礼。我不想参与那些习俗，讨厌葬礼上的花、蜡烛、音乐……我更喜欢看着活人走动、说笑……"

"卢多维卡说，安吉拉害怕您。"

"卢多维卡并不是什么可信之人，也许您已经注意到这点……从她流产之后，就患上了抑郁症，医院把她治好了。他们给她用过电击疗法，她被电击过十多次吧……从那之后，她就不怎么正常了。"

"真的，卢多维卡跟我说，是安吉拉流产了，那是她丈夫抛弃她之后发生的事，她丈夫本应该和她一起去美国，最后却自己走了。"

"她真跟您说过这些？真是太让人吃惊了。您想知道真相吗？安吉拉的丈夫走了，原因很简单，安吉拉发现丈夫和姐姐发生关系之后，就把他赶走了……他们结婚两个月都不到……卢多维卡是个可爱的女孩儿，聪明又大方，但不怎么可信。她用自己的方式捏造事实，甚至连她自己都不知道什么是真相。"

"那么安吉拉没进过诊疗所，没接受过电击疗法，也没得过抑郁症？"

"没有，安吉拉一直都很好。她是个开朗又独立的人，偶尔任性了些，想要月亮，想要太阳，她确实和自己母亲很像。她没那么漂亮，这点是真的，但她很坚强、倔强，像奥古斯塔一样聪明，拥有她母亲一样的脑子，很灵活，能够适应各种各样艰难的处境。"

"您知道安吉拉有时会卖淫吗？"

"我一点儿都不了解。就像我跟您说的，我很多年没见过她了。有时候我经过佛罗伦萨，会去看看奥古斯塔，她对我一直都很好，从没责备过我半分，我也很爱她。奥古斯塔一直跟我说安吉拉在做演员，没有什么成就，也能挣一点儿钱，但奥古斯塔也会给她补贴一些。"

"奥古斯塔女士跟我说，她每个月都会给安吉拉五百万里拉，但卢多维卡否认这一点。"

"安吉拉想都没想，就把她父亲给她的遗产全都挥霍了……奥古斯塔很大方，一直在帮她。我不知道她每个月会给安吉拉多少钱，但我确定奥古斯塔不会让她身无分文的。"

"您听说过一个叫卡梅丽娜·迪·乔瓦尼的人吗？她也叫萨布丽娜。"

"没有。她是谁？"

"一个妓女。有一天她在电台节目里公开说，安吉拉偶尔会卖身。"

"我不知道。我觉得以安吉拉的性格来说，这不可能。但她母亲说过，她特别担心这个女儿，有时候安吉拉自由、散漫，非常随便，但我觉得那都是做样子的。"

"有段时间，安吉拉八岁到十三岁之间，天天和您待在一起？这是您前妻告诉我的。"

"是的，我们曾经关系很好，密不可分。我们一起去过很多地方：海边、山上、河边。她是个热爱生活的女孩儿，浑身上下充满能量，还有一个爱冒险的灵魂。她会把青春期的爱情告诉我，您知道，她总是爱上有些庸俗的男孩子。我常常劝她，但她从不在乎，叛逆又独立，谁的话都不听。"

"奥古斯塔女士告诉我，在安吉拉十三岁时，你们之间发生了一些事，从那之后，就再也没有一起出去了。"

"什么都没发生。只是她长大了，喜欢和同龄人一起。她应该把她忠诚的老继父放在一边，这很正常，不是吗？"

"和奥古斯塔分开之后，您就没再见过安吉拉？您给她打电话吗？"

"没有，我再也没见过她，也没打过电话。她不喜欢我妻子艾米莉亚，艾米莉亚也不喜欢她。"

"您知道安吉拉写童话故事吗？"

"没有，什么类型的？"

"都是讲可怕的父亲想吃掉女儿的故事。"

"我知道，她父亲的死，给了她很大的打击，那时她只有八岁。那个男人在两姐妹心里留下了一道伤痕，我想是无法治愈的。他似乎是个很温柔的父亲，虽然有时会有些专横……奥古斯塔跟我说，他真是个打着灯笼也找不到的男人。"

他的声音真诚又坦率。如果他说谎了，那他就是个完美的扮演者，能让人信以为真，相信他所说的是事实。

"您妻子比您小三十岁，是吗？"

"不是，小二十七岁。"

"那么，对您来说，她也算是女儿了。"

"是的，一个孩子般的母亲……您读过兰道尔夫的《一无是处》吗？里面讲的正是'小女孩儿一般的母亲'。这个孤独的男人迷上了纸牌游戏……为了离赌场近点儿，他曾经在圣莱莫居住过，您知道吗？他常常输钱，就像他的偶像陀思妥耶夫斯基一样，他翻译这位俄国作家的作品，研究他，喜欢他，以至于想要成为他……您有没有过这种体验？这在我身上发生过，举个例子，比如巴赫的《夏空舞曲》……我曾经拉过一段时间的小提琴，付出了十年的生命想拉出巴赫创作的《夏空舞曲》，那完美的对称、极致的重复、鬼斧神工的纯净，简直让人发狂。"

他也希望失去理智！其他马儿从深谷向我奔驰而来，脖子上挂满了涂满松油的人头。

"所以说，您有个女儿一样的妻子，她已经生了一个女儿。"

"正是如此……我，如您所见，注定生活在女人之间，但我很幸福。她们教会我很多……比如说我妻子，要是您能见到她的话……她就是这样，看起来像个小动物，但内心有一股出人意料的力量……她是个小女孩儿一般的母亲，但在某些方面，她比我要成熟……刚生下的那个女儿，我希望她健康成长……对于我的小家庭，我特别满意。"

他得意地笑着，脸上洋溢着真诚的幸福。他的声音有种音乐般的节奏感，我现在才意识到，就像唱歌一样有一种内在的旋律，只有那些伟大的诱惑者才能制造出来。

他淡蓝色的大眼睛，在晒黑的脸上显得很明亮。他笑时露出饱满、完整的牙齿，我很惊讶。唯独头发失去了活力，开始变得稀疏，头顶有一部分完全秃了。我不知道他多少岁，但他在我眼里，顶多五十岁。

"好啦，如果您没有其他要问我的，我要回去工作了，先失陪了。"他温和地说，语气里还有父亲般的温柔。这时他站起来，网球鞋轻轻地敲打在地砖上，就像是脑子里的节奏一样。

我关上纳格拉，喝下最后一口凉茶，打了个招呼，便朝着布满灰尘的车走去。

《 44 》

我把头探出车窗，想问问他在哪里可以找到加油站。我想起来，我竟没有问过他一个与雕塑有关的问题。

"您在准备展览吗？"

他的笑容蔓延开来，双手停留在车窗玻璃上，准备告别。

"我能看看您的作品吗？"我有些犹豫地问。

"要是您真想要看的话，那当然可以。"他说，看起来并没有不高兴，"您知道，我并不是个职业雕塑家……我是个建筑师，做雕塑是出于兴趣……有的人出于好意，很欣赏我的作品，但我不会也这么认为。设计房子是我的职业，也是我能做好的事，但那真是无聊死了。"

他带着我，走向花园最深处的工作室，它处于一片玫瑰园和一块卷心菜地中。工作室一侧还有圈母鸡用的篱笆。

"这样，我们就总能有新鲜鸡蛋了。"他不好意思地说，"不管给我多少钱，我都不会杀掉这些母鸡……它们都有名字，您看，那只叫香蕉，另一只叫翁布里亚，名字是我妻子取的……它们能下最好的鸡蛋。"

"我真想认识一下您妻子。"

"她很害羞，不喜欢见外人。如果您想的话，等她回家，我可以试着说服她。"他闪烁其词。我明白，他并不希望我和她交谈。

这时我们到达工作室，是间很大的屋子，窗户很高，光秃秃的，粗糙的水泥地板上，四处摆放着不同颜色的大理石块，石膏模子被潮湿的布遮盖着。

有一座真人大小的雕塑直立在工作室中央，一块湿乎乎的布将它覆盖起来，看起来很神秘。埃利亚走近，小心地拉下覆盖在上面的布。慢慢地，我看到下面露出一个赤裸的少女，以一种娇滴滴的性感的姿势出现在眼前。她腰肢纤细，身体线条紧致，头发蓬松，肩膀顺滑而柔软，胸部像含苞待放的花蕾，看起来甜美、顺从，像是从一个大胆的梦境中泄露出来。

"这是我妻子艾米莉亚。"他仓促说道。

"很像安吉拉。"

他震惊地看着我，他的表情真诚，有些受伤。我怎么能说出这样的话来？

"您认识她吗？"他问我。

"我们住在同一层，她就住我对门。"

"啊，我们怎么没见过？"他粗心地说，随即马上表现得很自然，"我太蠢了，我想到了另一套房子，十多年前我去过那儿几次。当然啦，我知道她最后住的地方在圣塞西莉亚路，我从报纸上知道的，之前忘记了……所以您和她住在同一栋楼，安吉拉的家如何？漂亮吗？"

"简洁、明亮。安吉拉似乎不喜欢家具，她家里空荡荡的，没有画，没有摆件，没有花，也没有窗帘。"

"您喜欢这座雕塑吗？"他又拾起之前的话题，把房子的话题扔到一边。

"能够感受到她很温柔。"我说，"但您没有说过自己妻子年纪很小？"

"嗯，人像并不总是真实的，否则拍照片不是更好吗？雕塑要抓住一个人的实质，而不是忠实地再现一个人的身体和比例……"

"这个雕塑的样子让我想到安吉拉。"我毫不礼貌地说。

"事实上，我是受到她的启发……艾米利奥·格雷克[①]的丝绸感……我只是个门外汉，就像我跟您说的，我喜欢模仿那些大师……另外，我做雕塑并不是为了赚钱，而是出于我的爱好。我跟您说实话，我一点儿都不确定自己会接受邀请，去米兰参加展会。如果这样的东西进入市场，那就毁了。"

他笑着，脑袋向后仰。我觉得他的雕塑里有某种淫秽和矫饰的成分，但我没告诉他。

"您跟我来，我想给您几片菜叶子，给受伤的乌龟吃。"

他带着我行走在卷心菜之间，大步跨过菜园的垄沟，跨过一排由竹竿支撑的番茄，来到一片莴苣地里，弯下腰，温柔地摘下一些莴笋叶子。

"这些事，平时也都是我妻子在操心。"他说，蓝色眼睛里的热切目光落在我身上，"她是个精明、充满智慧的主妇……夏末，她会做果酱、番茄酱……很可惜，她不在这儿……否则她会很喜欢您的乌龟……我妻子特别喜欢小动物，尤其是当它们生病或是

[①] 意大利雕塑家、雕刻家。——编者注

受伤时……"

当他走在我前面时，我注意到他有点儿跛脚。他察觉到了我的目光，耐心地跟我解释："我腰椎间盘突出，在床上躺了好几天，不过现在好多了。这是常年搬大块石膏所造成的……我想给自己找个助手，但不想搞得像个专业雕刻家一样。"

他一边笑，一边晃动沾着泥巴、有伤口的大手。我想，那双手一定很有力。我拿着他的菜叶，重新发动汽车，乌龟在一簇叶子下面睡了。我发动马达，朝着栅栏开去。

出去之前，我回头看了一下，我看到他修长的身影，正透过二楼的玻璃观察着我。他唇边友好的微笑已经消失不见，取而代之的是一种僵硬、谜一样的凝视，将他的面部轮廓变得冰冷。

《 45 》

我又想到昨天的经历，想到那条像迷宫一样的路，和格劳克·埃利亚的见面，想到带着那只受伤的乌龟回到家里。我带着乌龟去看兽医，兽医用手术刀从乌龟受伤的身体一侧取出十多只白乎乎、圆滚滚的蛆虫。"它会好起来的，把它放在通风处，给它些莴苣叶子，每天都给伤口消毒，让它远离苍蝇，那些苍蝇会让它长蛆。"

我打开纳格拉，听着埃利亚说的话。磁带里，他的声音听起来很做作，就像一块被反复敲打的热铁，想要打出理想的形状。而他本人的声音更温柔、真诚，很显然，他的身体传递给我的信号和他的声音不同。我闭着眼睛听，单纯倾听他声音里传递的信息：那是一种小心翼翼、很不自然的声音，带着一种强烈的引诱的意图。

回到家，我收到了梅利律师和阿黛尔·索菲亚的电话留言，索菲亚警官的声音很兴奋，她说："我们抓住贝皮了。"

我打给她，幸运的是，我马上就找到她了。她在电话里对我说："您听到那个好消息了吧，卡诺瓦？"

"你们在哪儿找到他的？"

"在机场，他正要出发去阿姆斯特丹，用的是假护照。他的戒指出卖了他，您还记得我有一枚类似的戒指吗？是一个过世的朋友留给我的，上面镶嵌着一只虎眼。我给戒指拍了照，把照片分发给不同地方的警局，他们才抓住他的。您猜他乔装成什么了？"

"我怎么知道！"

"他装扮成毛拉，穿着白色袍子，头上包着头巾……拿着科威特的护照……他确实有些阿拉伯人的样子……但戒指还是那枚戒指，他忘记摘了……"

"你们已经给他做过血液检测了吗？"

"已经取过血样了，不过结果还没出来。我们得等到后天，他正在监狱里。"

"那其他人的呢？马里奥·托雷斯的血检，你们做了吗？"

"做了，凶手不是他。他是另一个血型，我早就知道凶手不是他。我们还发现卢多维卡说谎，简直有些病态了。她知道我们会调查她说的话，她也照样说谎。关于她妹妹、她情人和她母亲的事，她都撒谎了。我们发现她曾经因为精神疾病进过诊所，经历过十多次电击疗法……我说过，不能把她当成一个可靠的证人……我很抱歉，米凯拉，您得从头开始了……"

我能想象牙套在她丰满的嘴唇间得意扬扬地闪耀着。尽管她的语气有些尖刻，却丝毫不显得残忍，只是有一丁点儿嘲笑的意味，还吐露出一种母性的温柔。

我表示自己拜访了住在韦莱特里附近别墅里的格劳克·埃利亚，她礼貌性地听着我讲话，但兴趣寥寥。

"您做得好，您的工作是记者，我们的工作牵扯其他事。我们会尽快让您知道贝皮DNA的检测结果，您会明白，我们的判断是对的。"

我打电话给梅利律师，电话那头是一个女人的声音，充满活力又响亮，像铃声一样。"是的，律师在家，我现在把电话给他。"

所以说，他找到能够照顾他的人了。他不再是个孤独、被抛弃的人，我也不需要做个乐善好施的人了，很好，最好是这样，但我有些愧疚。我想要照顾别人的意愿比我想象中的强吗？就是那种愿望会促使我不惜一切代价成为母亲，给那个可以当我父亲的男人生个孩子？

"您怎么样了，律师？"

"好多了，谢谢……您听到了吧？有人来照顾我了，那是我外甥女玛尔塔，我姐姐的女儿。她很用心地照顾我，她很棒，不过她六点就得走，要去跳舞。我今晚能见见您吗？"

"当然，我得和您聊聊我和格劳克·埃利亚见面的事。"

"啊，事情进展得怎么样了？"

"我想让您听听他的录音。"

"您来吧，我等您。"

"您需要我给您带些什么吗？"

"不用，不麻烦您了……如果您碰巧经过牛奶店，帮我买一升牛奶。您知道我喝多少牛奶吧，我外甥女只下楼买过一次东西，牛奶喝完了。"

"还需要带些饼干和两盒酸奶吗？"

"那太好啦，太好了。"

我家里的东西今天出奇地安静，难道天气要变了？这闷热而阴郁的天气，一点儿风也没有，这就是安静的原因吗？

我想到马尔科，他正在安哥拉，现在要出去吃晚饭了，他是带上脑子，还是把脑子放在酒店了？

所以说，马里奥·托雷斯并不是凶手，卢多维卡"病理性地撒谎"，南多·贝皮被抓了。如果他的血和那块血迹吻合，安吉拉·巴里的案子就告破了。审理案子时，我会带着用"纳格拉"录下的所有声音作为证据。关于安吉拉·巴里的神秘死亡，记者写了很多文章，如今还有人在继续写着。一旦人们知道谁是凶手，谜底就会被揭开，慢慢地，人们就会淡忘这件事。斯芬克司会沉默下来，一直到下一起"没有找到凶手的凶残罪行"再次发生。

《 46 》

乌龟有力地抓着纸盒壁，我明白它正在痊愈，它埋在叶子里，那是我每天早上从阳台的花盆里为它采摘的。

出门去电台的路上，我遇到一群饥饿的猫咪。我用目光寻找那位喂猫的老妇人，我在蒂塔·斯卡尔佩塔路没看到她，在阿尼西亚路和萨鲁米路也没看到她。她病了吗？她住在哪儿呢？我从没有问过她。

到了广播台，我发现迪林南齐正在吃一大份奶油冰激凌，他正坐在我的桌子上。"我在等你。"他说，"你看到那则消息了吗？贝皮的血检结果出来了，他不是凶手。"

"你怎么知道的？"

"索菲亚刚刚打来电话。你不在，她就跟主任谈了，主任把这件事告诉了我。你的警官朋友简直气疯了。"

我拨通阿黛尔·索菲亚警局的电话，她的同事说她不在，但我分明听到她在电话旁边大喊大叫。"请把电话给她，拜托。"我坚持说。

"谁要和我说话？无论谁找我，都说我不在！"她大喊。那位警察重复了我的名字，她才决定接过电话。

"结果您都听说了？"

"迪林南齐都跟我说了。"

"库苏马诺真是太不可信了！我跟他说了不要告诉任何人，但现在就这样吧！我们去另一家实验室，重新做血检，我就不相信……没人能让我改变主意……抱歉，我得挂了。"她说完便把电话放下了。

"你要来点儿冰激凌吗？"

"不了。"

"他们再也找不到凶手了，时间拖得有点儿太长了，凶手早就伪装起来了……你不知道韦尔默理论吧？凶手会变色，能够变成环境的颜色。他们行凶的时候，只有几分钟，会变成另一种颜色，一旦完成罪行，他们整个身体就重新隐身，变得和环境一样，而你再也不会看到了，他们能够完美地伪装自己。"

"他们是什么？变色龙吗？"

门被人很粗暴地打开，主任出现在门口，向迪林南齐投去恶狠狠的目光。

"都这个时候了，还吃冰激凌，我们又不是在海边……电台今早没事做吗？"

"我想和您谈谈。"我怯怯地说。

"好的，卡诺瓦，我也正想和您谈谈。"他把双手放在桌子上，好像要防止它们飞舞一样，他一股脑儿地说出自己的决定："我要把那档针对女性的犯罪节目，转交给一位有名的记者来做。您不要生气，相信我，我也很难过，但是……这件事情需要仔细斟酌，需要有观察力，需要对事件进行社会学，甚至是哲学的阐释，否则就会出乱子。这事需要有声望、有权威的人来完成，需要有人给我们撑腰，公开支持我们……您把自己做的所有材料都交给他，我们会得到一份模范的爆炸的报道。当然了，您得帮他，您给他做顾问和助手。我很感激您所做的工作，不要以为我对此并不赞赏。您明白的，我们聚沙成塔地积累了很多资料，但是，我们要从全局来着眼……怎么说呢，要宏观一点儿……我们需要一个优秀的记者操刀，还需要一个成功的导演。要是您愿意，您不但可以继续调查那些没有破解的犯罪案件……而且，您知道我想说什么，既然那些案子都是专门针对女性的，您能做一档很好的节目，一档关于女性的希望和地下恋情的节目，您觉得可以吗？"

"不可以。"我说，我对自己的大胆感到惊讶。

"哪里不行了，卡诺瓦？我们会付钱给您的，我可没说您做这事是免费的。"

"我把'纳格拉'留给您，还有小索尼，包括我的录音带，但我并不想做您说的那个节目。"

"卡诺瓦，您太放肆了……真把自己当回事。我理解您的反应，做了这么多工作，我是能理解的。但是要我说，这儿是我说了算，现在我要告诉您，为了电台，必须找一个更有权威的记者合作，这并不是不尊重您，这是在维护听众的利益，他们有权被好好对待，有专业人士出面……"

没什么可讨论的了：要么接受，要么走人。即使很悲愤，我还是走了。我关上电脑，把挂着蜘蛛网的木头笔筒放到包里离开了。出门时，我看到迪林南齐生气地把手里的冰激凌摔到地上。

《 47 》》

不用工作，没有电脑，没有"纳格拉"，我觉得更轻盈自在了，但也很沮丧，内心空荡荡的。我坚定地从办公室出来时，仿佛听到一阵沉闷的叫声，那是"纳格拉"，还是写字台发出的声音？

我去找阿黛尔·索菲亚，她气冲冲地迎接我，我想让她听听我和格劳克·埃利亚的对话。那是我自己留的唯一一盘磁带，关于其他人的录音，我只保留了一些零散的录音和许多笔记。

已经一点了，闷热的风从一扇开着的窗户吹进来，吹乱了我的头发。她忙着和一位监察员讲话，看到我出现在那里，似乎有些厌烦，但当我准备离开时，她又把我叫住了。

"您等等，卡诺瓦，让我听听那盘录音带。也许您是对的，我们的调查偏离了……您说的这位先生住在哪里？事实上，我们有两个护士的证词能够证明，六月二十四日他就在产房里……好吧，我们会申请也给他做个血液检测。"

我们一起出了门，走进警局附近的一家小饭馆，吃了点儿黄油凤尾鱼三明治。

"来点儿白葡萄酒？"

"为什么不呢？"

"一九八九年的起泡酒，如何？年份很好，特伦蒂诺葡萄酿制的。"

"我们庆祝什么？为我被解雇吗？"

"您被解雇了？"

"其实是我自己离开的，他把我从节目中排挤出去了。"

"我很抱歉，您都已经付出那么多了，这时候把您的工作接过去，这真是不公正……不过，也需要理解他的立场……电台情况不好，听众正在减少，他也害怕丢掉饭碗……他不是针对您的，米凯拉，您要把这事看成是库苏马诺应付困境的一种计策……不管怎样，您有什么需要，我都在这儿。"

"我不再需要您了，因为我不会再做针对女性犯罪的节目了，也不会做安吉拉之死的节目。"

"我会告诉您案子的进展，如果您感兴趣的话。"

"谢谢。"

我不想回家，在小区里闲逛，想着我的困境：没有薪水，我能活多久？我走进烟草店的那条小巷子里，发现有两只大橘猫跟着我，毛又脏又乱。"我不知道给你们喂食的那个老太太在哪里。"说着我摊了摊手，但它们还是跟着我。

我停在一家鞋店前，入迷地观察着不同颜色的凉鞋，它们的款式是如此新潮，我已经有多久没有为自己买双新鞋了？早上，我匆匆忙忙地穿上脏兮兮的旧鞋子，都没想到它们已经变形，鞋跟也磨得差不多了。

我走进鞋店，坐在一面镜子前，服务员在我的右脚上试着不同款式的鞋子：有跟的、没跟的，有鞋带的、没鞋带的，露指头的、不露指头的。我听见她叹了口气："您经常走路遛弯？您为什么不买这双呢？"她说着，给我拿了一双蓝色网球鞋，鞋子轻盈又精致。看到那双鞋子，我有些感动，最后我选了一双凉爽、舒适、方便走路的露趾凉鞋。

一出门，我发现猫咪还在那儿，数量更多了，现在有三只。我觉得自己认得第三只，它身上的毛皮黑漆漆的，有一双暗淡的眸子。

我赶忙走向肉店，买了一公斤碎肉，向阿尼西亚路走去。我上次看到那个老太太喂猫，就是在那条路上。

远远地，我便看见一群猫抻长脖子。我没有唤它们，只是悄悄地靠近。我看到它们从不同的方向跑出来，都竖起油乎乎、脏兮兮的尾巴。

我正要打开包裹，两只比较胖的猫咪跳到我的手臂上，开始抢肉。它们争来争去，包裹散开了，肉散落在人行道上。小猫也争抢起来，它们把头埋在包裹里，用牙齿咬着粘在撕裂的纸和塑料上的最后一点儿肉星。

"多笨啊！怎么能这么做，这傻瓜是谁啊？"我听到尖锐的声音从后背传出。我转过身，面前是个矮小的女人，简直像个侏儒，脑袋上系着红色的手帕。

"我……您知道之前那个喂猫的老太太住在哪儿吗？她经常来这里吗？"

"傻子玛利亚吗？她死了，您不知道？"

"什么时候？"

"一个星期以前。她真名叫玛利亚·奇尼，但大家都叫她傻子玛利亚，因为她确实是个傻子。有一次，她在超市偷吃东西被逮住了，她在监狱里面待了两天，就被赶了出来。您知道为什么吗？因为她身上的猫臭味太重了。"

她咧开大嘴笑着，里面有四颗孤零零的长牙。"您知道她偷了些什么吗？两盒炖肉丁猫罐头，给猫的，还有一块自己用的草莓味小香皂。"

"您接替了玛利亚的位子？"

"整个城区，我说了算。玛利亚死了，得找个人顶替她。我觉得你有点儿傻，比她还傻，你看看，胳膊上的血要滴到身上了……它们挠的吧？真是活该；这些猫也不是谁都能喂的，像做其他事一样，也得有天分……我的确不看好您，就像另一个姑娘一样，那个留着波波头、穿蓝色运动鞋的女孩儿……那女孩儿一点儿也不会喂，她已经不来了，这样最好……简直就是一场灾难，你们最好待在家里，我来照顾这些猫咪，明白吗？它们是我的、是我的，没你们什么事。一边凉快去吧，简直是个笨蛋，连包肉都不会拿……您叫什么？"

"米凯拉。"

"都是疯子，不折不扣的疯子。你们真是一点儿都不懂猫，你们不能就待在家里挠肚皮吗，这里容不下你们这样的人……"

《 48 》

我不用再去电台了，但还是七点就醒了。昨晚，我第一次觉得晚上睡觉很冷，夏天就要结束了，我连一天假都没有享受过。今天我决定把乌龟带到乡下，它已经痊愈，我想把它放生。

我坐上车，远远地看到那个喂猫的新人。她个子很小，有点儿跛，她头上戴着红色头巾，正向烟草店的那条巷子和阿尼西亚路的拐角走去。

"早上好！"我从车窗里朝她打招呼，她不情愿地转过头。傻子玛利亚有多友好、温和，这位就有多尖酸、不客气，好像她养的不是野猫，而是野兽。

"滚！傻子！你没看到自己打扰到猫了吗！"她恶狠狠的声音跟随着我一直到路的尽头，尖锐，不依不饶。

我沿着台伯河开，穿过戴斯达奇奥区，沿着奥斯缇恩斯路直走，朝着大海的方向开去，我要找个有树的地方放生乌龟。但这不是件容易的事，我遇上的第一片橡树林，穿着橡胶靴的人正在用电锯锯树。我问他们在做什么，他们中有一个人回答我："我们要让林子稀疏一点儿。"但我觉得他们正在毁坏树林，电锯插进橡树柔软的树干里，木屑飞溅，发出震耳欲聋的声音。

266

我继续向前走，快到博齐亚诺城堡时，在路边找到另一处矮灌木丛，当我正要放下乌龟时，发现在远处有东西在燃烧，冒出白色浓烟。那是在烧庄稼茬儿，还是一场火灾？全意大利都在燃烧，报纸上有些令人痛心的照片，被烧得干巴巴的树木，地上一片狼藉，受惊的动物四散逃跑。有人说，那是"把烟头从车窗扔出去的白痴引起的火灾"；也有人说，纵火的人是"投机者"，"只是为了取乐的纵火犯""为了保住饭碗，那些本应扑灭大火的护林人却在森林里纵火"。这样一来，树木开始燃烧，没有人能够阻止。

　　我听到报警器大老远响起，那真是一场火灾，没过多久，消防员就到了。这条路已经被浓烟包裹，火势正愈演愈烈，我赶紧离开了。

　　终于，我在一座山丘的顶峰看到一小片灌木丛，于是把车子停了下来。我沿着一条羊肠小路向上爬，发现一棵高大的松树，树冠非常茂盛，树下有厚厚一层松软、芬芳的松针，我把乌龟放在松枝上，旁边有一块长满青苔的石头。刚开始它看起来很害怕，然后慢慢地伸出长满皱纹的脑袋，瞪着水汪汪的眼睛向四周看去。它明白我的存在不会威胁到它，它伸出爪子踩在地上，镇静而慵懒地朝着一丛茂密的蕨类植物走去。

　　我坐在地上，看着乌龟独自笨拙地走着，谁知道等待它的是什么。我仿佛看到自己的样子，坚定又悲伤的样子，面对失业后的生活。这时，我的脑袋里浮现出一些私人电台的地址，也许我可以去试试。我知道自己得忍受一段消沉的日子，不知道会到什么时候，最好还是先不要想了。

　　按照梅利律师的看法，我应该回到意大利在线电台。"您为什么不能好好和主任谈谈？"他在电话里说，"您知道吗？那个著名记者开了一个天价，库苏马诺无法答应他。他还在那儿摇摆不定，手足无措。要是这几天早上他给您打电话，请您回去，那也是意料之内的事。阿黛尔·索菲亚也在努力地让您回来，我听到她在跟库苏马诺说您工作中可圈可点的地方。连迪林南齐都明确表示，有您在，电台会运作得更好些……比如说，巴尔迪教授没有您的引导，一下子又回到了最初的状态。"

尽管我和梅利律师聊了很多，但我们仍然以"您"相称，他了解我的处境，包括马尔科在安哥拉"失去了理智"，不准备回来这件事。

"在爱情里，谁逃跑，谁就赢了。"他饶有兴趣地说，"为何您不试着也逃离一下呢？"

有一天早上，我正在算账，计算没有薪水的话，我究竟能够存活多久。我听到电话响起，是阿黛尔·索菲亚打来的电话。

"今晚，我会做些好吃的汤汁肉丸子，还有美味的巧克力蛋糕，您晚上跟我们一起吃晚饭吗？"

"谢谢，不过我不能确定，我得找工作。"

"在晚饭时间找工作？您别那么难请……我们等您，我有些消息要和您说。"

就这样，白天听了一天的"不"，晚上我拖着疲惫又沮丧的身躯，重新坐在了索菲亚家的蒂罗尔式会客厅里。

"南多·贝皮的第二次血检结果和第一次一样。"她立刻告诉我，似乎有些气馁。

"所以，他并不是凶手。"

"他不是。"

"那你们会怎么做？"

"我们得给所有和这起案件有关的人做血液检测，不管关系远近。这次伯尼法官是同意了的。"

"我以为你们已经做了。"

"给卡尔里尼、卢多维卡、托雷斯和卡梅丽娜都做了，预审法官认为其他人没那个必要……"

"那奥古斯塔·埃利亚太太和她前夫格劳克·埃利亚呢？"

"当然，他们也要做。"

"您能让我知道结果吗？尽管我已经不再做《未破案的犯罪》这档节目了。"

"您手上有一大堆材料，可以写成故事了，为什么您不写本书呢，米凯拉？"

"但是，我已经把所有录音带交给主任了……"

"您要是需要，我可以给您复制一份。您写本书，不要总是追逐那些声音了。总是看到您背着'纳格拉'到处走……总是弯着腰在奔波……这让我很心疼……一页页纸要轻松得多。"

"但我只会通过声音工作。"

"您会学会的。您已经完全投入到这个故事中了，在这个故事里，所有人都说谎……您不觉得这值得记下来吗？"

"但我不知道从哪里开始……"

"从已经发生的事情开始，'材料有了，语言自然就有了。'①您

---

① 原文为拉丁语。——译者注

还记得这句名言吗？您的优势在于您和材料的关系。"

"我和这些材料的关系是模糊、不确定的。"

"这是个好的开始，后面一切都会清楚的。逻辑会成为故事的主线，有时候会过于清晰。我们带着一点点确信从迷雾里走出来，也好过相信自己处于一个阳光灿烂的广场，实际上那个广场只是我们想象的。"

"今晚，您想谈论哲学吗？"

"圣塞西莉亚路的犯罪案件可能没办法破解。那些有动机杀她的人，好像都没有杀她。还是有一种可能，一个陌生人用了某种计谋让安吉拉开门，杀了她然后扬长而去，没有一个合理的理由。"

"安吉拉不是那种会给陌生人开门的人。我还记得她是怎么反锁自己家的门，她锁了一圈又一圈。她认识凶手，相信他，这样她才会安静地背过身去……才能脱下衣服，仔仔细细地把衣服叠起来放在椅子上。那人动手之前，她以为那只是一个拥抱。"

"您不要空想了，我们需要证据，而不是这些假定和推测。"

"那些折叠好的衣服，是最让我不安的事。这让我想到一场爱的仪式，一种长久以来养成的习惯。"

"我们有许多没有破解的案子，米凯拉。总之，只有侦探小说作者，还有像您一样好奇的人，才会试着去为每一宗犯罪寻找理由，寻找能够辨别的信号，寻找凶手留下的个人印记。实际上，有时候什么也没有，只有一些影子、怀疑对象和空谈。没有任何法官会让一桩只有捕风捉影、闲聊的案子长时间不结案，还有其他受害者，也需要正义；还有其他案子，公众舆论压力也很大。

我们应该接受失败，继续向前走。不会只有我们这样，相信我。您可以想想纽约，他们有着这个世界上最强大的警察，这是《美国观察家》自己说的，在纽约每天至少发生两起犯罪案件，在这些犯罪案件中，百分之六十的罪犯都躲过了法律制裁……您吃掉这块巧克力蛋糕吧，不要发愁，车到山前必有路……"

我把一块蛋糕放到嘴里，脑子里想着其他事，但巧克力那芬芳、微苦的味道钻到了我的鼻孔里，像是一种性感、仁慈的抚慰。

"您觉得我的蛋糕怎么样？"

"很美味。"

"要想蛋糕好吃，巧克力要用上好的，不能用那种生产日期不详的巧克力粉。巧克力应该是刚磨出来的，有那种苦涩的味道，黄油不应该太油腻，糖也不能太甜……还有杏仁应该用很新鲜的，面粉用硬小麦磨出来的，鸡蛋是当天的，牛奶应该用刚挤出来的……只有所有材料都是优质的、新鲜的，做出来的蛋糕才会有这个效果。如同一片夜空：黑暗、柔软、精致……巧克力蛋糕很治愈。您相信我，它能治愈很多东西。您再来一块吧。"

((49))

白昼变得漫长又空虚，我用散步、阅读和找工作来填补难熬的时光。在我迟缓又模糊的思绪里，尽管没有去想整件事，但安吉拉·巴里的那双网球鞋继续在我脑子里走动。

偶尔我会打开录音机，听着那些陪伴了我两个月的声音——安吉拉的声音——讲述着残酷国王和逃跑的女儿的故事。与从电台精致的音响里出来的声音不同，她的声音嘶哑、不饱满，充满稚气，像是个并不喜欢自己声音的人，却要把它当作精心的礼物送给别人一样，送礼物时她也很懊恼。

"很久以前，有个国王，他有个女儿……"当念到"女儿"这个词时，她咬牙切齿，仿佛舌头中的一部分拒绝发出那个音。当她念到"国王"时，能清楚听到喉咙里的声音传出来，犹如肺里囚禁的鸟儿发出的唑唑声。这个声音想告诉我什么呢？一方面似乎很肯定自己的胜利，同时好像意识到自己的不幸。

我把那声音听了许多遍，在忽然流露的喜悦里，我仿佛察觉到了恐惧，她怕的是什么呢？

电话响起，是阿黛尔·索菲亚打来的，她说："我们给奥古斯塔·埃利亚女士做了血检。跟卢多维卡一样，一无所获。"

"最好如此。"

"现在轮到那个继父了，他现在还在外面。"

"在外面是什么意思？"

"他出去了，明天回来。"

"好吧。"

"现在就剩他，还有你的朋友马尔科·卡罗了。"

"这和马尔科有什么关系？"

"有证据表明，他认识安吉拉·巴里。案发当晚，他有可能和她在一起，另外他常常给卡梅丽娜·迪·乔瓦尼打电话。"

"谁告诉您的？"

"托雷斯和斯特凡娜·马里奥的证词。"

"斯特凡娜·马里奥跟您说，在案发当晚，他曾在巴里家？"

"好像那位婆婆——马侬莫内太太看到过他。"

"但马侬莫内女士在那段时间并不在这里……"

"总之，有人看到过他。"

"那他们怎么不跟我说？"

"也许是不想让您难过。您不知道您那位马尔科认识安吉拉·巴里吗？"

"不知道。"

"案发之后，他马上出发去了安哥拉，这您知道？"

"是的，当然知道。"

"事实上，您不在时，马尔科·卡罗曾经去过顶层，门房觉得他很奇怪。他们想，他上去发现门锁着，您不在家，他会下去的，但他没下来。第二天一大早，他像个贼一样悄悄地溜了。"

"这样看来，凶手也可能是我。二十四日下午我从马赛坐飞机回来，杀掉安吉拉之后，我又在当晚回去了。"我愤怒地说。

"亲爱的米凯拉，我们也查明了您的行动。我们不会给您做血检，因为六月二十四日晚上，至少有三十个人在马赛的法兰西大酒店见过您。而且说实话，我并不相信您会搭私人飞机来罗马，杀了您的邻居，又回到马赛。"

"所以你们也怀疑过我……但为什么没告诉我？"

"在查案时，所有人都是嫌疑人，或者是清白的，您也一样。"

"你们追捕到马尔科·卡罗了吗？"

"我们还在找他，不过大使馆什么也查不到，各个领事馆那儿也没有找到。他是躲起来了吗？"

"他跟我说，他只是失去了理智。"

"我也觉得……但您肯定不会想到，他是为您穿着蓝色网球鞋的邻居失去了理智。不过我们会找到他的，您放心，我们不是都把贝皮抓住了吗？"

我挂断电话，跑去洗手间里吐。镜子里，我的脸看起来灰暗、僵硬，也许我是爱上了一个完美的陌生人？有东西在我胃里翻江倒海，让我想吐。

我把吃的午饭吐了出来，躺在床上，晕头转向。现在，我想起来了，当我提起安吉拉·巴里时，他总是那样沉默寡言。他跟我说，他是从一份意大利旧报纸上知道她的死讯的，但在她死的时候，他还在罗马。我还想起在电梯里，他和安吉拉之间暧昧不明的惊异的笑。他说自己"失去了理智"，却并没有指明究竟是因为谁。他一直拒绝透露他的行踪，也从不透露他的电话号码，找的借口都站不住脚。

我认识他多年，知道他是个怎样的人。我确定，他不会做出这样的事，即便有人逼迫他，他也不会去杀害一个人，至少我一直是这样认为的。

我看着我们一起在山上拍的照片，身后是盛开的金雀花；我看着我们站在一条滑雪道上的照片，脚上穿着滑雪板，还有夏天在湖上的照片。

我的目光停在一张非常清晰的照片上，照片里他穿着一条暗绿色的裤子，还有一件白色的衬衣。晒黑的面庞、狭长的眼睛、修长的脖子让人觉得有些脆弱飘忽，他薄薄的嘴唇上总带着一个不恭的微笑，敏感的双手放在膝盖上：这会是一张凶手的照片吗？

还有一张是在家里拍的，他正在看书，两条腿伸长搭在茶几上，他从下往上惊讶地看着我，仿佛在问我：米凯拉，我让你失望了吗？

这些照片展现出他是个热爱工作的男人，他诚实而客气，虽然有点儿自私，但绝对不会使用暴力。除此之外，我对他一无所知。

我把一卷老磁带放到录音机里，那是他以前从澳大利亚给我寄来的。

"亲爱的米凯拉，我无法打电话给你，我的朋友章皮耶罗正动身回意大利，我让他把这盒磁带捎给你。我知道你热爱倾听声音，甚至最后选择以此为业。至于我，你知道的，我对声音不是很敏感，我不会用心倾听。你就不一样，你会像研究微生物一样俯身于声音中。当然，也许最后你耳朵听到的东西，可能会有点儿变形，但很详细，而且很精确……我更愿意关注声音的音乐性，我对于它们是什么材料构成的毫无兴趣，我关注的是结果……我给你打电话时，听你的声音是一种享受，你的声音饱满厚重，没有裂缝和缺陷。当然，那是受过训练的电台主持人的声音。我喜欢的不是你声音的完美，而是你声音里流露的温柔。尽管你完全掌控了声音，但你的声音里还是保留了自己性格深处的东西。我想告诉你的是，我很想念你的声音，想念你声音里流露出的温柔和克制。你身上总有些令人惊异的东西，我感到惊奇，你一定也会觉得很奇怪，你总是表现出遇到的一切都让你所料不及，也许你的温柔就是这种惊奇带来的。这种温柔不是一种逆来顺受，却是惊奇带来的温柔。原谅我，说得那么绕，我想笑。你知道吗，我去找你，你看到我时，总是一脸震惊，仿佛你不知道我要来找你，仿佛你不知道我们会一起吃晚饭，然后做爱一样。

"这种惊异到底是什么呢？我曾想，让你每次都感到吃惊的到底是什么呢？你又不是穿着新鞋子和白裤子，从月亮上缓缓地走下来的'天真女孩'……尽管我不明白为什么，但我喜欢你流露出来的那种惊讶。仿佛每天早上你都会重生，而每一次的重生都是痛苦的……一般我们更愿意表现出，我们早就在那里了，已经习以为常。谁愿意每次都重生，从头开始呢？而你相反，你会抬起小鸟般机敏的脑袋，流露出震惊的表情。每天早上，像往常一样，上帝让白日降临到人间，你都会露出惊喜的表情，仿佛从没见过自己的家，没看过窗户外面的景色和咖啡壶，还有跟你在一起十多年的男人的身体……

"好吧，我想告诉你，米凯拉，我喜欢你的惊讶，因为那让我快乐，给我力量。每当我朝着你走去时，我也会感到一丝新鲜和意外……只是有的夜晚，我向你坦白，当我疲惫时，脑子里起了疑问，我有些猥琐地想：这一切会不会是游戏？会不会有点儿表演的成分？我无法完全相信你的天真，有些时候，你真的太纯粹了……无论如何我都爱你，爱你本来的样子。原本，在你的内心深处，也有孤独的一面，我有时会想到这一点。也许当我远离你时，你会自在一些，你会平静地想起我，也许保持距离是明智之举。很多次，我都觉得你并不了解我……你也不想更进一步了解我。假如不是这样，你如何保持那种欣喜的生活态度呢……"

我暂停了录音机，手指在颤抖。他自己也说我不了解他，从没认真对待他。不知道他性格里有多少幽深秘密的地方，都是我不想打探的！他曾经想勇敢地将它们展示出来，是我太迟钝，不愿意理解。

我听着他的声音，用冷静的头脑倾听，声音也能传递出很多东西，超过了语言表达的东西。他的声音里有种距离感，那是一种不知从何时开始，也不知道从何而来的距离，那种节奏和音色不是我熟悉和喜爱的。我们之间到底是什么时候开始出问题了呢？那是一种深度疲惫的声音，为了掩盖这种疲惫，它不得不换一种方式。那本来属于同龄人的声音，现在已经变成了父亲般的，我却没有意识到这种变化。

但我确定马尔科并没有杀害安吉拉·巴里。即便他们认识，并且私下见面，即便当我在外出差时，马尔科在案发当晚找过她，也不能说明凶手就是他，他也做不到。

《 **50** 》

听到敲门声时，我正痛苦地思索着马尔科的问题。我走过去，心不在焉地打开门，忘记先从猫眼里看看。打开门，卢多维卡·巴里苍白、痛苦的脸出现在我眼前。

"我能进来吗？"她说着，但人已经进来，立即把身后的门关上。她穿着白色的长裙和蓝色网球鞋。

"我已经不再负责安吉拉·巴里的案子了。"我说，"我已经离开电台了，抱歉。"

"不重要，米凯拉，我得找人聊聊。"

"我帮不了您。"

"他们不相信我，我说什么他们都不信，但您，我觉得您对我还是有点儿信任的……"

"关于您妹妹安吉拉，还有您自己的事情，您为什么要谎话连篇呢？"

"其实……其实……其实很多时候，我把自己和妹妹都搞混了……一直都是。那些发生在她身上的事，也发生在我身上了，反过来也是……所以，我真的很难分清楚……"

"好吧，您至少应该告诉我，您分不清……"

"我知道，很抱歉，但我需要有人相信我……"

"您跟我说安吉拉流过产，您说她后来得过抑郁症。事实是，流产的是您，后来得抑郁症的也是您……"

"可就是这样，您相信我，事实就是如此……安吉拉经历过同样的事，尽管方式不同。"

"您让我相信马里奥·托雷斯打您，然而……"

"您也不相信我？您已经看到伤口了吧……"

我不由自主地想到，她说的是实话。她的声音坚定有力，仿佛发自肺腑。如果这又是另外一系列的谎言呢？模棱两可似乎在她身体里根深蒂固，尽管她并不愿意。我打算相信她，倾听她的话，把质疑放在一边。

"您要来杯咖啡吗？"为了节约时间，我开口。

"那您相信我吗？"

"直觉上，我是相信您的。我会尽量在理性上也相信您，但您要长话短说。"

"为了让您相信我的实话，我得告诉您有关我的故事。不过，米凯拉，我真实的故事和警察局那些人了解的不一样。我的故事更深刻，也更隐秘……一切都要从我母亲生下安吉拉时讲起，那时我四岁。对于一个小女孩儿来说，这简直就像天塌下来一样，伴随着令人无法忍受的巨响……属于我的完整的爱被分割了，甚至粉碎了，给你一点儿，给她一点儿；给你一点儿，给她一点儿……我开始扭曲地成长，内心的羡慕和嫉妒在滋长……但安吉拉是个非常漂亮的妹妹，所有人都爱她，但她的反应不合情理。您明白吗，她不遵守游戏规则：我越是讨厌她、打击她，她就越是爱我、越要找我、亲我，她抱着我的胳膊，想和我在一起……她最终征服了我，您相信吗？她用爱把我淹没，我陷入其中。我不只是爱她，我还想成为她……但我做得太不成功了，我变得更扭曲和愚蠢了……但她开朗又可爱。我们父亲有公平意识，没表现出他的偏爱，但母亲很讨厌我，因为我总是抿着嘴，皱着眉头，我笑起来很不得体，哭起来很大声，无缘无故我就会待在角落里，一哭就是好几个小时。

"父亲去世时，所有事情就更加恶化了。我母亲，您都看到了，她看起来是个很自信的人，但那都是假象。实际上，她内心就是个六岁小女孩儿。她总是需要一个可以依靠的男人，需要完全和她绑在一起的男人，因为独自一人，她无法生存下去，她做不到。所有人都以为她是个得到解放的女人，认为她是个有工作、能够掌控自己的人，但她什么都害怕，在她职业人士的外表下隐藏着胆小的个性，她总是依靠别人。一旦没有男人关注，她就感觉自己不存在。

"我父亲死后，她似乎无法继续活下去了。她绝望地哭着，扑在棺材上，不吃不喝。她是真诚的，这点我知道。因为没有我父亲，她会迷失自我，觉得自己被抛弃了，完全不知所措。几个月之后，英俊的格劳克出现了，疯狂地爱上了我母亲。母亲想马上嫁给这个建筑师和业余雕塑家，因为她无法一个人生活，得到他的爱情，意味着她重新获得了自信和活力。另外，在某种程度上，格劳克有些像我父亲：他外向、绅士、自律，虽然有些捉摸不透，有占有欲，某些时候很粗暴，但也很温柔大方。

"他爱我的母亲，但不尊重她。我马上就明白了这一点，他了解她的依赖，并觉得很自豪，他把我母亲当作一件私人物品，没有真正地关心过她。慢慢地，许多年过去了，他的占有欲越来越强，越来越不尊重她。"

我想，这才是我第一次去采访她时认识的女人：神志清醒、表达准确。会不会这一切都是假象？有没有可能在这充满激情、理智的声音后，隐藏着一个迷惑人心的迷宫？

"有天晚上，母亲外出工作，他光着脚溜进我房间……嘘，他让我不要说话。'我知道你害怕黑暗，我也害怕一个人，我能在这儿和你待一会儿吗？'我真的害怕，便信任地接纳了他。他开始一根根亲我的手指，很温柔。我想，这个高大聪明的男人，又严肃又自信，居然在我这个小不点儿这里寻求陪伴！那时我喜欢啃指甲，把手指咬到流血，牙齿歪歪扭扭，辫子扎得像条老鼠尾巴，编成一根油乎乎的辫子，我有一双很瘦的腿和令我羞耻的大胸。

"那天晚上，他多次跟我说，我很漂亮。以前从来没有人跟我说起过，我在感动中融化。我以为我们会这样入睡，会一起战胜恐惧，沉浸在一种温情里……相反的是，他突然整个人爬到我身上，压得我喘不过气来，我感觉自己要被碾碎了。我大叫起来，他给了我一巴掌，用枕头捂住我的脸，后来，后来……我以为我被杀死了。然而我还活着，却不再是我了，我变成一个自己不认识的人——对我来说是个陌生人，我想和这个人保持距离，却很难。我耳朵里还回响着他恐吓我的话：'你要是敢说出去，我就杀了你母亲和妹妹，你小心点儿。'

"我像疯了一样。在外面，如果有人碰到我，我就会尖叫起来。我穿得像修女一样，把头发剪得很短，把自己裹在宽大的毛衣里，还有变形的外套里，我害怕一切人和事。唯独不害怕我妹妹，我拥抱她，闭上眼睛把她紧紧地抱在怀里。我更希望自己是她，我想把自己扔出窗外，我留着那残破、肮脏的身体做什么？"

"您母亲什么都没察觉到吗？"

"我母亲又聋又瞎，没谁能比她更瞎了。她说，这个姑娘不想学习，可能到青春期了，这就完了。有时候她会问继父，'卢多维卡怎么了'？她不问我，从没问过我。她会满怀深情地问他，'卢多维卡怎么了'？"

"那他呢？"

"他耸耸肩膀……'我怎么知道呢'，他说……继续爬上我的床。整整两年，他一直都上我的床，这已经变成一种仪式：'我是过来陪你的，别害怕，我一直在这儿，你是爸爸的好女儿……'我闭上眼睛，咬紧牙关；我得到的优待是他不再把枕头捂在我脸上，我的身体就像一块木头一样僵，等着他结束。"

"您要喝点儿水吗？"我见她出汗了，便问她。她的头发落在没有血色、像死人一样的颧骨上。

"有天晚上，我在洗澡，听见他对妹妹安吉拉说话。她那时十岁，才开始发育。他对她说：'我知道你怕黑，你别担心，我会陪你，你真是个胆小的女孩儿，我在这儿……'我没穿外衣，身上裹着毛巾，去找母亲，并把所有一切都告诉她。您知道她做了什么吗？她给了我一巴掌。'你嫉妒，因为他对安吉拉的关注要比对你多。'她跟我说，'你习惯被宠爱，现在有人取代了你的位置。你长大了，卢多维卡，你不再是个小女孩儿了，就这样吧……'

"那句'就这样吧'让我不能呼吸……似乎她什么都知道，并且接受每件事，觉得那是无法避免的事情……另外，我们生活在一起，她不可能没意识到，他常常找借口和我一起睡：可怜的小女孩儿做噩梦了……

"母亲似乎让我明白，那是为了维持一个家庭，为了留住他的爱，还有他的保护，需要做出的牺牲。那是一种不能说出口、不能让人看见的秘密的牺牲，隐秘得如同最黑暗的夜……我们之间不应该谈论这件事，而是应该盲目赞同，完全支持。我们应该在身体上屈服，满足他的贪婪，因为他是我们的继父。

"那晚，我听到他和母亲在卧室窃窃私语了很久。她的语气充满抱怨，而他则讥讽她。'你疯了，'他说，'你完完全全疯了，你那两个爱说胡话的女儿也疯了。'然后，我听到他们做爱了，声音很大，好像故意让我们听到，为了让我们知道他做的一切都是对的……他是丈夫、父亲，是一家之主，而我们生活在他的庇护下……我们没办法反抗，也无力表达愤怒……事实表现得很清楚了，就像床上的弹簧一样，有节奏地嘎吱作响。

"我和安吉拉讲过了，我跟她说把他赶走，因为他会伤害她……可是她，您知道她怎么回答我的吗？'太晚了，卢多维卡……'您相信我说的吗，米凯拉？您相信我吗？"

"我试着相信您，卢多维卡？"

"您一定得相信我，这都是真的……就算我经历了十次电击，就算我曾经去过精神病院，就算我曾经被捆得像个香肠，就算我说了很多次谎，您必须得相信我。"

"我相信您，卢多维卡。"

我看着她松了一口气，喝掉我给她的水，闭上眼，好像这费了很大的力气，已经让她无力承受了。她的胸脯随着呼吸的节奏一起一伏。

"您要在床上躺会儿吗？"

"不，我想继续说。您等我一下，我流太多汗了。您能给我点儿纸巾吗？这是第一次我没哭，您看，我在讲这些恐怖的事，不过我没哭……这真是个特别新鲜的事……哭一哭，我就能放下一切，所有不幸都会被融化、稀释，然后就会消散、流逝……我不想再哭了，我希望您能相信我……我感谢您的信任，非常感激您……"

《 *51* 》

"您认为是格劳克·埃利亚杀了安吉拉吗？"看到她的呼吸稍稍平静下来，我便问她。

"不，不会是他……他热爱生活、雕塑，还有他在乡下的房子，他不会冒进监狱的风险。"

"您觉得在安吉拉生命的最后一段时间里，她见过格劳克吗？"

"他们见过的，见过的。他时不时地去找安吉拉，也许他们会在某个宾馆里见面……是的，他们还做爱，尽管我没有证据，但他已经对那无所不能的年轻妻子感到厌烦了……而安吉拉是这么美丽、任性、孤独。"

"埃利亚有什么理由杀掉她呢？"我问，其实更多是在问自己。

"没有理由，米凯拉，所以他没有那么做。我们毕竟是他的女儿，他用自己的方式在爱着我们。您知道他的占有欲有多强吗？特别是在安吉拉的事上，我们和男孩子一起出去时，他就会跟踪我们。回去之后，他就和我们大吵大叫，如我母亲所说，他的行为像个'父亲'一样。他越是专横跋扈，她就越是开心。家庭关系就是通过这种方式得到巩固，我们是一个坚不可破的整体。"

我看到卢多维卡用纸巾把汗水擦干，并把它团成一个小球。

我去给她拿新的纸巾。她点头向我表达谢意。她继续说，语气比之前还要激烈："我什么都不知道就怀孕了。这次他是真担心了……'你别担心。'他说，'我们用一点儿泻盐就能解决一切'……他让我吞下一斤泻盐，差点儿就没命了……我以为已经打掉孩子了，但那孩子还在。他带我去了他的助产士朋友那儿，我躺在一张脏兮兮的小床上，她给我做了流产，没有麻醉。作为奖励，他带我一起去巴黎旅行，所有人都说他是个模范继父，他这样温柔、热情。请您相信我，在他没爬到我身上来时，他是那样温柔，所有人都羡慕我有这样的继父。"

"您怀孕的时候多大？"

"我？十四岁……一年以后，我知道安吉拉也怀孕了。她才十一岁，那年她刚开始发育。但继父没有带她去那个助产妇那里，他带她去医生那里，打了麻醉做了流产。如您所见，我们俩都知道流产是怎么回事……然而，他想温柔的时候就温柔。星期天，他带我们去海边散步，我们租了一条小船，他不停地划船。我们从水里出来的时候，他给我们递毛巾，给我们买冷饮，还给我们讲童话故事：一个国王有几个坏女儿，他砍掉了她们的手，但后来她们在爱的滋养下，又变好了……亲戚、邻居说：'能拥有一个这么爱你们的继父，你们真的太幸福了！'如果他们知道真相，还会这么说吗？！但我们的嘴巴闭得严严实实的，没泄露出一丁点儿事实，这是为了保护他，也为了保护母亲，好像没了他，就会天崩地裂。那时，我相信这点，并且我觉得那是我们应该付出的代价：为了白天在家中可以拥有慈爱的父亲，晚上要在床上养一只狼……但一有机会，我马上就结婚了。"

"卢多维卡，您没结过婚。"

"是的，我总是会搞混，是安吉拉结过婚，尽管格劳克百般阻挠，大吵大闹。他给安吉拉的未婚夫寄过一封匿名信，说她有精神疾病，这种病具有遗传性，一定会传给他们的孩子……神奇的是，那个男人并没相信那些胡说八道的话，还是要和她结婚。一段时间后，安吉拉的丈夫开始指控她脑子有问题、不负责任等……事实上那是我的问题：我是那个患上抑郁症的人，我是那个有精神疾病、在诊所接受过治疗的人……他为了给自己找理由，也会弄混……她丈夫科内里奥便独自动身去往美国，然后安吉拉……"

"当安吉拉发现她丈夫和您发生关系时，就想和他分开，这事是真的吗，卢多维卡？"

"是的，这是真的……我很难把自己和妹妹分清楚……对我来说，她丈夫就是我丈夫，我分不清，也无法分清。很多年，我们不也没能分清父亲和情人吗？……我确实接受过电击治疗，我失去理智，在夜里大吼大叫，没有理由地大叫……安吉拉得过厌食症，她不吃不喝，瘦到四十公斤……我想，格劳克·埃利亚也厌倦了两个麻烦不断的女儿……在那段时间，格劳克·埃利亚遇到了另一个年轻女人，他整日不着家，母亲那时得了严重的头疼病，被头疼和手上的湿疹折磨……您知道吗？一旦我有条件，马上就把所有牙齿都拔掉了，因为他曾经跟我说过很多次，我的牙齿又丑又乱……戴着假牙的我看起来很老，不是吗？我知道，但我之前觉得自己又丑又不文雅……米凯拉，您知道吗，我觉得我爱过他。因为你最终会爱上一个经常晚上睡在你床上的人，尽管他会

287

虐待你，人会爱上伤害自己的刽子手吗？……没人能一直讨厌那个和你共呼吸的人……也许你能杀了他，但不能恨他。另外，他是个很有爱心的父亲，我跟您说过的，我怎么能不爱他呢？他帅气、有文化、有名气，又受人尊敬……如他所说，我是个'丑小鸭'，我应该感谢他教会我……感谢他让我开始性体验……我不知道发生了什么，我不知道，一切都急转直下……爱情就在我的身体里腐烂了，我感觉自己是具行尸走肉。我和另一个男人在一起，就是为了让自己感觉活着，但那段关系持续的时间很短……我太鄙视自己，也没办法尊重他……也许我原谅他了，我是说我的继父。他那时候是个年轻的男人，他被迫生活在两个充满诱惑，又没有教养的女儿身边……但安吉拉没有原谅他：她继续和继父见面，为了看自己还能不能让他丧失理智……她要知道这点……看看她穿衣的风格您就知道了……仿佛美人鱼……她毫不羞耻……她让男人爱上自己，又逃跑。她躲在一个洞里，鄙夷地看着其他人的行动……我相信她跟我一样恨他，但她的恨和渴望交织在一起，无法厘清……好吧，您试着去理解她吧！"

"他会因为忌妒而杀掉安吉拉吗？"

"安吉拉死了，我死了，我母亲死了……杀掉一个死去的女人有什么用？"

"安吉拉被杀前，还活得好好的呢。"

"我不知道……是她给他打开的大门，这一点是可以肯定的。她给凶手打开的门，因为想引诱他，这是十分肯定的事，她想表明自己更强……'女性的美是稍纵即逝的东西，一眨眼的工夫'，他说这话时，手指还做了一个动作，如同在捏死一只蚊子……您知道我相信他，我想自己是否拥有过这种美，它已经消逝，或者正在消逝。我会因为他占有过这种美而哭泣，不是我，是他……每个星期天，他都会给我们带一盘刚出炉的香喷喷的意大利面，我们坐在床上吃完。但我们在意的是，他把面分给我们，像喂两个新生儿一样喂我们吃。有一次，他把巧克力酱抹在裤子凸起的地方，命令我们吃掉它，不准用手，谁先吃完谁就赢了。安吉拉还在深信不疑，以为我们在做游戏，她让他发痒，她在家里追着他跑，想让他架在脖子上。对他来说，一切都变成了未来占有的预演……我知道，女儿会勾引父亲，她们想将他占为己有，想把他从母亲身边带走，会有这种事情。我知道，会有这种事情……但这一切只是游戏时，尽管很残忍，但你不会觉得自己被杀死，只是身体像被一座沉重的山压住。当枕头压在你脸上，让你无法呼吸时，游戏结束了，只剩下恐惧。"

她的语气不再犹豫不决，不再有停顿，也不再像之前那样频频崩溃，现在她的声音如同涨水的河流一般，势不可当。

"对于我自己，对于其他人，我都是个死人……我把这种死亡看作维持一个家庭的必要牺牲，在这恐怖的感情灾难中，这是唯一让我活下来的东西：一个小女孩儿竟然能承担这样的责任！这个小小的基督教家庭，全都要依靠我维系，对此我引以为傲……这不正是我的任务吗？我通过自己的身体，尸体般的身体，感受到内心产生了一种毒药般的情感：这就是我的使命。那是一种暴戾的自豪。我觉得只有我，像一个小小的神祇，能将母亲和妹妹从灾难中拯救出来……当我知道他在对安吉拉做同样的事时，我的信念崩塌了……我的牺牲不再有任何作用！那些沉默的痛苦、咬紧牙关的忍受，一点儿用处也没有。我想杀了他，我真的这样想，我本该这样做的。后来我明白，最终杀掉的会是我自己，因为说到底，我深信那是我的错……母亲对我说：'卢多维卡，你还是那么爱说谎，简直满口谎言。'我想，她说得对，我是个坏孩子。我开始假装，自暴自弃，舌头在我嘴里烂掉了……我怎么没杀了他呢？我多次扪心自问……我本可以杀了他，只要我想……我用刀子在枕头上试过，但最后都不了了之。我思来想去，我想到现在才明白了，为什么当时没有杀了他。事实是，我爱他，我爱他带给我的屈辱、堕落，我爱上了那种恐惧，只想继续下去……米凯拉，我现在说出了事情的真相——屎一样的真相……我记得有个晚上，我和一个男孩儿一起去电影院，黑暗中我突然看到他跟在后面，我害怕得发抖……我已经十八岁了，不再是个小女孩儿了，但我还是发抖……当他拉着我的一条胳膊，把我带离电影院时，我打心眼里认为他是对的……还有一次，我也愚蠢地认为他是对的……他脸色惨白，一到家便打了我好几个耳光。我仍然认为他这么做是有道理的。他朝我吼叫，说我是个妓女，说我在街上搔首弄姿，人尽可夫……是的，是的，我想，我就像他说的那样令人恶心……当他用同样的话说我妹妹，说她是个荡妇，说她'骨子里就是个荡妇'，说她应该被强奸上千次，我受不了了……我走到街上，和第一个碰见的男人上床，让他付钱给我……我想，我是为了让他生气，我不知道，也许是为了证明他说的话，也向自己证明，他是对的……"

　　这时候，卢多维卡十分悲痛地哭起来，我不知道该对她说什么。我抚摸着她的头发，她的头发已经被眼泪浸湿，仿佛整个身体都在和眼睛一起哭泣。

"您相信我，米凯拉，求您告诉我，您相信我。"

"我相信。"

"为什么我这么怯懦？"她说着抬起溢满泪水的眼睛，痛苦在她平滑的额头上留下一道沟壑。

"您别折磨自己。"

"安吉拉的死让我无法入睡……都是我的错，您明白吗？我知道她没有强烈的生存欲望，但因为我的容忍，她才受到那样的残害……少年教养院难道不会比这种助纣为虐的沉默更好吗？这种沉默里包含着一种对刽子手可怕的爱……"

我不知道该说什么，就请她吃饼干、喝咖啡，但卢多维卡看都不看一眼。然后她突然问我："您有香水吗？"

"应该有，我去看看。"

我拿着一个圆滚滚的小瓶子回来，那里面有一点点淡绿色液体。她从我手里接过瓶子，打开磨砂玻璃的瓶塞，眯起眼睛，把它放到鼻子边上。仿佛被施了魔法一样，她的眼泪在脸颊上变干，嘴角扬起了一个动人的笑容。

"香柠檬味道。"她说，"我可以倒一点儿出来吗？"

"当然。"

她抬起一只手，手心向上掬着，在里面倒了一点儿淡绿色液体。我是从谁身上看到类似的动作呢？是的，是从萨布丽娜或者说卡梅丽娜身上看到的，她把手里的烟灰弹到手心时的动作。突然，我发现卢多维卡和萨布丽娜之间有许多共同点：就是她们内心深处都觉得，她们忍受的耻辱都是自己造成的？

卢多维卡用一个孩子气的动作，解开领子上的一个扣子，在胸部和脖子上都抹了一点儿香水，空气中散发出一种橄榄和绿柠檬的香气。

"现在好些了，谢谢。"她懒懒地说。

"所以您也认为，安吉拉是被一个偶然遇到的疯子杀死的？"我坚持问，自觉有些顽固。

"我不知道，安吉拉和男人的关系都很难说……和马尔科也是……"

她停住，一只手捂住嘴，好像在说：天哪，我说漏嘴了！我跟她说，我已经知道这事了。我问她能否告诉我，安吉拉和马尔科的故事是从什么时候开始的。

"我不知道，不过时间不长……我跟您说，米凯拉，她很欣赏您，很想像您一样在电台工作……她写过一些童话，并把它们大声地朗读出来，但在她内心深处，我确定她鄙视自己的野心……马尔科是您生活中的一部分，米凯拉，她想靠近您，所以找了一个最迅速的方式，也是她最擅长的方法，就是运用自己的身体。"

"为了接近一个人，用了这么扭曲的办法……"

"安吉拉不会别的方法……她对于自己的思想和语言都不自信……对于自己的身体却很自信。是的，她闭着眼睛都能做到……她也许会利用身体诱惑街角的烟草商，或是邮局职工，来获得本应该属于她的东西……那是她的方式……我得承认，很多时候那也是我的方式……只是我不能像她那样坚定、随意和主动……"

她咬着嘴唇，很不开心，我下意识地递给她那瓶香水，让她能得到一点儿安慰。她把香水拿在手上，把它放在鼻子间，深吸了很长时间，像吸毒一样。

"香水就是我的安慰。米凯拉，您相信我的，对吗？我告诉您所有真相了，连最小的细节都没放过，您相信我吗？"

"是的，我相信您。"我说。我说的是真的。

《 52 》

已经是深夜了。马路上传来收集垃圾的声音：两条铁臂把垃圾箱抬起来，倒入卡车里，最后再把垃圾箱放在地上。一个垃圾箱、两个、三个……卡车慢慢地驶向路的尽头，声音也慢慢地远去，那些年轻快乐的清洁工在寂静夜晚聊天的声音也逐渐消散了。

我打开台灯，已经清醒了，拿起一本康拉德的小说。这本书我从没看过，我双眼肿胀，试图进入《秘密的分享者》的神奇世界：一位船长背着船上的水手，在深夜黑漆漆的水中救起一位幸存者。这位幸存者很年轻，赤身裸体，他和船长十分相似，几乎就是船长的"另一个自我"，船长马上决定把他藏在自己的船舱内。

他们面对面陷入沉默：一位是遵纪守法之人，受人尊敬，有一份收入很高的工作；而另一个男人光着身子，是个通缉犯，因为他在一场斗殴中杀了一位水手，正在被通缉，他是孤独的。然而两个人亲密无间，他们惺惺相惜、心心相印，那种默契里甚至有一种无法言喻的愉悦。

为了放掉这个违法的幸存者，船长冒着触礁的危险，把船开到一个距离岸边比较近的地方，让这个幸存者可以在不被人发现的情况下下船，游上岸找到避身之处，不会被淹死。

在康拉德的小说里，船长的双面人格让我仿佛看到了自己的影子：我发现在安吉拉·巴里身上看到的迷失、混乱、恐惧和堕落，自己也有一些，否则就不会对她这样感兴趣。

我也正在采取一个冒险行动，在尽可能靠近礁石，冒着毁掉自己未来的危险。为了将穿着蓝色运动鞋的死者小心翼翼地放入水中，让她能游到安全地带，趁着夜色顺利抵岸。可能她到达的不会是幸福之地，但至少是安宁的。

清洁公司的卡车离开后，我的房间陷入寂静之中，这种寂静被电话铃打断。我跑去接听，我知道那是马尔科的电话，事实上，的确是他。

"你为什么没告诉我，你认识安吉拉·巴里？"我开门见山地问了一句，因为我担心自己失去勇气。我听到那边一阵忧心忡忡的沉默，然后叹了一口气。

"米凯拉，我现在生病了，你却在因为一件无关紧要的事责备我……你真是个自私到可怕的人！"

"这并不是一件不重要的事情，马尔科，不论你愿不愿意，你都已经卷入这起犯罪案件当中了。他们正在怀疑你，因为在安吉拉被杀的那晚，你就在她家里，而且在她死亡后，你马上离开了罗马……他们想给你做血液检查，看看是否和凶手的 DNA 一致。"

"你要是觉得我杀了安吉拉，那可真蠢……你很清楚我连一只蚂蚁都不敢伤害，你怎么能说这种傻话呢，你了解我的，米凯拉，你不相信我吗？"

"你只要告诉我，你什么时候回来，马尔科。"

"这时候我没法告诉你，请你理解我……你从没试着理解过我，总是只顾着自己。"

"他们在找你，马尔科，警察在找你。"

"就让他们找去吧，我是清白的……你得相信我。"

我挂断电话。他又打过来，他说我"不可理喻"。突然，我觉得很累，甚至连听筒都拿不住了，挂断电话之后，我躺在床上沉沉地入睡了。

我梦到马尔科全裸地躺在床上，他胸口坐着一个小小的女孩儿，她双腿张开坐着，身上穿着一件雪白色的连衣裙和一双蓝色网球鞋。

醒来后我头痛欲裂。起床后，想把报纸犯罪信息专栏上剪下来的文章整理好：那些被分尸的女性、被残杀的女童，被割喉、强奸、溺毙的少女。突然我觉得一阵恶心，我不想再面对这些恐惧的事情，不想听见有人对我讲受尽折磨、被强暴和分尸的女性身体。

我准备把所有东西都扔掉，忽然想起了阿黛尔·索菲亚的话："你需要认识自己那些执着的想法，这些东西总是有深层的原因，你不要闭上眼睛，要向前走。"

我拿着一本关于家庭暴力的书，这本书是一位美国女作家写的，我心不在焉地看着那些数据。我应该坐下来，稍稍厘清一下思路，我感受到脚下地板的寒意。

我看到，发生在天主教家庭中的暴力案，比新教家庭和犹太教家庭中的都多。我看到，不像大家通常所想象的那样，暴力只发生在贫困、未受过教育的家庭中，在所有阶层中，在那些富有、受过高等教育的家庭中也一样。调查谈到，有 30% 的暴力事件发生在上层阶级家庭中。调查发现，大部分的父女乱伦发生在中产阶级的家庭中（占总数的 52% 到 56%），而大部分被殴打的妻子都是没有工作的家庭主妇（占总数的 77%）。作者还说，乱伦事件正在"年复一年地重复，几乎没有偶然为之的例子"，而且强奸犯父亲往往"从一个女儿到另一个"。在这些强奸者中，酗酒似乎是十分普遍的，酗酒一般不是强奸的缘由，而是为了消除强奸带来的负罪感。

我看到，那些被父亲强奸的女孩在成年后会患上抑郁症（60%），背负严重的罪恶感（40%），自残成瘾（37%），酗酒嗑药（55%），性功能缺失、性冷淡和阴道痉挛（55%），有滥交倾向（38%），缺乏自尊（60%）。

我眼前有一张照片，那是第一次为电台采访卢多维卡时，她送我的照片：她和安吉拉小时候走在路上的照片。卢多维卡瘦骨伶仃，但有着丰满的胸部，肩膀向前，似乎想要掩盖她的胸部；安吉拉小巧又匀称，她有一头柔软的褐色头发，在阳光下闪闪发光。

姐妹俩长得并不是很像，却有些共同点：一种痛苦的焦虑，几乎是一种看不见的肢解让她们妥协，同时让她们全副武装，处于高度防备中。这种防备也是一种对协商的渴望，非常克制，希望遭遇的痛苦少一些。

两个女孩儿非常忐忑地走向她们已经十分熟悉的地狱，她们俩都习惯了这样活着，以至于不想离开那个地狱。可是她们又能去哪儿呢？

　　安吉拉看着前方，仿佛知道要走的路，她勇敢地走了过去。卢多维卡用眼神在询问妹妹，就好像在说：有没有一条出路，尽管很艰难，布满荆棘，但能让她们在不被别人发现的情况下逃走。

《 53 》

"您怎么这个时候还在睡觉？"

那是阿黛尔·索菲亚的声音，因为戴着牙套，她的声音慢吞吞的。

"我没什么事可做，只能睡觉。"

"您知道我们没能找到您的马尔科·卡罗吗？有人在卢旺达见过他，但在城里的酒店里没查到他。他曾经出现在南宽扎，但那边的当局也不清楚他具体在哪里。最近他住过的旅馆位于马坦杰，但他已经离开几天了，没有告知去处。他给您打过电话吗？"

我说："打了。"尽管我想说没有。

"为什么您没有马上通知我们？"

"他没有透露他在哪里，没有给我留下电话号码。他只说我是个蠢货，说我是个自私自利的人，只知道怀疑他。"

"我得继续监控您的电话了。"

"那格劳克·埃利亚呢？"

"他一回来，我们就会给他做血检，分析他的 DNA。法官已经同意了，只差当事人同意。"

"他不是应该已经回来了吗？"

"还没有。但他有强有力的不在场证明：他妻子生产当晚，他在医院，医院记录上有，而且有两个护士的证词。"

"总之，不出意外，除了马尔科外，不会是别人了。"

"不出意外，是这样的。但逻辑应该有科学证据的支撑，我们应该对他的 DNA 进行分析。下次他打电话来，您把他的声音录下来。不管怎样，我们都会重新监听您的电话，只要伯尼法官允许。"

"还有什么吗？"

"您找到工作了吗？"

"没有。"

"在家里睡大觉的人钓不到鱼。再见，米凯拉，不要泄气，您会找到其他工作的，您对自己的工作很在行……另外考虑一下我给您的建议，写本书吧。"

我起床了，决定去核实一下格劳克·埃利亚的不在场证明。这个巧合太完美了，简直有些蹊跷，我没法相信。安吉拉的死，女儿的诞生，这一切真的能在同一个晚上、同一个时间点发生吗？

我发动樱桃红的车子，朝着圣安塞莫医院驶去。在那里，他们像踢皮球一样，把我从一个办公室推到另一个办公室："您是哪位？想要什么？"他们不明白，我问的事情其实很简单：格劳克·埃利亚的女儿准确的出生时间。

终于，我在妇产科找到一位年轻友好的女医生，带我去查询出生记录。她叫罗莎，身材娇小，却十分匀称，她头发剪得极短，白大褂下面是如运动员一样小巧的胸部，从卷起的袖子里伸出来的却是强壮的手腕，还有一双宽大却精致的手，很适合探测女性身体的奥秘。

"奥古斯塔·埃利亚出生在六月二十四日。"她对我说。

"几点？"

"时间点，您等等……没有写……奇怪了。可能是……您知道的，这儿一过晚上十一点，就不会记录了，护士就只能在第二天填写。"

"因此，事实上她可能出生在六月二十三日夜里十二点的时候。"

"的确，有可能是这样。我的意思是，就算她们第二天记录了，也应该写上准确的出生日期和时间，也应该是前一天的日期。通常都是这样做的。奥古斯塔·埃利亚没有准确的出生时间。让我想到事情就像您说的，也许她出生很晚，是二十三日夜里到二十四日凌晨出生的。这样第二天她们就会写二十四日，不标注具体时间。"

"两个护士证明孩子的父亲——格劳克·埃利亚当时在场，而且那时是深夜。"

"真的。我当时也在，我记得很清楚，他就在玻璃窗后面。"

"深夜？"

"是的，大约十二点。"

"所以护士的证词是真的，只是那是二十三日，而不是二十四日。"

"她们和我一样，都记得他在那里，但我们都没核查记录的日期。护士肯定是早上交班时写下的日期，而且她们认为，如果女婴在晚上十二点以后出生，应该写二十四日。"

"谢谢，您真是太好了。"我说，我感觉自己发烧了。

"我做这些都是因为您的声音。"她对我说,这真是出人意料。

"当我听到您和我们主任说话时,我想:这个声音我很熟悉。然后我就想起来了,我曾在意大利在线电台听到过,对吧?"

"我已经不在意大利在线电台工作了。"

"很抱歉,我很爱听这个电台,您的声音很神奇,会让我想起葡萄酒里的桃子。"

"葡萄酒里的桃子?什么意思?"我不知道这是称赞,还是批评。

"我不知道,就是有什么东西滑到喉咙里,带着一股清凉和甜蜜。"

她陪我到停车场,我的车子停在一棵巨大的椴树下,深樱桃红的发动机盖上落满了柔软的花瓣,轻轻一吹,这些花瓣就落在地上。

"夏天就要结束了。"妇产科医生说,拿起一朵被压扁的花,把它放到鼻子下面,"这些椴树的芳香散发到产房,抚慰着我,因为我每天不得不看着别人受罪。"

又是一位喜欢椴树的人。我跟她说,我也很迷恋那种香味。我说:"很遗憾,过不了几天,椴树就要失去它芬芳的花朵了,要到第二年才能再次闻到。"

我遇到第一个电话亭,就停车打电话给阿黛尔·索菲亚,宣布了我的新发现。

"太好了,真是太好了,您做得很好,之前我们过于相信医院的记录了……虽然如此,但我不了解他的动机,卡诺瓦,我没看到这起杀人案的动机……"

两个小时后，我收到利帕里警官的电话："他跑了。"

"谁？"

"格劳克·埃利亚。"

"他去哪儿了？"

"我们通知他来警察局，告诉他要给他做 DNA 检测。当他知道我们已经核查过他的不在场证明时，他消失了。"

"我以为，他已经在你们的掌控中了。"

"我们正要监控他，但他比我们提前行动了。事实上……他有什么理由杀害自己多年未见的继女？"

"马侬莫内——也就是那位卖肉的老太太，她说曾经在圣塞西莉亚路的院子里见过他，但你们不相信她。"

"一个见过圣母马利亚的人说的话，我们怎么可能相信！"

"但这次她说的是真的。"

"好吧，再见。"

《 54 》

今天早上，我在楼道里发现一个包裹，里面装着一盘磁带，上面写着我的名字，是手写的。有人亲自把它送到这儿来的，因为邮差从来不上来，斯特凡娜和乔瓦尼也不知道这个包裹是怎么回事。

磁带一放出来，我就听出格劳克·埃利亚那性感、充满磁性的声音。

"亲爱的米凯拉，您一定会为我的消失感到惊讶，请您不要生气。我天生就对审讯和各种类型的测验都很排斥。您想想看，我小时候能在衣柜里藏一天，就是为了避免参加体操比赛。所有人都在找我，而我悄悄地躲在黑暗的角落里，一声不吭，直到吵闹声消失。他们一直没有找到我：我很擅长隐藏自己。

"我对您说这些，是因为认识了您之后，我觉得您友好而宽容。我知道您在做出判断之前会先了解情况，对此我很感激。即便那天见面时，我并没有给您留下什么好印象……我一门心思想着自己的工作，而您也太操心自己的乌龟了。但我认为我们俩是可以相互理解的，不是吗？您敏锐地指出，我的雕像让您想起了安吉拉。好吧，确实如此。我向您坦白，我雕刻出来的小女孩儿正是安吉拉，如果要说得更详细一点儿，还有一点儿她姐姐卢多维卡的影子。尽管从血缘角度来讲，她们并不是我的女儿，但有很多年我们都朝夕相处、息息相通。

"我娶她们美丽的母亲奥古斯塔时，卢多维卡十二岁。那时，她是个粗鲁的女孩儿，害怕一切，像个小野猫。她憎恨自己的母亲，因为奥古斯塔太美丽了，她憎恨妹妹，因为妹妹夺走了父亲的所有关爱。她是这样一个受伤、孤独、绝望的小女孩儿，她自暴自弃，看到她，怎么可能不受到触动呢？我开始和她谈话，就像对待成年人一样，她对我很感激，外出工作时，我会开车带她一起去。她很开心，觉得自己被当作女人对待。我接受她本来的样子，她感觉自己受到了尊重，而这是她生父和母亲所忽略的。在那个家里，她们常常谈到那个早逝的父亲，把他塑造得很高大。但您应该知道，奥古斯塔曾告诉我，那个男人一辈子都没有对妻子忠诚过：结婚一个月之后，奥古斯塔就发现他和护士私会。她十分愤怒，当机立断，让他把那位护士赶走。一段时间后，她了解到丈夫又和一位麻醉师搞在一起。您知道的，一个男人如果本性就不安分，他总是能找到猎物……经过几个月的追求，奥古斯塔终于爱上我。那时她对丈夫已经忍无可忍，以至于常常精神崩溃，比如在饭桌上，在一盘美味的蘑菇烩饭前，她会大哭起来，眼泪从她脸上落下来，一直落到盘子里。我很爱那个女人，我尝试给她和两个孩子一个家。我调整了她们不规律的作息时间，给她们定了规矩，要求她们遵守那些对于每个家庭都很重要的仪式。每天，即使是天塌下来，我都会回去和她们一起吃午饭，从不会把她们丢下，也不会像奥古斯塔之前的丈夫，跟护士和麻醉师搞在一起。我没有和出纳或秘书勾搭在一起，背叛妻子……我向您保证，不管她们有多漂亮……晚上我会在家里度过，尽管有时候我有重要的工作会面，也尽量把晚上的时间留给她们。我们有个索马里女佣，曾在一个巴黎家庭中待过，她会给我们准备无可挑剔的美味佳肴；在饭桌上，只有在我询问时，两个女儿才能讲话，这是我父亲教我的。她们不能大喊大叫，不能站起来把盘子里堆满食物，不能一边吃一边吧唧嘴，不能喝完东西不擦嘴，不能把面包弄碎，等等。

"我还记得头几次和她们一起吃饭时的情景：她们就像两个小野人，随心所欲，一边吃东西，一边说话。她们伸出胳膊去拿餐桌上的葡萄酒，把酒打翻在桌子上，连道歉都不会说。这时候，可怜的奥古斯塔来往于厨房和餐桌之间。'不行，你得坐在这儿，'我跟奥古斯塔说，'我们要请个人给我们做饭，但你得坐在我旁边，给两个孩子做个榜样。她们就像两个脏兮兮、没规矩的野人，甚至吃饭前都不洗手……'

"我可以说，我是最好的父亲，我对她们进行教育，让她们尊敬别人。有几次，我带她们去看歌剧，一开始她们很抵触，因为之前没受过一点儿文化熏陶，就像两只山羊。后来她们开始爱上音乐，再后来……到现在我还记得安吉拉的声音，她对我说：'爸爸，《塞维利亚的理发师》要上演了，您会带我们去吗？'还有读书，是我教会她们读书，进入那个家庭时，我发现书架上一本书都没有。两个孩子整天都在草坪上玩耍，每天回家时都累得要死，拖着擦破了皮、沾着泥巴的双腿。她们一坐到桌前，便大喊：'我饿了！'然后像两只饥饿的小狗一样扑到食物上。

"我让她们养成晚饭前朗读的习惯，我们一起看了《雾都孤儿》《匹诺曹》《鲁宾孙漂流记》。卢多维卡一直都不听话，她总是抵抗，总是想要出去玩。她妈妈说：'她太倔强了，我拿她没有办法，我管不了她。'我说：'让我来管吧，我替你管教她。'事实上，经过几个月的反抗、甩脸色、哭闹之后，她最终还是照我说的做了。她只有在有正当理由的情况下才会出门，在固定的时间回家，她举止更女性化，更温顺、谦虚了。总之，像我说的那样，她被驯服了。尽管有时候，她还会表现出不服气，像一条发怒的蛇一样用她特有的动作抬起头，对我说：'你不是我父亲，你只是我继父。'但我还是不泄气，我通过讥讽，有时候是讲道理，让她叫我父亲，并且听我的话。我软硬兼施，有几次我还打了她耳光，但下手并不重。不过，您不要认为我是个十分严厉，甚至有些专横的人，我明白她们需要宠爱时，就会对她们很宽容、温柔。

"我这样用心教育两个孩子，奥古斯塔很感激我。'你把她们俩变成了淑女。'她一边说，一边满意地笑了。我听到她们声音优雅，看到她们举止端庄、知书达理，我也很高兴。她们会在应该学习时学习，从我成为那个家庭中的一员之后，她们再也没有补考过，也没有不及格过……而之前她们每三次就会有一次考试不及格……老师都说她们没办法管。

"后来，她们进入青春期，事情开始急转直下。卢多维卡发育得晚，她在十四岁开始发育。她变得搔首弄姿，而且很叛逆，她会悄悄地脱掉内衣，让两个丰满的胸部解放出来。我向您保证，她相当性感，简直让人无法忍受。我试着好言好语跟她说这样下去会很危险，但她一点儿都不听我的。我便开始对她很严厉，当她和一位男同学回到家时，我把她在黑暗中关了好几个小时，她求我开门，她一直都怕黑。还有一天，我偶然在电影院看到她和一个糟糕的小流氓在一块儿，事后我给了她几巴掌：他们俩蹭来蹭去，真的很猥亵、恶心。

"最后我决定不管她，让她放任自流。尽管她母亲央求我不要放弃她。'那孩子还是有些优点的，你不要放弃她，你是那么善于挖掘别人的优点。'她对我说。很显然，我对卢多维卡已经无计可施，她对我非常抵触，我再坚持下去也没有什么好处。您想想看，她甚至对自己母亲控诉我骚扰她。幸运的是，大家都知道她太爱撒谎了，简直到了近乎病态的地步。她撒谎时，脸不红、心不跳，简直太容易了，就像个说谎成性的人，即使没必要，她也会说。

"她变得很放荡，我制止了她。这让她很恨我，她编造了一些无耻的事算在我头上，她一直在自己母亲面前说那些事，让她母亲相信。您看，一个灵魂堕落的女孩一味追求享乐，会沦落到多么背信弃义的地步？她不想任何人干涉她，想无拘无束，享受所有自由。

"说到这一点，当一个已经结过婚、性格强势的男人出现在她面前，并爱上她时，我们便鼓励他们成家。那男人就是马里奥·托雷斯，最后我们发现，那也是一个很复杂、有多面性的人，有时很温柔，有时很暴力。我知道他打过她，但是我想，他有正当的理由，相信我，卢多维卡是个固执任性的女人，她为了想要的一切可以不择手段。

"幸运的是，还有另一个女儿，妹妹安吉拉……您知道的，她们之间只差四岁，但区别很大，像两代人，像白昼和黑夜；安吉拉那么温顺、简单、纯洁、阳光……她很爱我，尽管在我认识她时，逼迫她们听我的话，用她们不熟悉的方式生活。但安吉拉是另一回事，她温顺又温柔，性感又让人喜爱，和她在一起不会像和卢多维卡在一起时，让我感觉那是浪费时间。她对我很忠诚，也理解我，直到最后……

"我跟您坦白，我经常去看她。尽管我说之后自己没有见过她，我们之间保留着一种甜蜜的亲情关系。我们私下偷偷见面，因为我妻子很忌妒她。当她知道我要去找安吉拉时，她就开始哭，我受不了女人哭，这太让我内疚了。我妻子是那么年轻、忠诚，我不能伤害她。因为对她来说，我就是她生命的全部，如果让她失望，那就太蠢了。为此，我没告诉任何人我去安吉拉那儿，也尽量不让门房看到我。只是有一次，我碰上门房那位卡拉布里亚来的婆婆，她鹰一样的目光看到了我。那位卖肉的妇女，长着小眼睛的老丑妇，总是坐在凳子上，透过玻璃盯着我。即使我穿着绳编的草鞋，也无法逃过她的注意力。幸运的是，有段时间她没在，我沿着墙走，溜进院子，能在不被发现的情况下钻进电梯。斯特凡娜和丈夫乔瓦尼·马里奥都非常粗心，这也因为我懂得利用合适的礼物感谢他们。"

电话忽然响起来，打断了我倾听磁带。"您不是和我们主任约好六点见面吗？"

"是的，抱歉，只是……"

"要是您五分钟之内赶过来，您还能找到他，否则就得推到下个星期了。"

"不，我马上来，您跟他说我马上就到。"

《人民之声》电台的主管是位七十来岁的先生，他行动迟缓，但很有礼貌。他问了我一堆关于针对女性暴力的节目的事："我知道库苏马诺正处于困境，我可以建议他，从他那里把这个节目买过来。您怎么看？您还能为我们工作吗？"

我很想拥抱他，然而我只是呆若木鸡地盯着他蓝色领带上的白色小母鸡。

"不过，如果您没兴趣……"

"怎么会呢，那是我的工作，我在那上面花费了好几个月的功夫……"

"那就好……我会和库苏马诺谈，后面我会通知您的……再见，卡诺瓦，真心希望我们能一起工作，我需要像您这样的专业人士在我的电台工作。"

《《 55 》》

　　面试完我马上赶回家，想继续倾听格劳克·埃利亚的声音，他的声音慢慢地变得粗鲁和急迫，他还想跟我说什么呢？

　　"我和安吉拉是朋友……不仅是朋友，是相互陪伴的一对父女。我们相互追寻，非常默契，只需要一个眼神便可以互相理解……她会对我倾诉自己的爱情，就像她小时候一样。我跟她讲我的妻子、雕塑，还有快要出生的孩子……对了，您知道的，我本想给那孩子取名安吉拉，但妻子坚决反对。她很固执，我没有办法，便给她取名奥古斯塔，也算是一点儿安慰。

　　"安吉拉很爱她姐姐，虽然姐姐在她面前很霸道。她们的关系很奇怪：安吉拉对姐姐的尊重和信任是无限的，尽管安吉拉知道卢多维卡是个经常胡言乱语的说谎精，也知道她曾经被关在精神病院里，遭受过很多次电击治疗。更别说安吉拉深爱的丈夫，我觉得正是因为这一点，卢多维卡才连哄带骗，卑鄙地勾引妹夫。安吉拉知道这件事之后，并没有生姐姐的气，而是对丈夫发火，把他从家里赶了出去……还有比这更不公平的事吗？我想，安吉拉曾经也勾引了卢多维卡的男朋友托雷斯，或者让托雷斯疯狂地爱上了她；但他并没有想过因此抛弃卢多维卡，他只是对卢多维卡拳打脚踢。

"姐姐卢多维卡想要效仿妹妹，但她太笨了，她知道自己没法成为妹妹那样的人，她很生气。她模仿安吉拉的一切，并没有一点点自己的特色，一点儿也没有。她不想做自己，这简直是一种庸俗愚蠢的想法……您知道她把所有牙齿都拔掉了，因为她牙齿不整齐，而她希望拥有像妹妹那种整齐、洁白、完美的牙齿……她做了和妹妹一模一样的牙齿，但安吉拉的牙齿是真的，而她的是烤瓷的，几公里之外都能发现其中的差别。

"最后一段时间里，安吉拉很孤独，非常孤独，过于孤独……我不知道为什么她会那样孤独。她很擅长交朋友，但当她有更多要求时，所有人都跑开了，仿佛害怕她会加重负担……她是一个十分脆弱，同时又强悍的女孩儿。如果她想得到什么，就会得到，但她不会强迫别人，从不像姐姐一样，进行要挟或是攻击……她用顺从、温柔，获得一切自己想要的……她拿走一切，同时给你一种感觉，她会给你一些东西，其实她不是给你的……她的身体就在那儿，奉承、诱惑你，很难抵抗。事实上，也没有人能够抵抗……那是一具渴望爱的少女的身体，如此娇嫩、柔软，能激起人的占有欲……一个男人，面对她的身体，不论是穿着衣服，还是赤裸的，总会被一种痛苦的欲望牵制，想要触摸、爱抚、进入它，甚至是强暴它。因为在某种程度上，她好像需要的正是这些，想要遭受撞击，想要被占有和入侵……但她天真地拒绝你，将你推开……她虽然摇着头，但她的嘴巴、胸部在接受。她一边诱惑你，一边拒绝你，这使你萌生了杀死她的欲望。

"现在，也许是时候坦白了，我本想杀了安吉拉，因为我爱她。她找我，让我去，但又拒绝我。她答应我，但她从来都不去做。她想要毁掉别人，因为她的诱惑是绝对致命的，虽然如此，但我并没有杀她。是其他人替我杀了她……我不知道是谁，也不想知道……我猜想，那个杀了她的人可能和促使我想杀她的理由一样，出于一种深刻而愤怒的绝望。愤怒是因为她不断逃开，不想受到爱的束缚，想要摆脱温情、信任和忠诚的关系，但她逃脱的方式总是很温柔、顺从……在她身上，我从没看到她姐姐卢多维卡的那种叛逆，从没发现她烦躁、暴躁、郁郁寡欢。她的绝望如此深刻，以至于没有人探测到，却神奇地转化成一种生活的快乐……她所有的人生乐趣都建立在这种快乐之上。那是一种悲伤的快乐，也可以说是一种折磨人心的快乐。我从没听过她的抗议、拒绝，从没针锋相对地反驳谁，从没露出凶相……她只是很乖巧……就像花花公子唐璜所说的，感觉像是触摸凝乳，或是轻嗅玫瑰……她胸无城府，既温柔又热情……从不矫饰，绝不……她不会假装，那种毫不设防会让你感到不安。你会想，她怎么在这个世界上存活呢？为此我一直照顾着她，即便是很多年以后，即便是第二段婚姻以后，我即将有个女儿。我想，我应该离她更近一些，陪伴她、保护她。

"安吉拉很感激我，每次我去找她时，她总会摆出鲜花和手工甜品。她会说：'爸爸，讲讲最近的事吧！'事实上都是她在讲，都是一些可怕的故事。那些男人爱上她，想把她关在家里、绑在床上，把她永远监禁起来、关起来……那些男人在她脖子上挂了链子，把她展示给朋友看，一块块把她吃掉。这让她一天比一天孤独……我知道她曾经尝试卖淫，她曾对我坦白过。'爸爸，'她说，'我和一个男人约会，他一次性给过我五十万里拉，你明白吗？就只是和他待了一个小时，他一点儿都不丑，身上有刚洗过的衣服的味道……'不过，第二次付钱给她的男人是一个浑身是汗的年轻男子，她受不了那种汗味。'你知道吗，我永远都做不了妓女。'她跟我说，'因为我的鼻子太尖了，受不了那强烈的气味，还有身体发出的味道，那让我觉得恶心。'我想，她没有再做过妓女了。但那次体验让她交到几个奇怪的朋友：那个萨布丽娜，是蒂泊蒂娜区的妓女，还有一个拉皮条的，那位南多。在安吉拉看来，尽管是个拉皮条的，南多是位'好人'……我觉得那两人都该进监狱。实际上，他们已经被关起来了……但她就是这样的人，她是个奇怪的姑娘，温顺又听话，还有些颓废、忧郁，有一种堕落的倾向……如果是她激怒了凶手，使凶手对她下手，那一点儿都不奇怪……自然，她一定是运用那种温柔，那种很可怕、令人欲罢不能的温顺，引导凶手做出那样的事……我从没见到任何一种温柔比她的温柔更凶残……那种温柔像是夜晚一样将你抱在怀里，让你独自一人，思考着肉体的卑微……

"现在，我要向您严肃地坦白，我希望您相信我……您一定要相信我，米凯拉……我并不在乎警察怎么看，他们不会相信我的，但您得相信我，您的信任至关重要……六月二十四日晚上，我没在医院，因为我女儿是六月二十三日出生的，她是零点一分出生的……所以，医院把日子记成了第二天，没有写具体时间。因此，当护士证明我晚上在产房，她们以为是孩子出生的那天夜里，而不是前一天夜里。上天保佑，这种误导能让我有可信的确定的不在场证明。

"六月二十四日晚上，我和安吉拉在一起。我想，没人看到我来了……门房都睡了，朝着院子的栅栏门是开着的……我上了楼，没有坐电梯，我轻轻地叩了叩门，她为我开门。她穿着卡其色的裤子和白色丝质衬衫，那衬衫像泡沫一样挂在她的肩膀和胸部。我马上意识到气氛不对，也许她和谁吵过架，她从来不和人吵架……说到这里，我很抱歉，可能要让您失望了。亲爱的米凯拉，我想，那个和她吵架的人可能是马尔科·卡罗……他应该没走多久，也许安吉拉还在等他回来……我注意到她脱掉了蓝色网球鞋，把它们放在门口……我不知道……她踮着脚，走到门口来开门时，也许想着、期待着马尔科重新出现。

"事实上，我并没有和她约好那天见面。我跟她说，我可能会在那些天的某个晚上去找她……我没想到她会爱上马尔科·卡罗，那是她一贯的引诱策略，她想把他占为己有，让他'失去理智'，然后把他赶走……也许，她想和他做朋友，然后认识您，因为她对您电台记者的工作很感兴趣，某种程度上讲，她想进入声音的奇妙世界……安吉拉没有别的办法，除了用自己的身体吸引别人……用这一招对付马尔科比对付您容易多了……但这是一种天真的做法，您相信我，她内心没有一丁点儿恶意，那只是一种根深蒂固的习惯。她为了得到任何东西，都会施展自己身体的美丽，甚至是为了和您认识，进入电台的世界。

"她说自己热，便把衬衫脱掉了……我们之间很亲密，但我向您保证，绝对不是性关系。那种关系让我觉得她当着我的面脱衣服没什么奇怪的……她穿着文胸和裤子……朝我走过来，看着我，这让我发抖，我不知道她脑子里在想什么，她很奇怪……然后她脱掉裤子，把它叠好放在椅子上。她看着我，有些狡黠地说：'爸爸，我按照你的要求做了。'她说，'你不就是想让我成为整洁的女孩吗？'她是这么严肃而懂事，这让我感动。'你在干什么？'我问她……说实话，我觉得她很夸张……'我热。'这就是她的回答，她又重新开始反反复复地把裤子和衬衫叠了一遍又一遍，她执拗、狂热又挑衅。我看着她，我想她是疯了，她是个疯狂又病态的女孩儿……'你要来杯咖啡吗？'她问我，径直走进厨房，只穿着内衣和内裤，几乎全裸。'你为什么这样做？'我问她，而她却耸耸肩。她那么美丽、温柔，在她赤裸的身体上没有一点儿庸俗的东西，连波提切利的《春》，都达不到那种优雅和轻盈……

　　"当她准备脱掉内衣时，我说：'我走了，我知道你想一个人待着。'她笑了起来，很温存，没有敌意。'你怕我吗？'她说……她勾引我，您明白吗？她在疯狂地勾引我……她全身赤裸，很自然地脱掉最后几件衣服，她那么清纯，不会让人想入非非。这时咖啡壶咕噜作响……她把咖啡倒在杯子里，问我：'你要多少糖？'她像个刚从海上的贝壳里出来的纯洁女孩……但她没有加糖，而是把所有东西都放在桌子上，走向窗边背对着我……她透过玻璃向外看，仿佛等谁从院子里上来……我想：她在等他……我对她说：'穿好衣服，外面能看到你。'她没回答我，还是一丝不挂地背对着我，对我说了一些刻薄的话……我很吃惊，因为她之前从没这么做过，那不是她的本性，不是她的风格……我立刻明白，那是她身体里的卢多维卡在发声……仿佛姐姐附在了她身上，那具甜蜜、柔顺的身体……她对我说，我毁了她的人生，她的身体已经死了，永远都死了……

"'作为尸体，你很有诱惑力。'我只是想说点儿什么，为了不冷场……我明白她生气了，但不是因为我。她失控了，我从没见过她那样……这种并不属于她的愤怒已经表现出来，很有挑衅性，那是卢多维卡特有的武器，只有她能把这种情绪激发出来，谁知道她说了些什么谎话……'你看，看这具赤裸的身体。'她对我说，'是你让它变得这么陌生、空洞……'那就是卢多维卡的声音……当然，那都是谎言，因为我从没碰过那具身体，天知道我费了多大的力气才能克制自己……她说了很多关于自己和卢多维卡的事……看着她光着身体站着，安安静静地哭泣，没有绝望，也没有愤怒，那真是特别……然后我靠近她、拥抱她，并表示我很爱她，她仍然是我女儿，就算……

"就在那时候，她突然惊跳起来，好像看到下面庭院里的某个人，仿佛听到脚步声，我不知道……她说：'你走吧。''你在等人吗？是谁？告诉我是谁。'我问……她耸耸肩，那是她特有的动作，带着一种绝对的无所谓，同时也娇软妩媚，根本让人没法拒绝她的请求。

"这样一来，我在晚上十一点离开她，差不多是六月二十四日半夜了。这是事实，我急匆匆地出门，没再看她，我不希望'那个人'发现我在那儿。我没在楼梯上遇到他，我甚至想到，她也许在撒谎。后来当我知道她被匕首捅死了，才知道她真的在等人，那个人把她杀了。

"我不能告诉法官真相，因为他们不会相信我。如果他们找到凶手，我就能说出那晚发生的事，但因为凶手还没有找到，我不想被误认为凶手。

"这就是真相，米凯拉，我向您保证……我告诉您是因为您很亲切，因为您不是法官，也不是警察。我告诉您的这些事情，你怎么用都可以，还有，我正准备动身去一个他们永远找不到我的地方。我已经习惯隐藏自己了。正如我跟您说的那样，我从小就这样做，现在我又要这样做了……我希望这段时间他们能找到凶手……只有这样，我才能重新出现，讲出真相……

"我通过这盘磁带向您致敬，希望您能相信我，因为我应该得到信任，希望您能理解我对血检、审问、调查和问询的逃避。我觉得自己像待宰的畜生……我母亲是法国人，她常常用到'畜生'这个词，带着一丝鄙视，翘着上嘴唇说出来……我在卢多维卡身上看到了那个嘴型，后来又在安吉拉身上发现，那就像是命运的符号……

"真心感谢您耐心地听我的话。我就要动身去另一个大陆……我不会告诉您是哪一个，因为我会感到羞愧难当。

"向您致以亲切的问候，您的格劳克·埃利亚。"

《 56 》

　　这是一盘坦白的磁带，我要马上把它拿给阿黛尔·索菲亚。尽管听起来含糊其词，尽管没有明说，还有什么比这更明显的吗？尽管他在最后一刻暗示"有人"替他杀了安吉拉，尽管他表明这个人可能是马尔科·卡罗，但一切都昭然若揭。我拨通警察局的电话，但总是占线，我决定亲自去一趟。

　　我把车停在伦加丽娜路。在蒂塔·斯卡尔佩塔路的拐角那里，我看到那个矮小的喂猫的女人，头上戴着红色的头巾，她拎着两个巨大的塑料袋走来。

　　"早上好！"我放慢车速，把头从窗户里探出来说。

　　作为回应，她通过一个敏捷又危险的动作，停在发动机盖子前，导致我不得不停车。她嘴巴愤怒地嘟着，我知道她想骂我。她站在那儿，两个大袋子放在胯部，我只能等着她攻击我。

　　"猫被杀了，被毒死、勒死了。你们还在这里悠哉游哉地溜达，舒舒服服地坐在车里，呸！"她朝着车窗吐口水，"今天早上我发现了一个袋子，里面有三只死掉的猫，它们是被毒死的，是谁干的？谁干的？它们不仅被杀害，之前还被折磨……畜生！那些高高在上的人嘴里说着'畜生'，其实你们才是真正的畜生！任何一种动物都比你们好，都比你们好，甚至连老鼠都不会花时间折磨、毒害其他动物，把尸体放在袋子里……只有人类，只有你们这些臭气熏天、肥头大耳的司机，只有你们能做出这种残忍的事……它们并不是家养的猫咪，它们当然会散发臭味，会露出凶相。但街上的猫不得不在垃圾箱里寻找食物，被大家驱赶，随时都可能被你们可恶的车轮子轧扁，怎么可能优雅又温驯呢？"

现在她一个人在马路中间指手画脚，似乎已经忘记我，布满油渍的黑裙子在晃动，下面是穿着黑袜子的细腿。

"傻子玛利亚也是被你们这些开车的人杀死的，你们用排放出来的污浊空气把她熏死了……她真是个傻子，一无所知，但有一样东西她很擅长：帕尔玛奶酪烧茄子。做这道菜，她简直是个神人，香喷喷、热乎乎，新鲜的奶酪拉着丝儿……很遗憾，她已经死了，她以前每个月都会邀请我去她家一次。她说：'来吃你喜欢的茄子……'她想让我原谅她，因为她有房子，有锅碗瓢盆，有个儿子，但我除了有一张公共长椅可以睡觉外，一无所有。"

她猝不及防地跳到马路中间，抬起腿，把缝补过的鞋子伸到高处轻巧地转圈。我没有想到她这个年纪的人还能那么敏捷。我先是觉得震惊，后来欣赏地看着她：这绝望的一跳中，透露出优雅和高贵。

我正要说些什么，她已经消失在一群饥饿的猫咪中。我发动汽车，朝着警局开去。

他们告诉我，阿黛尔·索菲亚不在，她在我家等我。我家？我赶紧掉头回去，把汽车放在台伯河岸的一条巷子里，半边车子轧着人行道，我急忙跑回圣塞西莉亚路。

阿黛尔·索菲亚站在我家门口，大门敞开着，她的牙套比从前还要闪亮，灰色的头发全部梳向一边，黑色的裙子裹着丰满的腰身，一件很合身的上衣，口袋被文件塞得满满的。

"你们把门撬开了？为什么啊？"

"我们知道您收到了一盘格劳克·埃利亚的磁带，我们马上就要，但您没在。"

"你们怎么知道的？"

"从斯特凡娜·马里奥那儿知道的。"

"信封上没有写寄信人的名字，她怎么知道的？"

"她应该猜到的，您到底有没有收到那盘磁带？"

我明白，应该是埃利亚亲自把磁带拿来的，马依莫内女士认出了他。甚至有可能了解到门房的粗心，他亲自把磁带交到乔瓦尼·马里奥手里了。

"是的，我刚才去您那儿，就是为了把磁带交给您。"

"那现在您把它给我吧，拜托了。"

我把磁带给了她，她把磁带放到一台随身携带的录音机里，一边听，一边在门口走来走去。这时卧室的电话响起来，我走过去接听电话，是马尔科的声音，遥远又温柔。他告诉我，他星期天就回来了。

"我想见你，米凯拉，你会来机场接我吗？"

"你恢复理智了？"

"我的脑袋又恢复到之前的样子了，稳稳当当地在我的脖子上。"

"你听我说，警察正在找你，想给你做血液分析。"

"我回来也是为了这个，我不想让他们认为我是凶手……你不会这样想吧？米凯拉。你是相信我的，对吗？"

"你只要告诉我一件事：你从安哥拉给萨布丽娜打电话都说了什么？"

"没什么特别的，是她打给我的，为了告知安吉拉被杀了，南多很绝望。她一共给我打过三次电话，都是我还在卢旺达的时候，后来我就一直居无定所……电话号码是在安吉拉死之前我告诉她的，她把电话告诉萨布丽娜了，就是这样。"

"你从没想过给我电话号码。"

"你连萨布丽娜的醋都吃！"他说着笑了起来，油滑的态度让我肯定他是个骗子，并不是凶手。

我和他说"再见"时，看到阿黛尔·索菲亚拿着磁带走了，她远远地跟我打了个招呼。她不知道电话的另一头是谁，也没听到我的话，完全沉浸在格劳克·埃利亚模棱两可的坦白里。最好如此。但我相信，星期天我会在机场看见她。

《 57 》

阿黛尔·索菲亚洪亮的声音在半夜把我惊醒。我打开灯看了看表：刚刚四点。

"他朝嘴里开了一枪。"她对我说。

"谁？"

"格劳克·埃利亚。"

"在哪儿？"

"在他家附近的一片田野上。我们已经取了血样，加急做了血液分析，就是他……终于知道是谁杀了安吉拉·巴里。"

"那磁带呢？"

"我们把它存档了。如果您想要，等一切都处理好之后，我们会还给您的，毕竟那是您的东西。"

"听起来不错。"

"他的血液更是如此。"

"所以，关于最后一次夜间的探望，最后的部分他说谎了……他请求我相信他，我差点儿就要被他感动了……即便相信他，意味着要把罪行归到马尔科身上……"

"他好像在谈论另一个人，一个陌生人，不知道自己的双手都做过什么……录音磁带里有很多真相，也有许多隐瞒的地方……他的声音很好听，很有说服力……尽管他不是很赞同自己的另一面，但还是试图保护他的吸血鬼兄弟……动机，这是个多么糟糕的词啊！当您指责我用太多专业术语时，您是对的，这些词没有任何表达力，您不觉得吗？好吧，其实我们管动机叫作案动机，这样也不是很清楚。作家嘉达会说这是'一笔糊涂账'：愤怒、嫉妒、骄傲、偏见、发狂、恐惧、怯懦、欲望、性挫败、罪恶感、阿喀琉斯式的愤怒，像遭到背叛的英雄。我不知道，也许所有这些东西都和贪婪的占有、古怪的心性混合在一起……您看到那些雕塑了吗？不管怎么说，这是个有天分的男人。他正准备在巴黎开展……太可惜了！对了，您知道吗？库苏马诺放弃那四十期针对女性犯罪的节目了，电台股东不喜欢。《人民之声》电台还在犹豫不决……好像这个话题会引起恐慌……我真心觉得您可以就此写本书。您要是愿意，我可以给您弄来其他材料。您来找我吧，咱们一起谈谈……"

"谢谢。"

"另外，不用着急，星期一马尔科休息好了，您带他过来。我们得给他做个小检测。"

"怎么还要做？你们不是已经找到凶手了吗？"

"这纯粹是个形式……那天晚上，马尔科就在罗马。他没有强有力的不在场证明，案发当晚，他很有可能去过安吉拉·巴里家。就在案发之前，或者之后……我们也可以假设他有罪……这是伯尼法官的决定，谁也不能违背他。"

这个谜底似乎已经彻底解开了，但好像也无法摆脱这桩案子。

他们是共犯吗？马尔科和埃利亚互相都不认识，要怎么狼狈为奸？我真的可以确信吗？我敢肯定吗？逻辑仍然要求我们付出代价，要到什么时候才能结束？提出谜题的"斯芬克司"似乎奸诈地笑了。

格劳克·埃利亚亲切的声音还在耳边萦绕："您要相信我，米凯拉，您应该相信我。"马尔科振振有词的声音从电话里传来："你要相信我，米凯拉，你要相信我……"另一只耳朵里，我听到卢多维卡穷追不舍："我需要有人能相信我，求您相信我，您相信我对吧？"

每个声音都听起来像真相，但并不总是符合伯尼法官以及阿黛尔·索菲亚警官的因果逻辑。那些声音就像是会动的活物，都带着生命的模糊性和复杂性，不论是美还是丑、是弱还是强，它们都经过了长久酝酿，产生一种让人心动的天蓝色，布满斑点，就像夜空中散布的星星一样，很难让声音像书上的文字一样，使它们沉默下来……

我应该按照阿黛尔·索菲亚的建议，从声音的魔法中走出来，进入文字的严密逻辑中吗？那是智慧的表现，还是一个权宜之计，只是为了躲过那些无处不在、叽叽喳喳的声音？

图书在版编目（CIP）数据

声音 /（意）达契亚·玛拉依尼著；陈英，徐赓薪译 . -- 北京：北京联合出版公司，2024.4
ISBN 978-7-5596-2857-2

Ⅰ . ①声… Ⅱ . ①达… ②陈… ③徐… Ⅲ . ①长篇小说 - 意大利 - 现代 Ⅳ . ① I546.45

中国版本图书馆 CIP 数据核字 (2018) 第 285257 号

北京市版权局著作权合同登记 图字：01-2023-5896 号

声音

作　　者：[意] 达契亚·玛拉依尼
译　　者：陈 英　徐赓薪
出 品 人：赵红仕
责任编辑：徐　鹏
出版统筹：慕云五　马海宽
项目监制：王　鑫
策划编辑：大　风
封面设计：陆璐 @Kominskycraper

────────────────────────────

北京联合出版公司出版
（北京市西城区德外大街 83 号楼 9 层　100088）
北京联合天畅文化传播公司发行
北京中科印刷有限公司印刷　新华书店经销
字数 221 千字　880 毫米 ×1230 毫米　1/32　10.25 印张
2024 年 4 月第 1 版　2024 年 4 月第 1 次印刷
ISBN 978-7-5596-2857-2
定价：59.00 元